織田《おだ》信長《のぶなが》
朝倉《あさくら》義景《よしかげ》

磯野《いその》 員昌《かずまさ》
久《ひさ》（遠藤《えんどう》 久《ひさ》）
遠藤《えんどう》 直経《なおつね》

浅《あさ》井《い》長《なが》政《まさ》
市《いち》姫《ひめ》
帝《たい》釈《しゃく》月《つき》毛《げ》

竹《たけ》中《なか》 重《しげ》矩《のり》
竹《たけ》中《なか》 半《はん》兵《べ》衛《え》(竹《たけ》中《なか》 重《しげ》治《はる》)

信長の妹が俺の嫁2
～戦国時代に架ける心と明日～

目次

ノクスノベルス

前巻までのあらすじ

魔物が跋扈《ばっこ》するパラレルワールドな戦国時代。

そんな世界に迷い込み、いつの間にやら北近江《きたおうみ》の戦国大名・浅井長政《あざいながまさ》になってしまった俺は……政略結婚によって織田家から嫁《とつ》いできた市姫《いち》と相互理解に努めながら、家臣団との結束を強化するために積極的に活動していた。

そんな折、敵対勢力である南近江の六閣《ろっかく》家が、浅井家の重要拠点である佐和山《さわやま》城へ軍を進めたという情報が舞い込んでくる。

佐和山城を守護するのは、勇猛で知られる磯野員昌《いそのかずまさ》。

しかし一二〇〇の守兵で、三万二〇〇〇にも及ぶ大軍勢を単独で相手にすることは、事実上極めて困難だった。

佐和山城に籠《こも》る兵士たちを救援するため、俺は浅井家の忠臣・遠藤直経《えんどうなおつね》と共に四〇の騎兵を用いた電撃戦を展開する。

そこで、はじめて犯すことになる「人殺し」の感覚。

だが、パラレルワールドとはいえ――戦国時代においては、そのような現代人的な感傷に浸《ひた》る暇など、まるでなかったのだった。

佐和山城に入った俺たちを、真綿で締めあげるようにジリジリと包囲していく六閣軍。

そして日は沈み、深い闇が佐和山城と敵兵たちを包み込んでいく。

永禄《えいろく》一〇年（一五六七年）一月一八日――近江は鬨《とき》の季節を迎えていた。

第一二話　佐和山城防衛戦

周囲はとっぷりと暗黒に包まれており、文字通りの「一寸先は闇」という状況だ。

元来、夜は人が活動し得る時間ではない。

故に、俺たちの先祖は光を求めた。

火を熾《おこ》す――その技術を発明しなければ、人類はとうの昔に滅んでいたことだろう。

目も見えない状況で、獣たちにいつ襲われるか分からない――安眠を許さないそんな恐怖は、確実に人間の精神をすり減らし、正常な判断を鈍らせるからだ。

基本的に、籠城《ろうじょう》戦でも同じことが言える。

夜間、兵士たちは常に敵の夜襲を警戒し、気を張り続けなければならない。

その時に、周囲に灯《あか》りがあるかどうかは精神衛生上、極めて重要だった。

真昼間の明るい部屋でプレイするホラーゲームは怖くないが、真夜中の真っ暗な部屋でプレイするそれは格段に怖いものとなる――あの感覚である。

戦争において、恐怖を克服した側が勝利するということは、しばしば語られる普遍的な事実だ。

だからこそ、指揮官たちは夜間における兵士たちの恐怖を払い除《の》け、士気を盛り立てるために、夜間照明については細心の注意を払わなければならない。

そして、戦国時代における夜間照明足り得たのは――松明《たいまつ》に篝火《かがりび》だった。

現在、佐和山城の曲輪《くるわ》では篝火がバチバチと音を立てて燃え盛っている。

その光は、おそらく、佐和山城を包囲している六閣軍にも見えていることだろう。

もしかすると、その灯りに惹《ひ》かれている敵兵もいるかもしれない。

一月の夜は、風除《よ》けもないまま寝るには寒さが厳しいのだ。

「……朝方にもなれば、小谷《おだに》城に集結した兵たちが万全を期して駆けつけてくるであろう」

そんな冬の夜、俺は佐和山城の守兵たちに語り掛けながら、員昌に命じて胡桃《くるみ》の入った熱い雑炊《ぞうすい》をたっぷりと振る舞わせている。

言うまでもなく、兵士たちの身体をしっかりと温めさせて、士気を高めることが目的だった。

橙《だいだい》色の光に照らされた、ほかほかと湯気の立ち昇る椀を持った守兵ひとりひとりの顔を、俺はジッと眺めていく。

「故に、お前たち……ここを己《おの》が墓標と思うな。俺が織田家から妻を娶《めと》ったように、お前たちのなかには妻子を持つ者もいるであろう。妻子がおらずとも、父母がいるであろう。さもなくば、その身を養ってくれた親代わりの者がいるはずだ」

俺は守兵たちの間をゆっくりと歩きながら続けた。

「明日の戦い、勝てとは言わぬ。勝たなくても良い」

俺の発言に、兵士たちがどよめく。

しかしそれに構わず、俺は静かに言い放った。

「だが、これだけは言わねばなるまい……。お前たちを待つ者の為にも、死ぬな──と」

兵士たちは途端に、シンと静かになる。

「敵はどれだけ地獄に送ってやっても構わぬが……お前たちがそれに付き合う必要はあるまい。何があっても、此世《このよ》にしがみつくのだ」

兵だけではなく、員昌や直経といった武将たちの顔にも驚きが広がっていた。

何としても、何があっても戦《いくさ》に勝て。そう命じられるのが戦国の常である。

しかし、その結果として得られた「勝利」の裏では、男たちの死があった。

彼らがどれだけ「生きたい」と願っても――「死ぬしかない」という道を選ばざるを得ないことが、ほとんどだったのだ。

だが、その選択を強要するはずの俺が、「勝たなくても良い」と言ったばかりか、「死ぬな」と発言したのである。

男たちが動揺しないはずがなかった。

「お前たちも、俺と共に歩め」

俺は彼らに向かって告げる。

「我らは常に一丸とならなければならん。此度《こたび》の戦は、所詮、我らが栄光の未来が為の肥やしに過ぎぬ。お前たちは肥やしとなるな、肥やしの上に咲く花となれ。種を作り、次代に華を繋《つな》ぐのだ。我らが使命は新たな世を北近江に現出させること……それを努々《ゆめゆめ》忘れるな」

男たちの顔は、驚きから感動へと変わっていた。

当然と言えば当然のことだろう。

約二七倍にも及ぶ大軍勢が佐和山城へ押し寄せているとの報を聞いた時、守兵の誰もが「これで我が身も終わりか」と考えたはずだ。

その絶望的な情勢下において、浅井家の総大将自らが寡兵《かへい》で敵陣を掻きまわし、佐和山城へ入ってきたのである。しかもそれだけではなく、六閤家を肥やし呼ばわりし――死ぬことなく、未来を共に歩もうと宣言したのだ。

そのことが、身分差の激しい戦国の世にあって、凄まじい影響力を持ったことは言うまでもない。どの時代どの国どの地域にあっても、名もなき男たちは――「国の為」に死を決意するのではなかった。それはあくまでも、彼らが社会のなかで、示さざるを得なかった建前に過ぎない。

彼らは愛する家族の為に、あるいは己が「命を掛けても良い」と惚れこんだ上司の為に戦い、その命を散らしていったのである。

「まずは、食え」

俺は直経と員昌の間に腰掛けながら、雑炊の入った椀を守兵たちに見えるように掲げた。

「食って、力を蓄え、活力とせよ。明日は辛いかもしれぬ。だが明後日はきっと、事態が好転していよう」

そう言って俺が雑炊を啜《すす》りはじめると、直経と員昌がそれに続き――次第に守兵たちも食事をはじめるようになる。

彼らは最初、遠慮して黙々と雑炊を食べていたが――ゆっくりと、雰囲気は変わっていった。

食事は人間にとって、最も大切なものだと言っていい。冷たく不味《まず》いものを食べれば陰鬱《いんうつ》になるし、温かく美味《うま》いものを食べれば陽気になる。

食糧事情が劣悪な戦国時代にあっては、胡桃の入った温かい雑炊は――兵士たちにしてみれば、まさしく御馳走だった。

次第に男たちの声が大きくなり、雑談や歓談がはじまる。

どの兵を見ても笑顔があり、傍《はた》から見れば、敵軍に囲まれているとは思えないような光景だった。

俺は頃合いをみてから直経と員昌を連れてその場を離れ、本丸へと向かう。

ちなみに佐和山城は山城であり、本丸まではそれなりに歩かなければならない。

「……それにしても、驚きましたなぁ」

員昌が俺と直経に向かって言った。

「長政様や直経殿が城門を潜《くぐ》った時、無人の馬も一緒に続いてくるとは……。この員昌、己の目を疑いましたぞ」

「ああ……」

俺はひとまず首肯《しゅこう》することにする。

やはり、戦争によって「主《あるじ》」から解き放たれた馬たちが人の許《もと》へ戻るのはあり得ない、という認識があるのだろう。

「しかも、六閣軍の馬も紛れておりましたからなぁ……。本当に、不思議なこともあるものですな」

直経が嘆息する。

浅井家の騎兵は、電撃戦によって六名が命を落とした。

しかし俺たちに付いてきた馬は一一頭――明らかに数が合わないのである。

「帝釈《たいしゃく》月毛《つきげ》の所為《せい》かもしれん。あれが啼《な》いてから、他の馬共が近寄ってきたのだ」

「ほう……」

直経は興味深そうに言った。

「浅井家の基礎を築き上げた英傑・亮政《すけまさ》殿の愛馬が帝釈月毛でございました故、もしかすると特殊な力を持った馬なのかもしれませんな」

「いや、案外と詮なき事なのかもしれんぞ」

俺は付いてきた馬たちが全て黒色……

つまるところ牡馬《オス》だったという事実を思い出しながら言う。

「あの馬共、単に帝釈月毛に惚れたのやも……」

「惚れ……いやはや、まさかそのようなことが……」

さもおかしそうに、員昌が笑った。

「人の身ならまだしも、馬が色恋沙汰にございますか……長政様も御冗談が上手くなられましたな。色恋に耽《ふけ》る魔物は――人に化け、牡の精気を糧《かて》として溜め込む、荒淫《こういん》かつ狡猾《こうかつ》な狐《きつね》ぐらいでございましょうぞ」

「いや、員昌殿。案外とお館《やかた》様が御意見は的を射ているやもしれぬ。我らとて戦の帰りに、美しき女子《おなご》を見かけたら、何としてでもこの手で保護してやりたいと思うであろう？　男とは女に惹かれる性《さが》を天から与えられし存在……。もしかすると、馬も同じやもしれぬ」

「直経殿、貴殿もそのような……」

「まぁ、よい」

俺は愉快そうに破顔している員昌に訊《き》く。

「ところで……帝釈月毛はともかく、他の馬共の管理はどうなっている？」

「それにつきましては、佐和山城の馬繋《ばけいじょう》場にて餌と水を与え、寝床用の藁《わら》を敷き詰めて休息をとらせておりますが……」

「そうか」

六閣家からやってきた牡馬の素性が心配なのだが、そのあたりは大丈夫なのだろうか。

そう問うと、「確かに……」と員昌が唸《うな》りはじめたので、俺は彼に案内を頼んでまた馬繋場へと向かうことにした。すると、その途中で――

「か、員昌様！　そ、それにお館様……！」

「構わん、どうした！　何があった!?」

――随分と慌てている守兵と出くわしたので、俺はそう問い掛ける。

すると彼は馬繋場の方向を指さして――

「馬繋場で……お館様のお馬が、他の馬共と……!!」

「――なにッ!?」

俺は彦兵衛《ひこべえ》から渡された、浅井家伝来の名刀・石割兼光《いしわりかねみつ》を鞘《さや》から抜き放ち、一目散に走る。

脳裏には、最悪の状況が浮かんでいた。

玉蛍石《ぎょくけいせき》を除けば、魔物は魔物同士でしか殺せない。そう彦兵衛は言っていたし、馬は馬同士で殺し合いをしないと言っていたのも覚えている。

だが、どうして俺は、それを鵜呑《うの》みにしていたのだろう。

一〇〇％正しいことなど、この世界には絶対に存在しないというのに……。

「帝釈月毛ッ！」

あの白く美しい馬躰《ばたい》。それが、牡馬共の角で無残にも引き裂かれる――そんな凄惨な光景が脳裏をよぎり、冷や汗を垂らしながら馬繋場に躍り込めば……

「なんだ、これは……」

俺は、すぐさま自分の目を疑うことになる。

馬繋場では大量の黒い牡馬たちが倒れ伏し、びくんびくんと痙攣《けいれん》していたのだ。

そして、馬繋場の中心――藁の敷き詰められた場所で帝釈月毛が優雅に寝っ転がっており、くつろいだ様子で俺を見ながら欠伸《あくび》をしているではないか。

だが、そんなことはもはやどうだっていい。

牡馬たちが倒れている以上に問題なのは――

(なんだ……！　このイカ臭い刺激臭は……ッ!!)

――まさしく、それである。

とはいえ、その原因は明白だった。

帝釈月毛に近寄れば、彼女の目はどこかうっとりとしていて――まるで、情事を交わした後の女性のよう。

それで、俺は全てを悟った。

「お前……喰いやがったのか。この牡馬共を、全部……」

『キュオオオオン』

帝釈月毛は、ぞくぞくとするような煽情的な声色で啼く。

見れば、そこらでびくんびくんしているのは、立派なガチムチ体型の馬だけではない。

インテリのような細身の馬もいれば、肥満気味な馬もいるし、まだまだ身体の小さなショタっぽい馬もいる。

要するに、より取り見取りの逆ハーレム状態なのだ。

「お前は、戦場に、牡を漁りに出てきたのかよ……」

『キュオオオン』

どうやら、俺は認識を改めなければいけないようだ。

帝釈月毛は亮政に操《みさお》を立て、男に触れられることを拒絶していた貞淑《ていしゅく》な未亡人系の馬ではない。

男は好きだが、ただ純粋に異種である人間のなかで——亮政や彦兵衛以外に、気に入る者がいなかったというだけの話なのだ。

そして戦場で発したあの嘶き声は——乗り手を喪《うしな》って、今後の身の振り方を考えていた牡馬たちを、誘惑するものだったのである。

人間で言えば、「清楚系ビッチ」という分類が妥当なのだろう。

(なんて……ことだ……!!)

俺の全身を、凄まじい衝撃が走る。

今の気分を例えるなら……

幼い時に近所に住んでいた未亡人の綺麗なおばさんに恋していたものの、夜な夜なたくさんの男たちに囲まれて嬉しそうにその男根を貪《むさぼ》っている姿を——お風呂場の窓から間近で見てしまった時のよう。ちなみに、どうして覗いていたのかは問わないこととする。

(だが、落ち着け……)

深呼吸をしようとして——牡馬たちの精液の臭いを胸一杯に吸い込むことを危惧して止《や》め、俺は口と鼻を手で覆いながら思う。

（帝釈月毛が敵の牡馬たちを誑《たぶら》かして浅井家の側に引き入れてくれるなら、問題ないじゃないか……）

そう思わないと、正直、やってられない。

『キュオオオン』

帝釈月毛の「お休みなさい、また明日」的な雰囲気の嗁き声を背に受けながら——俺は、直経と員昌にどのように事実を伝えようか悩みながら、来た道を重い足取りで引き返すのだった。

◆◆◆◆

帝釈月毛の本性を知った衝撃の夜が明ける。

門が僅かに開き、幾らかの物見《ものみ》が城外へ飛び出していった。

その姿を見送りつつ、佐和山城の守兵は——六閣家の襲来が予想される地点に結集している。

彼らはいずれも、櫓《やぐら》に登って弓を構え、あるいは城壁をよじ登ってくるであろう敵兵たちを——刺し貫き、かつ突き落とす為の長槍を構えていた。

彼らの闘志は凄まじい。

どの顔からも、「皆で生き残ろう」という並々ならぬ決意を汲《く》み取ることができた。

そんな様子をみると、「発破《はっぱ》を掛けた甲斐があった」とついつい嬉しくなる。

だが、肝心要《かなめ》の小谷城からの援軍は、未《いま》だ姿を見せてはいない。

籠城戦は、後詰《うしろづめ》があって、はじめて勝利への道が開くものである。

佐和山城は依然として、三万二〇〇〇もの大軍勢に取り囲まれ、孤立していた。

――援軍のいない、今こそ好機。

そう、判断したのだろう。

六閣軍の陣から開戦を告げる法螺貝《ほらがい》の音、そして鬨の声が聞こえてくる。

その瞬間、佐和山城は激震する。文字通り、揺れたのだ。

「えい、えい！」

「応《オ》オッ！」

陣頭に立って声を張り上げているのは磯野員昌。

彼は本丸には入らず、自ら槍を取って守備隊全体の指揮を執《と》ることになっていた。

どうやら俺と直経が六閣家の大軍に寡兵で突っ込んだのを見て、負けられぬと闘志を燃やしていたようである。

「えい、えい!!」

「応オッ!!」

佐和山城の各所から響く、守兵たちの鬨の声。

その声から生まれた振動は、城外の木々を震わせた。

バサバサバサッという羽音を立てて、山野の鳥たちが慌てて飛び去って行くなか――俺は本丸から、気勢を上げ続けている男たちの姿を見下ろしている。

「騎兵が来たぞッ！　全部で二四騎!!」

ズドドドドドドドドと凄まじい脚音を立てて、山道を一気に駆け上ってくる六閤家の騎兵たち。

彼らのいずれもが槍を小脇に抱えながら、まるで振動に耐えるように、手綱《たづな》をしっかりと握り締めている。

その姿勢を見るだけで分かった。彼らは馬で、佐和山城の城門に突撃するつもりなのだ。

「構わん！　ありったけの矢弾《やだま》をブチ込んでやれッ!!」

員昌が采《さい》を振り、櫓の上に陣取っている兵士たちに怒鳴る。

「撃てェッ!!」

ズダーンという激しい音と共に火縄銃が火を噴いた。

放たれたのは銃弾だけではない。

風を切りながら——流星のように矢が地上へ降り注がれていく。

馬は、通常の攻撃によって死ぬことはない。

だが、馬に乗っている者たちは——あくまでも人間であり、矢弾を受けて次々に落馬しては地面へ転がっていった。

幸運にも矢弾の嵐に巻き込まれず城門に辿り着き、馬の鋭利な角で城門を深々と抉《えぐ》り取る騎兵もいるが——

「むざむざと死にに来たかッ！　馬鹿めェッ!!」

「突けッ、突き殺せぇーッ!!」

——しかし彼らも、城門の上で長槍を構えていた守兵たちの餌食《えじき》となる。

その光景を見ながら、俺は思う。

（騎兵は確かに野戦では強い……。だが、攻城戦ではあまりにも脆《もろ》すぎる……）

騎兵は前からの攻撃は馬の身体で弾き返せるが、しかし上からの攻撃を防ぐ手立てはないのだ。

どのような武器や兵器にも弱点は付き物だが、いま、まさしく……

俺はこの世界における、馬の運用上の注意点を学ばせてもらっている——そんな気がしていた。

「奴らが登ってくるぞ！」

だが、六閣軍は騎兵だけではない。

旗指物《はたさしもの》を差した兵士たちが、佐和山城の裾野へ押し寄せてきているのである。

その姿はまるで、獲物を見つけた蟻《あり》のよう。

ザザザザザと押し寄せてくる殺意の波は、見ているだけで怖気《おぞけ》が走るほどだ。

ブォオオォオォオと法螺貝が吹き鳴らされ、ドコドコドコドコと太鼓が打ち鳴らされ、グワングワンと陣鐘《じんがね》の音が響いている。

六閣家の家紋である「四ツ目結《めゆい》」を象《かたど》った、おびただしい数の戦旗と指物が翻《ひるが》えり——敵兵約三万の立てる足音が、佐和山城をこれでもかと言わんばかりに揺らしていた。

「各々方《おのおのがた》！　改めて気合を入れよ！」

「えい、えい！」

「応オッ!!」

敵兵の威圧感を撥《は》ね除《の》けるように、佐和山城の守兵たちが気勢を上げる。

「長政様が申された通り、敵は『肥やし』ぞ！　我ら人間が、糞《クソ》如きに後れを取ってはならぬ！」

員昌が拳を振り上げると、佐和山城の非戦闘員である女たちが——大量の樽《たる》を、ゴロゴロと転がしてきた。

「おぉ！　お絹殿《きぬどの》!!」

そして、そのなかのひとりの女性を見て、男たちが歓声を上げる。

佐和山城の女衆のなかでも、器量好《よ》しとして男たちの人気が高い女性だった。

俺の元いた世界では、都道府県別のミスコンで三傑に入りそうな感じである。

「頑張りよ！　お前さんたち!!」

質素な着物に身を包んだ佐和山城のアイドルは、キリリとした凛々《りり》しい顔に汗を滲《にじ》ませながら――他の女衆と共に、城の壁面近くまで樽を転がしていく。

そしてそれを男たちに委《ゆだ》ねると、大きな声で発破を掛けるのだった。

「あんたたちがダメになったら、あたいたちのお館様が困るんだからね！　負けてられないよ!!」

「応オッ!!」

男たちが喊声《かんせい》を上げ、樽の蓋を叩き割った――その瞬間、異様な香りが佐和山城に立ち込める。

なかに入っていたのは――日頃から佐和山城の者たちが溜め込み、よく発酵した大量の人糞と尿の混合物。

古《いにしえ》より、籠城側にとって糞尿は、かなり重要な攻守兼用の兵器である。

城壁をよじ登ってくる兵士に向かって垂れ流せば、その戦意を削《そ》ぐだけでなく――壁面を滑《ぬめ》らせて、侵入を妨害することもできた。

なによりも刃物を糞尿に浸せば、ほんの少し傷付けるだけで、感染症によって容易に相手の命を刈り取ることができるのである。これを使わない手はない。

「各々方、槍の穂先を塗《まみ》れさせよ！」

男たちが槍の先端を汚物でコーティングしながら吠えた。

「さぁ――糞には糞を、浴びせてやれッ！」

「応ォッ！」

員昌の号令が下るや否や、守兵たちが喊声を上げて樽を倒し――その内容物を、壁面をよじ登っていた六閣軍の兵士たちに向かってぶちまける。

「あああぁぁぁあぁあああぁぁあぁ⁉」

異臭を放つ茶色の奔流《ほんりゅう》が敵に襲い掛かった。

だがそれでも、全ての敵兵を押し流すことはできない。

糞尿まみれになりながらも――ギラギラと目を光らせ、六閣軍は佐和山城を制圧すべく進んでくるのだ。

「突き落とせッ！」

員昌をはじめ、佐和山城の守兵たちが鬨の声を上げ、壁をよじ登ってくる敵兵たちを突きに突きまくる。

しかし、どれだけ相手を落としても――敵の数は一向に減る気配を見せず、むしろ更に密度をましていく始末だった。

「四朗右衛門《しろうえもん》ッ！」

激戦の最中《さなか》、そんな叫びが聞こえた気がする。

ひとりの長柄《ながえ》足軽が突き出した長槍。それを六閣家の雑兵が掴み、上体を崩した彼は佐和山城の壁下まで転がり落ちてしまったのだ。

もう、助かるまい。

「畜生ッ！　四朗右衛門が!!」

「クソッタレ！　丸太だッ！　丸太で糞味噌野郎共を轢《ひ》き殺せぇッ!!」

守兵たちの一部が通路に立てかけられている丸太を持ち、城壁に沿って投げ転がした。

たちどころに六閤軍から悲鳴が響き、威勢が着実に削がれていく。

「突いて突いて突きまくれ！　佐和山城を明け渡してなるものか!!」

「俺たちのお館様を、絶対に守るんだッ!!」

「六閤家の弱兵共に、俺たち浅井の民が負けるはずが——ねぇだろォがッ!!」

城壁の下から六閤軍の銃声が響き、壁上で奮戦していた守兵の幾人かが倒れて転がり落ちる。

だが銃声にひるむことなく、男たちはその炸裂音が響いた方向に丸太を投げ込んで、鉄砲足軽に応戦する。そんななか——

「お絹殿ッ！」

「あたいたちだって負けてらんないよ！　ここでよじ登られたら、割を喰って辱《はずかし》められるのは、あたいたち女なんだからね！　あたいだってはじめては、好きな男にあげたいのさ！」

——女たちが腕一杯に瓦礫《がれき》を抱えて走り、城壁をよじ登ってくる六閤軍へそれを投げつけていく。

男が槍で突き、女が石を投げる——そんな、分業体制。

無論、女たちも無事で済むはずもなく……

壁上に立つ以上、敵の銃撃や矢を受けて、幾人も命を落としていった。

だがそれでも、佐和山城の民が一歩も引くことはない。

男も女も必死の形相で、各自にできることを限界までやり抜いていた。

六閣家の側からすれば、それは予想外の抵抗である。

多勢に無勢。大軍を擁する六閣家が、たかが一二〇〇の兵が籠る城に後れを取るはずもない……

そんな驕《おご》りが、どこかにあったのだろう。

思い通りにいかない現実は、着実に彼らの戦意を萎《な》えさせていく。

「お館様、あれを！」

「……うむ」

そして遂に、小谷城を出立《しゅったつ》した浅井軍が土煙を上げて突き進む姿を――本丸から目視することができたのだった。

佐和山城は救援が来るまで、何とか耐えきったのである。

「やや！　あれに見えるは浅井が旗印！」

「退《ひ》け、退けぇ！　このままでは挟まれるぞぉッ！」

浅井軍の襲来に気付いた六閣軍は慌てて退却をはじめ、その陣容を立て直そうとしていた。

(――頃合いだ)

俺は直経を促し、馬繋場へと走る。

昨夜、佐和山城の馬の世話役たちが、必死になって介護したのだろう。

帝釈月毛にすっからかんになるまで搾り取られ、びくんびくんと地面に倒れ伏していた牡馬たちが――しんどそうな表情を浮かべながらも、なんとか立ち上がっている。

その馬躰には馬具も備わっており、すぐに戦える状態になっていた。

ちなみに帝釈月毛だけは、六閣家が攻め寄せてくる前に、俺自身の手で馬具を装着されている。

やはり、俺以外の相手に触られるのを嫌がったのだ。

「行けるな、帝釈月毛！」

『キュオオオン』

昨晩、娼婦のように淫《みだ》らな遊びに耽っていた淑女の背中に飛び乗る。

おそらく、いま、この清楚系淫乱ビッチ馬を乗りこなせるのは——戦国の世に、俺しかいないのだろう。

そう考えれば、なんとなく男として格が上がった気がする。

どうしようもない格であるのは間違いなさそうだけれども。

「城門を開け！　六閣軍を押し返すぞッ！」

開門と同時に、俺は直経をはじめとした騎兵たちを従え——一気に城外へと打って出た。

目的はただひとつ。動揺しているであろう六閣軍本陣への強襲である。

「長政様に遅れるな！　気勢を上げよ！」

「えい、えい!!」

「応オッ!!」

員昌の率いる佐和山城の守兵たちも喊声を上げ、長槍を掲げて城外へ飛び出していく。

守兵たちは最低限の留守居《るすい》を残して山道を駆け下りると、逃げ惑う六閣家の兵士たちを的確に刈り取っていった。

佐和山城の周囲はたちまちのうちに血で染まり、六閣家の家紋を象った軍旗は無造作に打ち捨てられている。

◆◆◆◆

浅井家屈指の戦巧者《いくさこうしゃ》である海北綱親《かいほうつなちか》の目には、佐和山城からなすすべもなく浮足立って後退をはじめている六閣軍の姿が映っていた。

大軍は、一度逃げ腰になってしまうと——もう、指揮官が操作できるものではなくなってしまう。集団心理が働いて、誰もが我先に助かろうと、雪崩《なだれ》を打って逃げ出しはじめるのだ。

「この戦、勝ち申した」

「……珍しいではないか、綱親殿。戦場《いくさば》でそのように早計な言葉を漏らすのは」

右側から馬を寄せながら、浅井家筆頭家老である赤尾清綱《あかおきよつな》が言った。

彼らは浅井家に仕えて、もう長い月日が経っている。

そして、互いに一軍を率い、多くの苦難と栄光を共有し続けてきた仲でもあった。

清綱からすれば、常に用心を怠《おこた》ることのない綱親が——既に勝利を確信したかのように、戦局を断じたことに驚きを隠せずにいる。

「そうであろうか」

「そうであろう」

左側から馬を寄せつつ、雨森清貞《あめのもりきよさだ》が言う。

「六闇の軍勢は浅井のそれより多い。奴らはいまこそ浮ついてはいるが……戦は水物《みずもの》。なにか切っ掛けがあれば、ただちに我らが押し潰されるであろう」

「なるほど、そうやもしれぬ」

今年で五七歳を迎える綱親はそう言うと、大声で笑った。

まるで一〇代の少年に戻ったかのような、快闊《かいかつ》な声である。

「済まぬ、済まぬ……これは拙者《せっしゃ》が失態であった」

綱親は苦笑しながら左右を見た。

そこにあったのは、彼と同じように——童心に返ったような顔をしている盟友たちの姿。

「だが、許して欲しい。嬉しさのあまり、老人が思わず口を滑らせただけなのだ」

「……その気持ちはよく分かる」

清綱はぐっと前を見ながら言った。

「拙者もな、殿が内政に力を入れると仰った時、嬉しさと同時に一抹の不安も覚えたのだ。美しい織田の姫と結ばれ、我が身可愛さのあまりそのような方向へ逃げたのではないか……とな」

「だが、違った」

清貞が言う。

「長政様は本当に、浅井家の——近江国《おうみのくに》の将来を考えておられた。それだけではない。我らが臣下の危機には、その身ひとつで駆けつけて下さる覚悟があることも示された」

「……左様《さよう》」

佐和山城の山道を一気に駆け下り、六闇軍の陣へ突撃を掛ける小隊の姿を認めた綱親は——即座に表情を改め、馬上でグッと背を伸ばした。

「本来であれば、褒められたものではないだろう。軍や民を率いる総大将が、その身ひとつで戦場をひた走るなど、許されるはずがない」

「だが」

清綱は自らの馬の手綱を引き絞り、刀を鞘から抜き放ちながら言う。

「それが浅井長政様という……我らが御大将《おんたいしょう》なのだ。かつての野良田《のらだ》合戦の時もそうであった。長政様がその身を張り、我らを勝利へ導いたのだ。いまもご自身で浅井の……近江の未来を切り開こうとしておられる」

「そして」

清貞の馬がその半身を高く上げ、突撃の意志を示す。

「その長政様をお支えすることこそ、我らの役目に他ならん！」

清綱は抜き放った刀の切っ先で前方を指し示し、全軍に向けて叫んだ。

「皆の者、命を預けよ！　命を預け、長政様が許へ行け！　生きて近江の礎《いしずえ》となるのだ!!」

「応ォッ!!」

清貞が馬上で槍を振りかざし、叫ぶ。

「長政様は、自らの危険を顧みず、佐和山城の者共をお救いになったのだ！　今こそ、我らが長政様をお救いする時ぞ!!」

「応ォッ!!」

そして、浅井軍本隊の総大将を務める綱親が、全軍に通達する。

「皆の者、これが新たな浅井の門出《かどで》となる戦よ……！　かかれえええええぇぇえぇええぇい!!」

大量の火縄銃が、六閣軍の本陣目掛けて撃ち鳴らされると同時に、鬨の声を上げて八〇〇〇の浅井軍が殺到する。

楽に押し潰せると思っていた佐和山城の攻略に失敗し、新たな敵軍が出現したとあっては――六閣家に、もはや打つ手はなかった。

たちどころに彼らは撤退をはじめ、それに対して浅井軍は容赦のない追撃を敢行していく。

かくして浅井勢が勝利の雄叫《おたけ》びを上げる頃には――琵琶湖の周辺は血で染まり、無数の死者で埋め尽くされていたのだった。

◆　◆　◆　◆

浅井領に襲来した六閣家の軍勢を駆逐し、佐和山城の守兵と援軍の将兵が感動的な出会いを果たした後……

俺たちは戦の舞台となった城の前で員昌や守兵たちに別れを告げ、本拠地である小谷城へと帰還した。

兵士たちはいずれも、戦勝品として――六閣軍の兵士の屍骸《しがい》から剝《は》ぎ取った刀や槍や鎧兜などの品々を携えており、ご満悦だ。

戦が終わった後、それらは兵士たちの私物となるか、あるいは換金されて日々の食糧に変わる。

そう言った意味で、戦国時代の戦は一種の経済活動でもあった。あまりにもハイリスクであるのだけれども。

それはさておき、上機嫌な兵士たちの背後では――六閣軍の馬具を身に着けた、三〇頭ほどの馬たちがトコトコと歩いていた。

どうやら、帝釈月毛に誘惑されたらしい。

直経は「馬が増え申した！」と喜んでいたが、彼らがこの後、帝釈月毛に性的な搾取をされるであろうことを思えば――どうにも喜べないというのが本心である。

「おおおおお！　勝った勝った！　備前守《びぜんのかみ》様が勝った！」

「ご戦勝、おめでとうございまする！」

城下町を通れば、町民たちの手厚い歓待を受け、なかなかに気分が良い。

以前、米糠《こめぬか》を購入した近江屋《おうみや》の旦那である山下宗亭《やましたむねあき》や、その跡継ぎである新八郎の姿も沿道にあった。

新八郎の横には女の姿があり、その腕のなかには赤ん坊がいる。

あれが、彼の言っていた子供なのだろう。

馬上槍を大きく掲げてみせれば――群衆はわっと沸き、更に大きな歓声が巻き起こる。

そんななか、新八郎たちは深々と頭を下げていた。どうやら、俺が彼らの存在に気付いたのを察したらしい。

『キュオオオオン』

帝釈月毛が嘶いた。

騎馬のまま小谷城の山道を登り、城門を潜れば――留守居組からの大歓待を受ける。

だが、俺が再会を期待したふたりの人物は、その歓喜の輪のなかにいなかった。

そのうちのひとりは市姫なのだが、どうやら彼女は自室で俺を待っているらしい。

きっと、浅井家の親族連中の目を気にしてのことなのだろう。彼らの前で俺に抱き付いたり騒いだりすれば――

『やはり、あれは武家の妻には相応《ふさわ》しくない感情家よ』

『あそこまで、よくもはしたなく騒げるものだ』

――そんな、冷ややかな目を浴びせられかねない。それは巡り巡って俺の親族内での立場にも影響するのであり、市姫は自分を殺してグッと耐えてくれているのだ。

だが、問題は――

「――彦兵衛は、どうした」

あの、小谷城における馬の世話役の姿が見えないのである。

俺の問い掛けに対し、留守居組の顔にサッと翳《かげ》が入った。

聞くに、昨晩、「久政《ひさまさ》様にお手討ちにされ申した」のだという。

どうやら彦兵衛には、「久政様のお部屋に忍び込んで『大切なもの』を掠《かす》め取った」という嫌疑が掛けられたのだとか。

(やはり、そうだったのか……)

出陣前の、彦兵衛の覚悟を決めた顔が思い起こされる。

石割兼光――浅井家伝来の、玉蛍石を用いた刀。

俺が腰に下げているこの武具は、やはり、久政に無断で持ち出されたものだったのだ……。

（だが、俺を想い行動したこと……絶対に、忘れるものか）

しかし、彦兵衛が殺されてしまったとなれば――大きな問題が発生する。

すなわち、帝釈月毛を世話できる者が、小谷城から消えてしまったことを意味するのだ。

そのことを直経にそれとなく相談すると、彼は「馬育場に放されてはどうか」と提案してくれた。

小谷城の麓《ふもと》には、浅井家の馬たちが放牧されているエリアがある。基本的に柵が打ち立てられているだけの区画だが、そこには小川も流れていれば厩《うまや》もあり、餌も潤沢に確保してあるらしい。

馬育場には世話役もいるが、馬たちは小川で自ら身体を洗ったり、区画内で走り回ったりと好き勝手に暮らしているらしい。

今回また新たに浅井家に加入した馬たちもそこに放されるというので、当面の間、帝釈月毛をそこで暮らさせることにした。

どうせ、この澄ました顔をしている清楚系淫乱ビッチ馬は、新たな獲物《オス》たちを徹底的に搾り取るつもりでいるのだろう。

ともすれば、人目も少なく、開放的で――大いに乱れることのできるところの方が良いに決まっている。

彼女にとっても、丁度いいご褒美なのかもしれなかった。

◆　◆　◆　◆

歓喜と興奮の渦中にある将兵たちと別れ、人気のない小谷城の居住区に入り、市姫の自室まで歩く。

いま、将兵たちは戦勝祝いの宴《うたげ》の真っ最中だ。

俺も同席して彼らの輪に加わっていたのだが、乾杯の音頭を取った後――しばらく付き合ってから、頃合いを見計らって抜け出してきた。

席を外す頃には既に家臣たちがべろんべろんに酔っぱらっていたので、俺がいなくなっても気付くことはないだろうと、そう思ったのである。

あるいは、彦兵衛が殺されたという手前もあって――はしゃぐことができなかったのも大きかったのかもしれない。

ちなみに、彼を殺した張本人である久政は、宴の場に姿を現すことはなかった。

相当に嫌われているものだと思うが……

しかし事実問題として、久政が祝宴に顔を出さなかったことは、却《かえ》って幸いなことだったのは間違いない。

彼は俺の下げている石割兼光にすぐに気付いただろうし、俺とて彦兵衛が殺されたことを等閑視《とうかんし》し続けることはできなかっただろう。

彦兵衛のことを外面《おもて》に出さないよう、内面に押し込みながら――俺の心はミシミシと軋《きし》み、憎しみを増幅させ続けていた。

「う……うぐ……」

気がおかしくなりそうだった、負の感情で頭が一杯になって。

頭中に広がったそれは心の奥深くまで、どんどんと深く深く沈み込んで、澱《よど》み溜まっていくのが分かる。

彦兵衛の件から生じた憎しみは――次第に、彼を殺す切っ掛けとなった戦そのものへと向けられていった。

「あぁ……」

両膝を突きながら――思わず、溜息が漏れた。吐いた息は白いもやとなって、心のなかの澱みとは対照的に、あっという間に消えていく。

俺は無意識のうちに拳を握りしめていた。ゴキゴキと関節が軋む。

槍を握っていた指先から肩にかけて、魂を刈り取られた人体の不気味な重さが未だに染みのようにこびりついていた。

覚えているだけで九人分、もしかするとそれ以上の人間の重さが――俺の腕には残っている。

『殺されるなら、殺せばいい』

頭のどこかで、そんな囁きが聞こえてきた。

『俺たちは殺すことによって、はじめて生き長らえる。あるいは、殺さなければ生き残れない』

もやのように摑みどころのない囁きは、重石《おもし》のように凝固して、のしかかってくる。

俺にはそれを受け入れる他に、術《すべ》はなかった。ただ、その重石を抱いて、暗い闇のなかに身を投じて沈むしかないのだ。

後悔はない。

武力による戦争を吹っ掛けられた以上、武力によってそれを克服しなければ――平和な時を過ごすことなどできないのだから。

「排除《ころす》しか、ないんだ。有史以来、俺たちの歴史はずっと……そうやって廻ってきたのだから。いままでも、これからだって……」

目の前にはとっぷりと濃い闇が広がっている。

まるで俺の精神を呑み込もうとするかのような、そんな指向性を感じ取れるどす黒さ。

「長政様……っ！」

だが、闇に囚われそうになった俺の意識を揺り戻したのは――

「どうされましたか……!?　まさか、お怪我《けが》でも……!?」

――どこまでも清涼で温かい、身体の隅々にまで染み渡るような、愛する市姫《つま》の声だった。

「……市」

「ええ、ええ、そうです……ああ、長政様……!!」

三人の侍女を従えた市姫が、俺に駆け寄り、抱きしめてくる。

厚い着物越しに感じる、しっとりと優しく温かな体温。

艶やかで美しい黒色の髪が流れ、穢《けが》れなき白い手が俺の肩を抱き、必死に揺さぶっていた。

「どこか優れないところでも……!?　ああ、すぐにお医者様をお呼びしないと……!!」

その抱擁は、俺が俺で在り続けなければ、失われてしまうものなのだろう。

俺が俺でなくなった時、きっと、彼女は離れていってしまう――そんな、確信があった。

市姫が好意を寄せてくれているのは他でもない、俺なのだから。

「椿《つばき》！　急いでお医者様を――」

彼女の切羽詰まった言葉は宙に漂ったまま、最後まで紡《つむ》がれることはない。

その美しい肢体《したい》を抱き寄せたことで、市姫は俺の腕のなかにいる。

我が愛しの妻は何が起こったのか、とっさに判断できなかったようだ。

「ありがとう」

彼女の身体を強く抱きしめながら、俺ははっきりと力強く言った。

「俺を、待っていてくれて……」

市姫は目をまん丸にして俺の言葉を咀嚼《そしゃく》すると、ややあって――じわりと目尻に涙を浮かべる。

そして俺をしっかりと抱き返しながら、震える声で告げた。

「……お待ちして、おりました。長政様のお帰りを、無事の御帰還を……心の底から」

市姫の目からぽろぽろと涙が零れ、その熱が冷え切った俺の心に伝播《でんぱ》して――思わず、貰い泣きしてしまう。

互いに言葉は不要だった。

彼女と共に生きる道が戦いの道である限り、生死は常に俺の周囲に付き纏《まと》っている。

そして戦いが避けられぬものであるならば、その選択に向き合い続けなければならなかった。

どんなに辛くても、俺が俺として生きるためには。

◆　◆　◆　◆

「長政様……やはり、御気分が優れませんか？」

市姫の部屋で石割兼光をぼうっと眺めていると、不安そうな顔をした彼女が――そっと、俺に寄

り添ってくる。

「六閣家との戦、大勝とのことでしたが……何か、ご不安なことでも？」

「いや……」

思わず否定しかけて、俺はゆっくりと首を振った。

「それとは無関係のところで、少し……な」

「……」

市姫は痛ましげな表情を浮かべ、俺を労《いた》わるように抱擁した。

そして俺の肩に頬を寄せ、瞳を閉じる。

「そのお刀に、何か関係があるのでしょうか……」

「そう、だな……」

俺は大きく息を吐き出しながら、言った。

「市は、我が父上が……馬の飼育係を手討ちにされたことは知っているか？」

「ええ、何やら大切なものを盗み出したとのことですが……」

もしや、と目蓋《まぶた》を僅かに開きながら——市姫は囁くように訊く。

「それ、なのでございますね？」

「……そうだ」

俺が頷くと、市姫はゆっくりと俺から身を離す。

そして俺の隣で居住まいを正すと、「どのようなご事情があられたのでしょうか」と態度で尋ねてくるのだった。

それを無視することは、俺にはできない。

「市よ」

「はい」

「この刀は石割兼光……玉蚩石でできた刀だ」

俺は蒼銀《そうぎん》色の刀身を持つそれを、ゆっくりと畳の上に置く。

「そしてこれは、父上の許にあった。戦場に出ることのない、父上の許にな……。彦兵衛はそれを疑問に思ったのであろう。彼は父上に無断でこれを俺の許に届け、切られた」

俺の居ぬ間に、俺の前からいつの間にか消えてしまったのだ。

そう言うと、市姫もまた——大きく息を吐く。

「彼の想いは無駄にはできん。あの者はもとより、死を覚悟で石割兼光を俺に託《たく》したのだろう」

「それが……長政様のお心を蝕《むしば》むことでございましょうか」

「……ああ」

俺はことの顚末《てんまつ》を、久政に伝えるつもりはなかった。

だが現実的な問題として、俺はあの傲慢《ごうまん》な「父親」への対応策を練らなければならない。

彼もそのうち、彦兵衛が持ち出した石割兼光の行き先が——俺のところであると気付くだろう。

そうなる前に、この名刀をどうにかしなければならないのだ。

もとより、貴重なこの武具を棄《す》てるという選択肢はなかった。

そんなことをしてしまえば、彦兵衛の覚悟を廃棄して、なかったものとすることになってしまう。

「……ならば、兄上様にご相談されてはいかがでしょうか」

「兄上様？」

「織田上総介《かずさのすけ》信長がことにございます」

市姫はふっと微笑を浮かべながら言う。

「兄上様は玉蛍石で造られた刀をいくつかお持ちになっておられます。長政様が石割兼光を兄上様の刀と取り換えれば、ひとまずは久政殿がご追及はかわせましょう」

「……だがそれは、義兄上《あにうえ》にとって益のないことではなかろうか」

「何を仰いますか、長政様」

今度は苦笑して、市姫は言った。

「その間を取り持つのが、織田から来た――妻であるわたしの仕事にございましょう？　市は長政様の御為《おんため》とあらば、いくらでも兄上と交渉いたしますから」

「市……」

「長政様」

市姫は俺の両手を握りながら乞う。

「もっと、市をお頼りくださいませ……。長政様を送り出してから、何もできない自分が本当に歯がゆくて、苦しくて、仕方がなかったのです……」

「……」

「わたしは長政様に心を救って頂いたのに……それなのに、何もお返しできていないのです。それが、本当に辛くて……」

そんなことはない、と声を大にして言いたかった。

君がいてくれるから、俺は俺でいることができるのだと、そう言いたかったのだ。

しかし思いつめた様子の市姫に対し、どれだけの言葉を掛けてもダメだろうと——そんな直感を抱く。

「分かった、市。石割兼光の件、お前に任せる」

「……承知いたしました！」

だから、慰めの言葉よりも彼女の望むようにさせた方が良い。

それが巡り巡って、俺の益にもなるのだから。

「あぁ……それと、なんだが」

「は、はい。他にも何か……？」

俺の呼び掛けに、市姫は更なる期待に目を輝かせる。

そんな彼女がとても可愛らしく、俺は褥《しとね》の上に移動して——寝そべりながら言った。

「今日は、なかなかに身体がしんどくてな……」

「え、えぇ……」

相槌《あいづち》を打っている市姫だが……

俺が褥の上に移動した時点で、既に怪しい期待に胸を躍らせていたようだ。

恥ずかしそうに身をよじらせている彼女に、俺は手招きしつつ言う。

「だが、俺の心と身体はお前を求め欲して止むことはない。たった一日、たった一日だけだというのに……このザマだ」

「きゃっ……！」

俺が仰向けになりながらビッグサンを熱《いき》り立たせると——市姫は可愛い悲鳴を上げて、その綺麗な目を両手で隠してしまった。

だが実際には、その手の隙間が異様に開いており……

その間から、彼女の目線がガッツリと俺の肉棒に注がれているのは、もはやバレバレである。

なので、ひとつ芝居を打つことにした。

「市……頼れるのは、お前だけだ。お前のことを想えば想う程、俺のここははち切れそうになってしまう……」

「わ、わ、わ……」

「こんなことを頼めるのは、妻であるお前しかいない……。恥を忍んで頼む、市……助けてくれないか」

「そ、そんな……う、うぅ……」

戦国時代の男女関係にあって、女性から男性を求めることは御法度《ごはっと》である。

そして市姫にも、自らがイニシアチブを取って性行為をすることは——おそらく、してはならないことだという認識があるに違いない。

あくまでも男性の求めに応じ、受け身の姿勢で振る舞わなければいけない……

それが、戦国時代に生きた女性の、閨《ねや》における役目でもあった。しかし——

「なっ、長政様……！」

「どうした？」

「長政様は、お疲れなのでございますよね……？　ですがその、市のせいで……大変な思いをされておられると……」

「あぁ……」

「えっと、その……妻の務めは、夫をよく助けることですし……あの……」

「……」

「な、長政様をお慰めすることも――妻の大切な役割、でございますよね？」

「そうだな……頼むよ」

「……はいっ！」

――市姫は寝っ転がっている俺の横へいそいそと移動すると、「失礼いたします」と頭を下げてから、ゆっくりと、熱り立つ剛直に手を伸ばしてくる。

彼女の柔らかな手の感覚を思い出し、俺は期待感から更に息子を膨張させるのだった。

第一三話　夫婦の営み

現代社会において製造されている、ふかふかのふとんやベッド。

それを知っている俺にとって、戦国時代の寝具――褥は、なかなか寝心地の悪いものだった。

褥とは要するに、動物の毛皮などで作られた布製品を、畳の上に敷いたものでしかない。

つまり、「ふかふか」などという概念とは、おおよそかけ離れた代物なのだ。

それを何とか我慢できているのは――愛する妻が横で寝ているということと、性行為の後の心地よい疲労感によってすぐに眠りに落ちることができるということのお陰なのだろう。

(絶対に、寝心地の良い寝具を作ってやる……)

改めて閨の環境改善を決意している俺の横で……

市姫は、俺の怒張に手を伸ばしては引っ込めるという動作を繰り返していた。

室内灯籠《とうろう》の薄明かりに照らされるその美しい顔は、恥じらいのせいか赤く染まっている。

もう何度も身体を重ねたというのに、その姿はとても初々《ういうい》しかった。

だが、それも仕方ないのかもしれない。

いつもであれば、アクションを仕掛けるのは常に俺だった。

俺が市姫に触れて、ゆっくりと互いの興奮を高めていくのだが――今夜ははじめて、市姫から俺に触れることになる日である。

もしかすると、我が愛しの妻は――途方に暮れているのかもしれなかった。どうしたら良いのかがまるで分からないせいで。

「なぁ、市」

「はい……！」

俺の一声を待ちわびていたのだろう。

朱に染まった顔で俺を見てくる市姫の姿は、まるで飼い主の指示を待ちわびる子犬のよう。

どうにも愛おしさが込み上げて、堪《たま》らなくなってくる。

「思い出せ……。前に、教えただろう？　あの時のやり方で、やってくれないか」

「あっ……」

かつて、市姫に対して「躾《しつ》け」と称して隠語や手扱《てこ》きの仕方を教えたことがあったが、その時のことをしっかりと彼女も思い出したようだ。

目を伏せて恥じらいに震える彼女の頬に手を伸ばし、撫でさする。

「ほら、触ってみろ」

市姫の頤《おとがい》を指先でなぞると、その肢体がぶるりと震えた。

そして観念したように――しかし興奮で吐息を震わせながら、麗しのお姫様は俺の息子に触れる。

天井に向かってビンビンに伸びたガチガチの剛直。その亀頭のくびれに、市姫がしなやかな指先を絡めてきた。

甘美な刺激に肉棒がびくんと反応すると、愛しの妻は愛おしそうに微笑《ほほえ》む。

「あは……っ。長政様のおち○ちん……かわいい、です」

実に失敬な話だ。我がビッグサンは雄々《おお》しく格好良くイカシしているのであって、決して可愛いだなんて形容表現が付与される代物ではない。

第一、傘の部分が大きく張り出して血管がビキビキと浮き出している我が息子のどこが可愛いのだろうか。

とはいえ、我が剛直は市姫の手によってあやされながら、甘えるようにとくとくと先走り液を大量に垂れ流しているのだった。負けたような気がしてなんだかくやしい。

「長政様……また、ぴくぴくって……動いています……」

「ああ、お前に触れられて、喜んでいるみたいだ」

「まぁ……」

片手で耳元にかかる己の髪を押さえつつ、市姫は目を細めた。

「はぁ……っ、でも……すごく……硬い、です……。それにもう……こんなに……」

美しい妻が、息を少し乱しながら――俺の陰茎をすりすりとこすり上げている。

彼女が指で作った輪っかが俺の亀頭の張り出した部分にぶにぶにと当たり、刺激するたびに……鈴口から漏れ出した先走り液が、真っ白な市姫の指に絡みついてぬちゃぬちゃと卑猥な音を立てた。

「昨晩……市のことを、抱けなかったからな……。ものすごく、溜まってるんだ」

「あ……あの、その……溜まっている、とは……」

「お前を孕《はら》ませるための子種汁に決まっているだろう」

股座《またぐら》を熱り立たせて寝転んでいる時点で威厳もへったくれもないのだが、俺は低く響く声で市姫に言い放つ。

恥ずかしいセリフであっても堂々と言い切れば、案外とそれっぽく聞こえるものなのだ。

「……」

そして、市姫といえば——俺の肉棒を握り締めたまま、硬直している。

その目はぽーっと惚けており、まるでヒーローに一目惚れをしてしまった少女漫画のヒロインのよう。

だが、ここで止められてしまうと堪ったものではない。性行為中の男が最も嫌うもの、それが寸止めなのだから。

「市、俺は……今晩、素直になろうと思う」

「えっと……はい。ですが、長政様はとても実直で誠実なお人柄であると市は……」

「いや、そうではない。俺に限らず男はな、普段は他人に対して自分を良く見せようと虚勢を張りがちな生き物なのだが……それを、今晩は止めようと言いたいのだ」

長政様はわたしに虚勢を張っておられたのですか？　とでも言いたげな顔をする市姫。

俺は僅かに身を起こし、彼女の頭を優しく撫でながら——「女々《めめ》しいことだと呆《あき》れるなよ」と前置きをした上で、囁いた。

「昨晩は……お前と夫婦の契《ちぎ》りを交わしてから、はじめてお前が俺の隣にいない夜だった……。なかなかに寂しくてな……今宵《こよい》はお前と、睦《むつ》み合いたくて仕方がない気分なのだ」

すると、そんな甘えを含んだ俺の声は——どうやら、市姫の心の琴線に触れたらしい。

彼女は満面に感動の色を露《あら》わにすると、

「長政様……！　市も、市も……寂しゅうございました……！」

身を投げ出して、俺の胸に縋《すが》りついてくるのだった。

「長政様が戦に出られて……不安で、辛くて、苦しくて……！　そして何より、長政様のいない独り寝の侘《わび》しさが……あれほどまでに耐え難《がた》きものだと……尾張《おわり》を出た時には、考えも致しませんでした……！」

「俺もだ。お前を抱きしめられないことが、あれほどまでに辛いとは思わなかった……」

市姫は俺の胸にすりすりと頬を擦りつけている。

俺はそんな彼女を優しく撫でているのだが、それだけで我が妻は心底幸せそうな表情を浮かべるのだった。形容し難き可愛さである。

「市、俺は……お前を抱きたい」

「長政様……市も、市も……その、浅ましい申し出であるとは重々承知しております。ですが、ですが……わたしも、長政様に抱かれとう、ございます」

市姫はかなりの勇気を振り絞って、内心を伝えてくれたのだろう。

いつもの俺だったら興奮のあまり、すぐに彼女を抱きしめて、のしかかって、容赦なく肉棒を濡れそぼった蜜壺へ突っ込んでいたはずだ。

だが、今宵の俺は一味違う。通常の三倍くらい違うのだ。

「しかし……市よ」

「はい」

「情けないことに……この身には、もはや気力がまるで残っていないのだ」

市姫の顔に、即座に俺を心配する気持ちが浮かび上がる。

おそらく、先ほど俺を介抱していた時のことが脳裏をよぎったのだろう。

『まさか……長政様は相当にご無理をされているのでは』

きっと、そんなことを考えているに違いない。

そして俺は、彼女の不安な心情に被《かぶ》せるかたちで物語る。

「笑ってくれて構わない……。だが、日夜問わず帝釈月毛を駆り、佐和山城で二十数倍もの兵力を擁する六閣軍と対峙し続け、常に気を張り続けていたせいなのだろう……。お前を求める気持ちだけが先走り……身体が付いて来てくれないのだ」

いつもであれば俺からお前に手を出していたが、今宵、そうできないのはそのためよ。

俺が悔しそうに、迫真の演技を入れて語れば——

「長政様っ……！」

——市姫は、俺を心の底から案じるような顔で、不安のせいか息を荒らげている。

すでに彼女は浅井家当主の妻として、華々しい戦勝の話を伝え聞いているはずだった。

しかしいま、市姫は俺から直接話を聞いて——心のなかで、領地と民を守るために苦戦を強《し》いられながらも死にもの狂いで戦い勝利を収めた夫、という図式が再構築されたのだろう。

そして、家臣たちには「名君」と称《たた》えられるそんな夫が——臣下の前では決して吐けない弱さを、赤裸々に見せてくれているのだ……。市姫からしてみれば。

当然のように、彼女の母性本能は煽《あお》りに煽り立てられる。

市姫が胸元を強く握り締めている姿を見つつ、俺は愛しの妻に乞うように囁く。

「頼む……市。今宵限りだと思って……俺の、身体の火照《ほて》りを冷ましてはくれないか……」

「……」

そんな、お願い。

すると市姫はゆっくりと身を起こし、ゆっくりと頷《うなず》くのだった。

「この市でよろしければ……」

「ありがとう」

計画通り。

俺が満面の笑みを浮かべると、市姫もつられたように――しかし恥ずかしそうに、笑みを浮かべている。

「市、いきなりで悪いが……」

「はい、なんなりとお申し付けください」

その言質《げんち》、たしかに頂いた。

きっと、今の俺は――傍から見ると、凄まじいほどに悪人面をしているに違いない。

市姫を褥の上に誘導し、正座をさせると……

俺は混乱している市姫の膝の上に、ぽすんと頭を置く。

「えっ……？　あ、あの……長政様……？」

「いいからいいから」

俺はどうしていいのか分からず戸惑っている妻の着物に手を伸ばすと――その合わせ目に手を差し入れて、胸の辺りをくつろげる。

すると、着物の右肩部分が緩みきり、市姫の右胸がぷるんと零れ落ちた。

色良し、艶良し、形良しの美巨乳である。

だが彼女は、羞恥心から反射的にその柔肉《やわにく》をサッと手で隠してしまう。

とはいえ、市姫の小さな手では到底隠しきれるような代物ではなく——その柔らかなかたちは、俺の目の前でふるんふるんと揺れていた。

「市、隠すな」

「いえ、あの……で、ですが……」

「……なんだ、俺の火照りを冷ましてくれるというのは、嘘だったのか」

「い、いえ……！　それは、あの……うぅ……」

俺があからさまに落胆したような声を出せば、市姫は顔を真っ赤にしつつ——ゆっくりと、その手を乳房から離していく。

そして、薄桃色の乳首が見えたところで、俺の興奮は最高潮に達した。

硬度を増して、隆々《りゅうりゅう》と勇み立つビッグサン。

俺は市姫に身体を少しだけ前に倒すように命じると……

ぷるんぷるんと揺れる右胸の先端部分を、チロリと舌先で舐め上げるのだった。

「ん……っ」

色っぽい悶《もだ》え声が、俺の鼓膜を震わせる。だが俺の視界は立派な乳房に遮《さえぎ》られ、愛しの妻の表情を窺《うかが》うことはできない。

「あ……やぁ……んっ」

薄桃色の乳首をぬろぬろと舌でねぶっていると、あっという間にそれは硬く張りつめてしまう。

味がする訳でもないのに、何故か美味しく感じてしまう――それが、乳首だ。

俺の唾液でぬるんぬるんになったニプルは、コリコリとした弾力で舌を愉《たの》しませている。

「市、俺のを扱《しご》け。先ほどのように」

「は……はい……」

市姫は俺に乳首をしゃぶられながら、そのしなやかな指先を俺の肉棒に絡め、握り、上下に擦りはじめていた。

何という、幸せだろう。

恍惚とした気分に浸っていた俺の頭を、市姫のもう片方の手が――まるで子供をあやすように、優しく撫ではじめる。

「長政様……これではまるで、稚児《ややこ》のようですよ……」

市姫が穏やかな声で、俺の息子を扱きながらそんなことを言う。

「稚児で結構。お前の前で取り繕《つくろ》っても、仕方がないだろう？」

「あの、それは……」

「本心を見せて良い相手だと言っているんだ、お前のことを」

「はぅ……っ」

俺の真摯で紳士な口説きを受けて、市姫は面食らったように狼狽《うろた》え赤面した。

「も……もう、そのような御戯《おたわむ》れは……」

「先に言っただろう？　俺は今晩、素直になると……。戯れではないぞ」

「う、ううぅぅ……」

そして、その恥ずかしさを転嫁するかのように――市姫は、彼女の目の前でビキビキに勃起している肉棒へ、より一層の熱が籠った愛撫を施しはじめる。

「な、長政様……どうすれば、気持ち良くなっていただけるのですか……？」

このようなこと、帰蝶《きちょう》のお義姉《ねえ》様は教えてくださいませんでしたから――と、市姫は恥じらいながら言った。

「お前が俺のことを想ってしてくれること……。それ以上に心地よいことはない」

俺は市姫の着物を完全に開《はだ》けさせ、左胸を露わにさせる。

目の前でぷるぷると揺れる乳首を凝視していると、昂《たかぶ》ってきた市姫の吐息が荒くなり、肉棒を扱き上げる速度が上がった。

その心地よい快楽を感じながら、俺はコリッコリになった右乳首から口を離し、左のそれへと唇を寄せる。

刺激をまともに受けていない左胸の頂点はまだ柔らかく、俺が唇でついばむと――優しくふるふると震えた。

市姫は乳首をいじめられるたびに可愛く喘ぎ、俺の頭を撫でながら男性器への奉仕を続けていく。

「ん……んっ……」

彼女の大きな胸のふくらみ。

それを寄せ、唾液に濡れた乳首を同時に口に含んでじゅるるるるっと吸い上げれば――

「はぅ……んっ……」

――俺の頭を載せた市姫の腰がびくびくと震え、彼女の目が妖しい輝きを放ちはじめる。

肉勃起を握る市姫の指それ自体が別々の生き物のように動き出し、亀頭や裏筋などの弱いポイントを的確に攻めはじめたのだ。

「あぁ……市、少し待て」

背筋がぞわぞわと震え、腰に灼熱感が生じたのを感じ――俺は内心で焦りつつ、しかし外見は余裕たっぷりに、市姫に奉仕の停止を命じる。

すると、途端におどおどしはじめてしまうのが我が妻だった。

「も、申し訳ございません……！　市は、長政様に何か粗相《そそう》を――」

「――いや、違う。とても良かったぞ、市……」

半身を起こし、その極上の身体を抱きしめれば、途端に市姫は安心した顔を見せ――俺の腕のなかで、大きく幸せな息を吐く。

そのままの体勢で俺を見詰めてくる市姫に唇を落とすと、彼女は嬉しそうに応じてくれた。

そして、俺がゆっくりと仰向けに身を倒せば――傍から見ると、市姫が俺に覆いかぶさって口付けをねだっているような構図になってしまう。

もし、市姫の母親がいまの光景を見れば、卒倒してしまうのではなかろうか。

「市……そろそろ、お前のなかに入りたい」

「ふぁ……はい、分かりました……んっ」

我が愛しの妻は、ディープキスの余韻に浸りながら、俺の肩の上で荒い息を吐いている。

そんな彼女にそそり立つ肉棒の上へ腰を沈めるように言えば――

「見ないで、下さいませ……」

——俺の命令という建前の下、恥じらいながら、自ら濡れた膣孔にビッグサンを呑み込んでいくのだった。

「あ……あぁ……入って、きます……っ」

じゅぶじゅぶと微かな水音を立てながら、夫の怒張をお腹の奥に収めた市姫は——そのままゆっくりと、俺の胸に上半身を倒してくる。

「お、おおき……いっ……ぁ、深いぃ……」

とろんとした貌《かお》で、そんなことを呟く彼女。

俺の肉棒が、市姫のあたたかくやわっこい膣孔できゅうきゅうと締め付けられている。

先ほどまで射精感を高められていたこともあって、俺の腰が絶頂を求めてぶるりと震えた。

だが、ここで終わる訳にはいかない。

何よりも——挿入してすぐに射精だなんて、もったいなさ過ぎるではないか。

「市、ゆっくりと腰を上げてみろ」

市姫はコクコクと頷きながら、震える腰を持ち上げて——

「そこから、自分の陰核がしっかりと俺の下腹部に当たるように……腰を下ろせ」

「や……あ、ん……んんんっ！」

市姫の腰が落ち、膣孔がきゅんきゅんと締まる。

俺はびくびくと腰を震わせている彼女を労わるように、腰から尻に掛けてを撫で回しつつ言った。

「さぁ、今教えたことを……繰り返し、やってみるといい」

「ひゃ、ひゃい……」

そこからはじまる、市姫のへたれ攻め。

ぷるぷると震える腰がゆっくりと持ち上がり、ぺたんと俺の腰に打ち付けられていく。

どうにも勢いに欠けるが、必死に頑張っている妻の姿を見るのは中々に乙なものだ。

性器を擦り合わせる刺激だけではなく、相手の仕草ひとつひとつで興奮できるのが、夫婦の営みの良いところである。

「あぁ……市、気持ち良いぞ……」

「ん、あ……っ、な、長政……さまぁ……」

俺の目の前で、市姫は乱れに乱れていた。

ぺたんぺたんと腰を上下させながら、自分の陰核を擦り付けるような動きをみせつつ、すっかり騎乗位の虜《とりこ》になってしまっているのだ。

そんな彼女の乱れ髪を手櫛《てぐし》で直してあげながら、俺はマグマのように昇ってくる射精感を懸命に堪えている。

「ながまささま、ながまささまぁ……」

なにしろ、すっかり顔を蕩《とろ》けさせて口を半開きにした絶世の美女が――一生懸命に、慣れない腰振りで俺に奉仕をしてくれているのである。興奮しないはずがなかった。

ガツガツと腰を動かしたくなる衝動を必死に抑えながら、俺は市姫のあたたかく心地よい膣内の感覚を味わうことにする。

「すき……だいすきです、ながまささま……あっ、うんっ……ひゃうぅ……」

愛する妻の艶《なま》めかしい口から、とろっとろな甘い声が響く。

それに応じるように彼女の耳朶《みみたぶ》をさわさわと弄《いじ》れば、きゅっきゅっと淫らな媚肉孔は締まり、じゅくじゅくと潤いを増していった。

「あっ、あ、あぁ……ながまさひゃま……きもち、いぃ……あう、あぁぁ……」

よほど、陰核を俺の腰に擦りつけるのが気持ち良いようだ。

快楽の余り呂律《ろれつ》も回らず、虚ろな目で性感を求める市姫は――淫らでとても美しい。

「ながまさひゃま……いち、いちは……あぁ……いちはきもちよくて……ん、ふぁ……でも、でもぉ……ながまさひゃまは、んく……っ、ながまさひゃまはきもち……いい……ですか……ぁ？」

だが、市姫は肉欲に浸りながらも――俺のことを、常に案じていた。

俺の身体をしっかりと抱きながら、甘い声と汗を振り撒いている彼女に、どうしようもないほどに愛情が高まっていくのを感じる。

そして、互いの想い合う気持ちが高まれば高まるほど――性行為は更に、気持ち良くなることができるのだ。

いつものような激しい交合ではなく、今回のようなゆっくりとした、スローセックスもなかなかに良いものだと実感する。

「ん……んぁ……んふ……ぁ……ちゅ……くちゅ……」

市姫の顔を引き寄せ、その唇を割って貪っていく。舌を絡め、吸い、甘噛みする――そんな、深い口付け。

愛しい妻は何度も何度も腰を震わせて、俺にしがみついていた。

彼女は俺の口に一生懸命吸い付いて、咥内《こうない》に甘い唾液を送り込んでくる。

それは子犬のマーキングを思わせる必死さで、市姫が俺を喪いたくないという気持ちがよく伝わってくる行為でもあった。

だが、キスばかりしていると、得てして下半身への力が抜けてしまうものだ。

愛しの市姫と甘いキスを長々と続けていた所為で、射精のコントロールがもう効かなくなってしまっている。

ぎこちなさはあるが、俺を抱きしめながらじゅぷじゅぷと淫らな水音を立てて腰を振っている彼女の耳元で——「出すぞ」と囁けば、市姫は両腕を俺の首に回して唇を強く押し付けてきた。

「ぐ……っ、出る……！」

「あ……あぁ……ふぁ……ぁ……」

どぼっ、という音と共に鈍痛が股間に走り——固形物のような粘度を保った精液が、俺の鈴口から吐き出されていく。

べちゃべちゃと市姫の膣内《ナカ》へ排出されていく俺の精液は、市姫の媚肉孔の脈動と共に咀嚼《そしゃく》され、胎内へと運ばれていた。

「射精《で》てる……射精《で》てます……。長政様の、熱くて濃いのが……あぁ……市の、奥にぃ……っ」

愛しのお姫様は全身で俺にしがみつき、ふるふると絶頂の余韻に浸っている。

彼女の蜜壷は俺のビッグサンのかたちをすっかり覚えてしまったようで、精液を出したばかりだというのに「もっともっと」と甘えるように催促していた。

俺の肉棒には無数の肉ヒダがまとわりついており、先走り液と愛液の混合液をぺちゃぺちゃと舐め取っている。

淫らな蜜壺は男の肉棒を乞い求め——更なる白濁汁をたっぷりと注ぎ込まれることを、心待ちにしているかのようだ。

陰茎を挿し込まれ、擦りつけられ、そして精液を吐き出されるたびに覚醒していく市姫の淫裂は、もはや凶器としか言い様がない。

彼女を開発すればするほど、その「具合」は男泣かせのものとなり、最終的には挿《い》れただけで精液を搾り取る淫魔のような膣孔が出来上がってしまうのではないか——という思いもあった。

(嗚呼《ああ》……やっぱり市は、最高の女性だ……)

たっぷりと精液を吐き出して満足し、どんどん小さくなっていくマイサン。

しばらくの間、ふにゃふにゃの状態で市姫の膣内の感覚を楽しんだ後——俺は彼女の身体を転がすようにして、俺の横へと移動させた。

褥の上でくったりとしている市姫の女陰からは、俺の精液がどぶどぶと漏れ出して、大きな水たまりを作っている。

それを見て、俺の征服欲が改めて満たされていく。

(やっぱり、中出しの醍醐味は……射精した後に垂れ出てくる光景を見ることにあるよなぁ……)

そんな淫らなことを考えながら、市姫に「気持ち良かったぞ」と囁きつつ、俺は腕枕をしてあげることにした。

俺の腕の上に小顔を載せ、幸せそうな笑みを浮かべてキスをねだってくる彼女。

そして俺の胸元で甘えはじめたかと思えば——次の瞬間には、くぅくぅと寝息を立てはじめてしまっている。

（やっぱり、俺のことを心配して……疲れていたんだろうなぁ……）

市姫の髪の毛を撫で、抱き寄せ、彼女の温かみを感じながら――改めて、今回の六閣家絡みの事件を思う。

（これから、どうしたものか……）

というのもこの世界は、俺の知っている史実通りに動く世界ではない。

つまるところ、市姫の実家である織田家の行動も未知数なのだ。

（外交も、絶対に重要になってくるよなぁ……これだと）

織田家と朝倉《あさくら》家の間で上手く立ち回りながら、六閣家の脅威を近江から排除する――。

言葉にするのは簡単だが、しかし実現するのはなかなか難しい。

だが、それを具現化しなければ浅井家には先がない訳で……

内政だけではなく、外交や軍事においても目配りをする必要性を、俺は痛感することになるのだった。

第一四話　残された少女

北近江の小谷城は、軍神と謳《うた》われた上杉謙信の依《よ》る越後国《えちごのくに》の春日山《かすがやま》城、謀聖《ぼうせい》と怖れられた尼子経《あまごつね》久《ひさ》の拠点であった出雲国《いずものくに》の月山富田《がっさんとだ》城などと共に――日本五大山城と称された名城である。

小谷山の隆起をそのまま利用して展開しているこの城は、浅井家が継続的に拡張を続けている空間でもあった。

そんな小谷城に、浅井家の家臣団が月に一回だけ召集される日がある。

すなわち、浅井家の当主が親臨《しんりん》し、家臣たちと現状や今後の方針を話し合う――評定《ひょうじょう》の開催日だ。

永禄一〇年（一五六七年）二月五日、早朝。

俺が小谷城の大広間に入ると、すぐに並み居る家臣たちが頭を下げてきた。

いつまで経っても慣れない光景を前に、俺は上座《かみざ》に座って「面《おもて》を上げよ」と声を掛ける。

そのタイミングで評定のまとめ役である例のおっさん――浅井亮親《すけちか》が頭を上げ、評定の開会宣言をするのだった。

「まずは、政元《まさもと》様より先月の決算報告がございまする」

「申してみよ」

「はっ！」

浅井兄弟の次男である政元が俺に一礼し、巻物を献じてくる。

それを紐解《ひもと》けば、几帳面で細々とした文字がびっしりと書き込まれていた。

「先の六閣家の侵攻により、一時的に通行税の収入が減少するものと思われましたが……しかし、兄上の御活躍もあり、浅井領はむしろ安全だと判断されたのでしょう。琵琶湖の湖上を通行する者は増加し、税収も同じく増えております。また、座《ざ》からの上納金は以前と変わりありません」

ちなみに「座」とは、簡単に言ってしまえば「統治権力と緊密に結びついた同業組合」のことだ。

座は大名や寺社といった有力な勢力に上納金を献じる対価として、その領内における営業や販売といった経済活動の独占権を要求する。

つまり座があると、他地域から商人がやって来て商売をすることが――事実上、かなり難しくなるのだった。

「加えて、臨時支出として佐和山城の修復費も発生しておりますのでご確認されますよう……」

政元はそんなこんなで俺に色々と説明をしてくれているのだが、正直なところよく分からない。

だが大切なことは、浅井家の先月の収支が黒字ということだろう。それさえ分かれば、後は専門家に任せた方が良い。

「大義であった、政元。俺から言うことは特にない」

「はっ！」

弟を下がらせ、俺は居住まいを正す。

それが合図となり、亮親が大広間に響き渡るように口を大きく開いた。

「では、これより長政様が浅井家の指針をお話しになる。皆の者、心して聞かれよ！」

大広間の男たちが一斉に平伏する。

「良い、面を上げよ」

俺がそう言うと、家臣たちはゆっくりと頭を上げた。

大広間に詰めている大勢の家臣が揃って動く様《さま》は、視覚的になかなかインパクトがある。

(そして、俺はこいつらを率いて乱世を生き抜いていかなければならない訳だ)

重い責任が両肩にのしかかってくるが、それが大名というものである。

責任を負い、責任を取るのが大名の仕事なのだ。

ともすれば逃げ出したくもなるが、しかしその職責を全《まっと》うすればするほど彼らからの信頼は篤《あつ》くなり——俺自身や市姫の安全が、より一層確保されることになる。

それを思えば、この重圧に膝を屈する訳にはいかなかった。

「以前、お前たちには……我ら浅井が取るべき道、『富国強兵』について話したことがあった。これから話すのは、その具体案となる」

シンと静かになった大広間に向かい、俺は語り掛ける。

「大前提として、浅井が栄えるには銭《ぜに》が必要だ。まずはそれを確保せねばならん。だが、そのためには民を増やす必要があるだろう。民のないところでは銭は動かぬ……それ故に、我らが目指すべきは——我らが領内に、多くの民を誘い込むことであろう」

いつの時代であっても、大勢の人間を動かすためにはクリアな説明が求められた。

複雑な内容は、大勢の人間の前で話すべきではない。複雑な内容を単純化して、分かりやすく伝えなければならないのだ。

為政者《いせいしゃ》が施政方針を述べる際に留意するべきはその点であり、後は相手を説得できる声色を出せるかに尽きる。

「そして、民を増やすには何をすれば良いか……。簡単なことだ、北近江こそが、天下における最良の地であることを広く示せば良い」

おぉ……と大広間から声が漏れ出ていく。

「町民が増えれば回る銭も増え、農民が増えれば供給される穀物も増えるだろう。我らはこのふたつの民を領内に増やし、そして他国から迎え入れなければならない。我が富国強兵の基本はここにある」

なるほど、なるほど、と家臣たちが頷きはじめる。

「だが、天下に北近江を称揚《しょうよう》するためには——他国にない特色を有する産業が必要となる。お前たち、己の着衣を見よ」

男たちが一斉に、自分たちの着ている着物を眺めはじめた。

こういう素直なところが、本当に好ましい。

「おそらく、お前たちの着ているものは麻でできているのであろう。清綱などは木綿のものを着ているのであろうが……俺は、お前たちのその着物を、今後一〇年のうちに全て絹に変えてみせよう」

ざわっ、と大広間がどよめいた。

当然のことである。史実において、絹は高級品の代名詞だった。

魔物がいたりするパラレルワールドなこの世界においても、男たちの反応を見るに——やはり、高価な代物らしい。

「その為に、我が領内に養蚕《ようさん》と紡績《ぼうせき》を行う作業場を建設する。いま養蚕業は農村の娘たちの手によってバラバラに行われているのであろうが、これを一ヶ所に集約するのだ。蚕《かいこ》を育て、糸を紡ぎ、その場で織る。そして天下の隅々にまで、北近江の絹を行き渡らせるのだ……。さすればその富に惹かれ、多くの民が集まってくるであろう」

俺がスローなペースで話し終えると、家臣たちは皆、夢心地な表情を浮かべた。

そしてしきりに自らの着物に触れつつ、絹を身に纏った自分を空想しているようだ。

なかには「俺はともかく嫁と娘に着せてやれたら……」と呟いている者もいる。

誇れ、お前は戦国時代のベストファーザーだ。

「絹によって富を得ることができれば、北近江と浅井家は更に発展することが可能となる。だが、それだけでは片手落ちになりかねん。俺は同時並行的に、領内に湯治場《とうじば》を整備していくつもりだ」

湯治場……？　温泉……？　ざわざわと大広間が揺れる。

「お前たちも知っているかもしれぬが、ここ近江には多くの湯源がある。そして、そのほとんどが整備されていないのだ。俺はそれを整え、産業にすることを考えている」

もちろん、お前たちが利用することも可能だ。

そう付け加えると、男たちは目をまん丸にして嬉しそうな表情を浮かべる。

この時代において、身体の垢《あか》や泥を落とすには冷たい水を使うのが普通だった。

それが温かい湯に替わる――というのは、民だけでなく将兵にとっても影響は大きい。

温泉の整備は、ただちに衛生環境の向上に直結するのである。

「湯源を掘り、湯船を作り、浴舎を建てて湯治場として整備する。近くには湯治客用の宿舎も併設するのが良かろう。そして……建築費用は我らの財源から拠出するが、一口一〇文での寄付も募ろうと考えている。寄付をした者は将来の入浴料を免除し、浴舎の壁に俺の名と共にその名を刻み込み、後世に残すとしよう」

おお……！　と男たちが歓声を上げる。湯の魅力と、自らの名を俺と共に残せるという欲が、彼らの心をくすぐったのだ。

「そして近江に整備した湯治場は、全て浅井家によって管理する。おそらく、京やそれ以外の地域からも人々が押し寄せるであろう。そこで得られる入浴料や関連収入を我らが財源とし、北近江発展のために活用するのだ」

なるほど……！　と家臣たちは得心したようだった。

湯治場が整備されれば大勢の人々が訪れる。

そうなると宿泊施設の整備が必要となり、そこで提供する食事も問題になる訳だが――そのような新たな需要が、供給を生むことになるだろう。

農民たちが採る山菜などを買い取り、彼らに対価を渡せば、農村にも銭が浸透して生活の足しとなるに違いない。

その上、農民たちにとっても――近くに温泉ができれば、辛い労働の息抜きにもなり得る。

家臣たちはおそらく、そんな俺の意図を汲み取ってくれたはずだ。

「これらふたつの提案は、我が腹中の端的な部分にしか過ぎん。だが、近江を富ませるためには必要な策であろう。お前たちが賛同してくれるのであれば、いますぐにでも取り掛かりたいものだが……」

「異論はありますかな？」と亮親が大広間に問うが、そんなものが出るはずがなかった。

もとより今回の俺の提案は、彼らの生活を改善しようという方向を向いている。

人は誰だって、現状の生活が良くなることを願い続けるが、しかし「自分ひとりではどうにもならない」と溜息を吐《つ》くのが常だった。

だが、北近江における最高権力者である俺が、「臣下の生活をより良くしよう」という提案をしているのである。

彼らにとってはまさしく、渡りに船なのだ。

（とはいえ、問題は……評定の後だ）

大広間に詰めている家臣たちの子供のような笑顔を眺めながら、俺は異様な緊張に苛《さいな》まれていたのだった。

◆　◆　◆　◆

評定の後、俺は牡馬たちを侍《はべ》らせて逆ハーレムを満喫していた帝釈月毛を駆り出して、供回りを付けずに街道を走っている。

のどかな田園地帯に入り、少し進むと目的地に到着した。

ここは小谷城の南東、七尾山《ななおさん》の麓にある今荘《いまじょう》の村外れである。

俺の視界の先には、古びた農家があった。

ヒビの入った土壁、そして板を重ねて重石を載せただけの安っぽい屋根。

室内には灯りの気配もなく、いかにもな土の香りが漂う湿気《しけ》った住居だ。

村に点在している家屋と比べても、立派とは言い難いものがある。

（ここが、彦兵衛の生家か……）

帝釈月毛の世話をするために小谷城に住み込み、俺に石割兼光を献じた後に久政の手討ちとなった男の顔が甦った。

いま、小谷城では久政が大荒れに荒れている。

浅井家伝来の宝刀を彦兵衛に持ち出されてから、依然としてその行方を摑めていないからだ。

隠居したとはいえ、久政は浅井家の前当主である。

その部屋から家宝を持ち出した彦兵衛の罪は重かった。いまや久政は、彦兵衛の親族郎党を根絶やしにしてしまおうと考えているらしい。

当然、その指示は浅井家臣団の長である赤尾清綱に行く。久政はこう命じたらしい、「あの彦兵衛という反逆者の親族を調べ上げよ」と。

しかし清綱はその調査を意図的に遅らせながら、得られた情報を全て俺に流してきたのだった。

『既に身を引いた久政様に知らせるよりも、まず、御当主であられる長政様のお耳に入れた方が宜《よろ》しいと存じます故……』

俺に耳打ちした清綱は、そう囁いてきたものだ。

おそらく彼は、彦兵衛の行動の真意を察しているのだろう。

あるいは、俺が佐和山城で石割兼光を引き抜いた姿を見ている直経が——久政の指示を知り、清綱にそっと耳打ちしたからなのかもしれない。

だがいずれにせよ、清綱のお陰で……

俺は久政の手の者が襲来するより先に、彦兵衛の生家を訪れることができたのだった。

「——失礼する、誰かいるか？」

緊張しつつ、俺が粗末な家に向かって遠くから声を掛けると……

「お、お侍《さむらい》さま……？」

腰を低くしながら現れたのは、齢《よわい》九歳ほどの少女だった。

栄養状態が悪いのだろう。全体的にほっそりとしていて、強く抱けば折れてしまいそうな華奢《きゃしゃ》な身体つき。

俺の元いた世界において、発育の良い小学生はかなり多かったが、それとはまるで真逆である。

「お前は……」

そこまで口にして、俺はどうやって言葉を続けて良いものか悩む。

『彦兵衛にはひとり、妹がいたようでございますな』

清綱の言葉が、不意に頭のなかで甦った。

おそらくこの少女が、俺の為に死んだ彦兵衛の——唯一の、生き残っている家族なのだ。

それを思うと動機が激しくなり、言葉が口から出てこなくなってしまう。

額に手をやり、空を見上げながら、俺は恩人の妹に対して真正面から向き合えずにいた。

『キュオオオオン』

すると、帝釈月毛が俺の背中を鼻先で小突《こづ》いてくる。

後ろを振り向けば、ライトグリーンの瞳が強い意志を持って俺の挙動をジッと観察していた。

そう、帝釈月毛にとっても——あの少女は、他人という訳ではないのだ。

我が愛馬の瞳は、俺に『しっかりしなさい！』と訴えてきているような気がする。

「……よし」

俺は覚悟を決め、ろくに草刈りもされていない道を——少女の暮らす家に向かって進んでいく。

すると彼女は引き腰で、家のなかに逃げ込もうという仕草をみせた。

だが、その反応は当然なのだろう。戦国時代にあっては、女性が男性に強姦されることは日常茶飯事だったのだから。

しかも、俺は少女と面識がまるでない。警戒されるに決まっていた。

「お前は、彦兵衛の妹か？」

家のなかに引っ込んでしまった彼女に向けて、俺は大きな声で問う。

「俺は、お前の兄と知り合いなのだ」

すると、少女の顔が——恐る恐るといった態《てい》でのぞき、俺の顔をジッと観察しはじめる。

「……あにさまの？」

「そうだ」

少女の顔が、やがて驚きに変わっていく。

俺の身なりがしっかりしていることに気付いたのだ。馬を伴っているということからも、それなりの身分だということを察したのだろう。

慌てて草むらの上で平伏した少女に近付き、俺は優しくその肩を叩いた。

粗末な着物の下にある肌は、やはり肉付きが良くなさそうだ。

第一五話　ふたりの馴《な》れ初《そ》め

日本列島は大量の人間が暮らすにはいささか不都合な空間である。

俺は中二病をこじらせていた時、日本地図を眺めながら、幾度となくそう確信したものだ。

まず、山間部が多い。

山には果実や湧き水など——人が暮らしていく上で助けとなる、重要な資源が詰まっている。

だがしかし、そこは人が大勢暮らすには不向きな空間だった。

大量の人口を養うためには、広大な平地がなければならない。しかし日本では、その平地のある部分は極めて限定されているのである。

いかなる支配権力においても、その力を強化するために必須の条件は——平地を領地として、しっかりと押さえることだ。

そして北近江は琵琶湖によって中心を大きく穿《うが》たれていたが、幸いにして、人間が暮らすための平地が多く存在していた。

ひとつは、小谷城を中心とした東側地域であり、もうひとつは琵琶湖を挟んだ西側——清水山城《しみずやま》を中心とした西側地域である。

この西側の浅井領は、安曇川《あどがわ》や鴨川《かもがわ》によって平地が形作られており、広々とした空間になっていた。

そして安曇川は琵琶湖と結びついており、古くから水運業が発達しているだけでなく、京都から小谷城下町への重要な中継地点として機能している。

つまり浅井家は琵琶湖を挟んだ東西にそれぞれ中核地域を有しているのであり、これを上手く調整しながら発展を目指さなければならなかった。

(だが、それはかなり大変だ……)

というのも現実的な問題として、浅井家中には有能な行政官僚が少ない。

西側の領地には、織田家と浅井家の婚姻同盟を成功させた立役者である安養寺氏種《あんようじうじたね》がいるが……しかし彼ばかりに頼る訳にはいかなかった。あまり負荷をかけ過ぎれば、彼自身が重圧で潰れてしまう可能性があるからだ。

要するに、人材を発掘し、そして人材を育てなければ——浅井家の発展は夢のまた夢なのである。

そして、俺の目の前では……

「兄上は本当に……私の考えつかぬようなことを仰られる」

東側で最も有能な行政官僚のひとり、浅井政元が腕を組んで唸っているのだった。

眉間に皺《しわ》を寄せ、握り拳を顎《あご》に押し付け、ひたすら唸り声を上げている彼を見て——俺の横に座っている久は、すっかり竦《すく》み上がってしまっている。

「つまり、こういうことですか……」

政元は指を折り、久をジッと観察しながら訊いた。

「兄上はこの女童《めのわらわ》に算術を教え、浅井が家臣団の末端に加えると……」

「そうだ」

「うむむ……」

だが、分からないでもない。女子に算術を教え込むなど、この時代の男性からすれば——考えもしないことなのだろうから。

現代より以前、近代社会にあっても——女性は、ある程度育てられると嫁に出されるのが極普通のことだった。

戦国時代では、仮に城へ奉公に出たとしても——縫物や洗濯といった些事《さじ》にしか関わらないし、関わらせてもらえないのが常識である。

「だめか？」

「……むむ」

男の独擅場《どくせんじょう》である専門技能のひとつである算術、それを農村から来た少女に教え込め……

そんな俺の主張が、この世界の常識においてどれだけ突拍子もないことか、政元の仕草を見れば容易に察することができるに違いない。

事実問題として、あの織田信長でさえ——市姫のことを指して、「こやつが男であったならば優れた将となったであろうに」と嘆くだけだったのだ。

後世において、革新的かつ柔軟な発想を有していたと評される彼にも、「女性に専門技能を身に着けさせて活用する」という発想は存在しなかったのである。

政元が容易に首を縦に振らないのは当然だった。

「ですが、この女童に算術を教えたところで……一体何をさせるおつもりなのですか」

真意を話してくれなければ承服し難い。

そんな雰囲気を醸し出している彼を前に、俺は事実をぼかしながら、絶対に嘘を吐かないように気を付けながら告げる。

「政元……この女子はな、なんと帝釈月毛に触れることができるのだ」

「なんと……！」

政元はそれだけで驚いている。まさしく、浅井家中だけで通じる内輪ネタだった。

「帝釈月毛は、俺や彦兵衛ぐらいしか触れることを許さなかった。市も乗せたが、あれは俺がいたからだろう。それなのに——この娘、名前を久と言うが……彼女を帝釈月毛がいたく気に入ったようでな。俺が特に言わずとも乗ることを許したのだ。聞けば親とも死別しているというし……故に、思わず連れてきた訳だ」

「それは……ふむ、なるほど……」

政元が興味を持って、久の幼く細い肢体を観察しはじめる。

帝釈月毛が他の馬をハーレムとして囲い、その一団の主として君臨していることは、浅井家の者なら誰でも知るところとなっていた。

そして同時に、馬の世話が困難になりはじめていることも認識されている。

牡馬たちが帝釈月毛にべったりしていることもあり、世話役の者たちはどうしても帝釈月毛に接近せざるを得ない。

しかし、帝釈月毛は人間が側に寄ることも基本的に嫌がるのだ。

そんな彼女の不快感を感じ取ると……

『おう、お前さんよ、俺たちの姐《あね》さんが嫌がってんだろうがよ……アァ!?』

と田舎の不良ばりに、取り巻きの牡馬たちが世話役へ殺気を放ちはじめるのである。

これは、世話役たちにとっては何よりも恐ろしいことだった。

そのため、いまや馬の世話役ができることといえば——それこそ、餌の供給ぐらいしかない。

つまり、久政が彦兵衛を手討ちにして以降……

浅井家における馬の管理は、かなり危うい状態になっているのだ。

しかも六閣家との戦を経て、馬の頭数も増えている。

そしてこれから先、合戦の度に馬が増えていくようなことがあれば、馬の統制ができなくなってしまう危険性もあった。

そんな浅井家全体の悩みを共有している政元にとって、久が帝釈月毛に嫌がられないというニュースは——相当に大きかったらしい。

「兄上、この久なる女童が帝釈月毛に触れることができるということは……馬たちの世話を任せられるということですね？」

「そうだ、だからこうして連れてきたのだ」

「なるほど。この政元、兄上がお心をようやっと理解できました」

頭の回転が速い彼は、己の膝を叩きながら頷いた。

「この娘に帝釈月毛を含めた馬の世話だけでなく、いずれは餌代や施設の維持費も含めた総合的な管理運営を任せると……そういうことですか、なるほど。今では飼育と施設の経営は必ずしも同一の人間によって行われてきた訳ではありませんから、余計な出費も多く掛かっていました。しかし総合的な管理を行うことで無駄な財務支出を限りなく減少させせようと——」

「お、おう」

正直なところ、俺には政元が何を言っているのかよく分からない。

俺の計り知れないところで思考を巡らせている弟系行政官僚だったが、この様子であればなんとか上手く落ち着きそうだ。

ちらりと久を見れば、彼女は目を白黒させている。

彼女の関与できないところで、あらゆることが進んでいく。

本来ならばそのようなことは避けた方が良いのだが、しかしこれも彼女に身分と安全と帰る場所を与えるための措置なのだ。

まさか久政も、彦兵衛の親族が小谷城に抱え込まれたとは思うまい。

物を隠す際には足元に。

身近なところほど、人間は気付かないものなのである。

「ですが兄上、ひとつ問題が」

「どうした」

「この者の生まれでございます。流石《さすが》にどこの馬の骨とも知れぬ輩《やから》を――それも女子を、家中の者たちはなかなか同輩と認めはしないでしょう」

そう、戦国時代は階級社会なのだ。

いくら下剋上《げこくじょう》が蔓延《まんえん》しているとはいえ――結局のところ、古来の風習や慣習から人々が離脱できる訳ではない。

その最たる例は、朝廷の官位制度だ。

下剋上を起こした者たちは皆、こぞって朝廷の官職を望んだし、それが叶わない時には自称している。

要するに「俺の反乱には正統性があるのだ！」ということを内外に示す為のものなのだが……その行為が意味しているのは、結局のところ、彼らの善悪の価値判断基準が既存の社会システムの枠内でしか動いていないということだった。

いつの時代でも、日本に生きる民には、判断基準としての「正統性」が必要なのだ。

たとえば久が浅井家に加入するとしても、これが農民の娘という名目で登用されれば軽んじられるし、関白の娘という名目であれば重んじられるだろう。

大多数の人間の認識などは所詮その程度なのだが、翻って、だからこそ重要なのである。

「兄上が拾ってきたとのことですが……流石にこのまま雇用するという訳にはいきますまい。然《しか》るべき者の養女とし、然るべき手順を経た後に我らが家中へ迎え入れることと致しましょう」

その場合、私は久殿が雇い入れの支援を惜しみません。

そう言って、政元はようやく笑ってくれたのだった。

◆　◆　◆　◆

政元の屋敷を出た俺は、久の手を引いて自室にエスコートしていた。

部屋に連れ込んで淫らな行為を働こうなどと、そんな邪《よこしま》なことを考えていた訳ではない。彼女を休ませる場所が他になかったのだ。

ひとまず小姓《こしょう》に「遠藤直経を呼べ」と命じた後、煎餅《せんべい》を出して久をもてなすことにする。

しかし少女は緊張のあまり、ガチガチに固まってしまっていた。

（まぁ……仕方ないよなぁ……）

あにさまの知り合いだと名乗るお侍さまに付いていったら、そのお侍さまはなんとお殿さまでした――という、彼女からすれば笑えない事態になっているのだから。

そうしているうちに、俺の部屋の襖《ふすま》の外から「遠藤直経、参上仕《つかまつ》りました」という声が聞こえてくる。

俺が「入れ」と応じれば、直経は一瞬だけ久に目を配った後、平伏した。

俺にとって彼は、信頼に足る男である。

史実においても直経は長政に従い続けたが、俺の目の前にいる彼も同様だった。

員昌を交えた面談の際も、そして六閣家との合戦においても、直経が常に誠実だったのは言うまでもない。

いま、浅井家臣団のなかで「誰に相談を持ち掛けるべきか」と考えた際――俺の脳裏に真っ先に浮かぶのは、やはり直経だったのだ。

そんなことを考えていると、直経はジッと久を正視して――

「お館様、彦兵衛は久政様によってお手討ちにされ申した。これより拙者は彼奴《きゃつ》めの一族郎党をあぶり出し、ひっ捕らえて磔《はりつけ》にせねばなりませぬ故、手短にお願い致しますぞ」

――どうしたことか、そんなことを言ってくる。

途端、憐《あわ》れな少女は真っ青な顔で、俺と直経を交互に見ては震えていた。

まだまだ若い久からすれば、当然の反応だろう。

だが直経は、そんな彼女の様子を見て、グッと居住まいを正して言う。

「いけませんな、それでは。この程度の揺さぶりで動揺するようでは、この時勢――長くは生きられますまい」

その言葉を聞いて、俺は確信した。

「直経、もしやお前は……この娘が彦兵衛の妹だと知っているのか？」

「はっ、こうして会うのははじめてでございますが――お館様ならばきっと、彦兵衛が妹を手許に引き取ろうとするであろうと確信しておりました故、鎌をかけてみた次第」

直経は俺と――びっくりしたような顔をしている久に近寄り、囁くように言う。

「お館様が石割兼光をお持ちになっていること……この直経は佐和山城での一件で既に知っております る。そして、彦兵衛が久政様の許よりその刀を持ち出し、処断されたことについても存じ上げております る」

「……うむ」

「拙者はどのような経緯を辿って彦兵衛が石割兼光を得て、お館様にお渡ししたのかについては知りませぬ……。しかし、本来その宝刀は――御当主であられるお館様が許にあるべき代物。そもそもからして、戦に出ぬ久政様が保持していること自体が問題だったと言えましょう」

静かにそう言うと、一拍を置いて――直経は顔に怒りの焔《ほのお》を燃やし、強く拳を握りしめた。

「この直経が現場に居合わせれば……なんとしてでも久政様を御止め申したものを……！」

そしてようやく、久は全てを悟ったようだった。

兄が死に、どうして自分が小谷城の主に連れてこられたのか――それを知った少女は、ぽろぽろと大粒の涙を零しはじめる。

「彦兵衛が妹よ……そなたの兄は立派であった。誰に何と言われようとも、心の奥底で称え続けるが良い。そして、誇るが良い。お前の身体には、立派な兄と同じ血が流れておるのだ」

直経がそう言いながら、久の細い肩を撫でた。

俺と直経の傍《かたわ》らで少女は暫《しばら》く泣き崩れていたが——直経が慰め続けていたこともあって、彼女の涙はすぐに止むことになる。

なかなかどうして、我が股肱《ここう》の臣《しん》は子供のあやし方が上手いらしい。

「して、お館様。この直経をお呼びした理由は、この娘に関することでございましょうか」

「そうだ」

俺は頷いて直経を見る。彼も真剣な面持《おもも》ちで俺を見ていた。

「俺は久を、浅井家中へ迎え入れたいと思っている」

「……なんと」

「まぁ、聞け」

身を乗り出してきた直経を制しつつ、俺は久の頭をぽむぽむと優しく叩く。

「この久はな、兄の彦兵衛と同様に、帝釈月毛が触られるのを嫌がらんのだ」

「ほぉ……それは誠で？」

「ああ、嘘を言っても仕方あるまい。直経も知っての通り、いまの馬育場は少々無法地帯となっている。だが、久が出張ってくれるようになれば問題もなくなるだろう」

「ふむ……」

「この件については政元からも了解が取れているのだが……。あの者から久を『然るべき者の養女』としてから家中へ迎え入れた方が良いと言われてしまってな。そこで、直経に誰が適任かを相談しようと思ったのだ」

俺がそう言うと、直経はゆっくりと口唇《こうしん》を吊り上げた。

「お館様も……随分と水臭いことを仰る」

「……なに？」

「すぐさま、拙者にこの娘を養女として迎えるようにとお申し付け下されば良いではありませぬか」

彼は会心の笑みを浮かべながら続ける。

「いまの浅井家中にあって、お館様を除けば――この一連の事件について、最も内情を察しているのは拙者でございましょう。それに加え、お館様への忠義を示した彦兵衛が妹を養女とすることについて、この直経には全く抵抗がございませぬ」

「そうか……そうか……」

そこまで言われては、俺はもう彼に頭を下げる他になかった。

久は俺と直経を、泣き腫《は》らした目で観察している。

直経によれば、久を小谷城の屋敷に住まわせて、明後日から政元の許で算術を学ばせ、かつ馬の世話の仕方を覚えさせるつもりなのだとか。

それ以外の――日々の心がけなどについては、おそらく直経直々に、久へ伝授されるのだろう。

（ひとまず、これで大丈夫そうだ……）

あとは久が努力して、ひとかどの人間として自立してくれるのを待てばいい。

直経に連れられて退出していった少女の後ろ姿を眺めながら、俺は安堵の溜息を漏らすのだった。

◆ ◆ ◆ ◆

辺りが薄暗くなりはじめた頃。

食事を済ませた俺の足は、自然と市姫の部屋へと向かっていた。

部屋の前にいた市姫の侍女——椿に挨拶すると、彼女は深々と頭を下げてくる。

ここ最近、彼女を含めた侍女たちはようやく警戒心を解きはじめてくれているようで、なんだか嬉しくなってしまう。

やはり、仲良くできるなら仲良くするに越したことはないのだ。

「殿様、今宵もまた市姫様が許へお渡りでございますか」

「そうだ」

椿の問い掛けに、俺は至極真面目な顔で頷く。

「ですが殿様は、毎日のように市姫様の許へいらっしゃっております。市姫様が『穢れの日』をお迎えになられていても……」

「それが、どうかしたのか？」

ちなみに椿の言う「穢れの日」とは、生理期間のことである。

市姫は先の六閣家との戦いの後、その日を迎えてしまっていた。

近代以前の社会において、女性の生理は血を伴うことから「不浄」であると忌《い》み嫌われている。女性たちがそんな期間に入ると、男たちは穢れを嫌って指一本触れなくなるのが常だったが……そのような感覚を持ち合わせていなかった俺は、市姫が生理を迎えていようが構わず同衾《どうきん》し、彼女を抱きしめて寝ていたのだった。

「いえ……その、殿様はずいぶんと型破りなお方なのだなぁと思いまして」

「そうか、もっと褒めてもいいぞ」

「……」

おそらく、褒めたつもりはなかったのだろう。椿はジト目で俺のことを見つつ、俺に気付かれないように溜息を吐いた。実際のところ、バレバレなのだが。

「その……毎晩お渡りになられることは構いませぬが……殿様の御側室の方などは？」

「ああ、いないぞ」

俺がバッサリと言い切ると、椿は目をぱちくりと瞬かせた。

「そ、そうでございましたか……道理で……あ、いえ……大変に失礼な質問をしてしまい申し訳ございませんでした」

「いや、別にどうでもいいんだが……何故、そのようなことを訊く？」

「申し訳ございません、平にご容赦をいただきとうございます……」

深々と頭を下げてくる侍女に、俺は適当に返事をしてから襖を開く。

市姫の部屋には既に褥が敷かれており、その周囲には室内灯籠が配置され、焚《た》かれているお香と共にムーディーな雰囲気を創り出していた。

あるいは、そんなセッティングをしてくれるほど——我が妻は、毎晩の逢瀬《おうせ》を楽しみにしてくれているのだろう。

「あっ、長政様……！」

入念に褥の位置を微調整していた市姫が俺に気付き、嬉しそうな表情を浮かべて三つ指をつき、頭を下げてくる。

いつもであれば褥の上に座ってそわそわとしはじめる彼女だったが、今日はどうやら普段とは違うらしい。文机《ふづくえ》の上から書簡を取り出すと、それを俺に差し出してくる。

「手紙……？」

「はい。長政様に兄上様が」

俺は少し緊張しながらその手紙を開く。

戦国時代の手紙の特徴は、基本的に漢字ばかりが用いられていることにあった。

しかも、その文字は所謂《いわゆる》「崩し字」と呼ばれるものである。歴史学に精通している——というよりも、『崩し字辞典』などで長い時間をかけて慣れなければ、まず読めないものだ。

ちなみに、手紙の内容を要約すればこんな感じである。

『浅井備前守殿へ

こんにちは、元気にしていますか。私も何とか元気にしています。

さて、つい先日、我が妹からお手紙を貰いました。

もし旦那から虐《いじ》められているという内容だったらすぐに張り倒しに行こうと思っていたのですが、

どうやら夫婦仲睦まじく過ごしてくれているようで、兄としては安心しました。これからも仲良くしてあげてください。

ところで、備前守殿は玉蛍石の武具について、私の所蔵品と交換したいとお考えのようですね。私は一向に構いませんよ。ついでに妹の近況やら何やらを色々とお聞きしたいものです。

そうそう、そのうち美濃《みの》を攻略し終わるでしょうから、その時にでも会ってお茶でもしませんか？

備前守殿が美濃や尾張に来てくださっても結構ですし、私が近江に行くのでも構いません。御連絡をお待ちしております。それでは、またの機会に。

のぶなが』

ちなみに、信長の書く手紙は誰に対しても基本的に懇切《こんせつ》丁寧な文章である。

そしてナチュラルに、面白いことだったり教訓だったり恐ろしいことを文中に挿入してくる男でもあった。

今回こちらに送られてきたのも、へりくだった丁寧な文章なのだが——やはり、怖い。

市姫絡みで俺が何かやらかしたら、「絶対に容赦しない」という雰囲気がぷんぷん漂っている……。

というよりも、信長は常に親族のことを気にしている人物でもあった。

徳川家康の長男であった信康《のぶやす》が、信長の命によって自害させられたことは有名だろう。

その背景には彼と信長の娘であった徳《とく》姫の夫婦危機があったとされており、信長が常に親族の嫁ぎ先にアンテナを張っていたことが分かる。

つまり、俺が市姫と大喧嘩でもしたら――速攻で彼に知られることになるのだ。考えるだけで恐ろしい。

「あの、長政様……兄上様は何と仰っていましたか？」

「……市と仲良くしてくれ、だと」

「あら……うふふっ。もう……兄上様は心配性ですから」

口元に手を当てて笑いながら、市姫は訊いた。

「長政様、兄上様は玉蛍石について……」

「ああ、交換を検討してくれるらしい……ありがとうな、市」

俺は手紙を文机の上に置いてから、市姫を抱きしめる。

すると彼女は、俺を抱き返しながら言った。

「そんな……お礼を言われるほどのことでありません。わたしは、長政様の妻にございます。長政様の御為になるのであれば、何だって……」

そんな可憐《いじら》しいことを、素で言ってしまう市姫に、今日も俺はときめいてしまう。

ちなみに市姫の着ている着物は桜色で、彼女の穏やかで優しげな雰囲気にとてもマッチしていた。

俺がそう囁くと、彼女は恥ずかしがってぺちぺちと叩いてくるのだが――その姿も可愛らしい。

それなのに、俺が強気で攻めると――可愛さは吹き飛んで、大人の色気が漂いはじめるのだから不思議だ。

「ああっ……長政様」

我が女神様が俺に敢行していたぺちぺち攻撃を制し、手首を摑み、ぐいっと胸元に引き寄せる。

市姫の髪の毛がふわりと舞い、細身でありながらも——出るところが出た、至高の肉体がぽすんと俺の腕のなかに収まった。

首筋からは彼女の香りがふわりと漂い、そのフェロモンが俺の鼻の粘膜を通じて下半身の血流増加を促してしまう。

「なぁ、市……」

「は、はい……」

俺の股間の隆起に気付いたのだろう。市姫は頰を赤く染め、上目遣いで見上げてくる。それがまた、股間に悪い。

そして手際良く彼女を褥に押し倒すと、俺はとあることに気付いた。

俺と市姫が夫婦になって約一ヶ月が経っているにもかかわらず、試そうと思いながら結局忘れてしまっていたことを。

（……頼んで、みるか）

市姫の首筋に舌を這《は》わせながら、俺は——現代社会における日本全国の夫たちが、妻になかなか言い出せないことをねだることにしたのだった。

第一六話　淫蕩《いんとう》に沈む

目の前には力なく両腕を弛緩《しかん》させ、潤んだ瞳で俺を見上げている市姫がいる。

着物姿のまま褥に押し倒され——それでいて抵抗の意志はまるでなく、頬を染めて俺の顔を惚けたように見つめている彼女。

俺が首を傾げながらその美貌を覗き込めば、市姫は恥ずかしがってふいっと顔を横に逸《そ》らしてしまう。

だが、彼女はまるで分かっていない。

そういった仕草のひとつひとつが艶やかで、俺の獣性を烈火のように掻き立てていることを。

「市……やはり、お前は美しい」

「や、やめてください……そんなこと、仰らないで……」

「どうして？」

「恥ずかしい、ですから……」

もじもじしている市姫の頬を撫で、頤を優しく摑む。

すると彼女は息を止めて、誘うような目で俺の唇を凝視した。

最近の市姫はキスにド嵌《はま》りし、俗に「キス魔」と呼ばれる状態になってしまっている。

俺と行為の最中でもしきりに接吻《せっぷん》をねだり、あるいは互いに絶頂が間近という時でも無我夢中で唇に吸い付いてくるのだ。

何かあるたびにキス。また何かあるとキス。これまたキス——そんな感じである。

市姫がそうなってしまったのは、生理が切っ掛けだった。

女性が月に一回、数日間にわたって迎える苦痛の日。

本来なら同衾も断られるところを無理矢理押し切った俺は、苦しんでいる彼女を前にしてついつい口付けてしまったのだ。

生理は穢れ——そう認識している市姫は、「汚らしいわたし」にも、いつも通りの愛情を注いでくる俺に対し、相当な衝撃を受けたらしい。

結果として、彼女は俺との口付けを——何よりも最高の愛情表現だと認識するようになっていた。

市姫は俺からキスをされるたびに「愛されている」と認識し、そしてキスをするたびに「愛しています」という想いを込めてくる。

要するに市姫がキス魔になったのは、「愛したいし愛されたい」ということの表れでもあるのだ。

「長政様……んっ、ちゅ……」

顔を寄せればすぐに唇を許す妻。

ぷにっと唇を合せて吐息を交換すれば、彼女はこれ以上ない程に、幸せそうな貌で微笑した。

「市、脱がすぞ……」

「……はい」

着物の合わせ目に手を差し入れ、割り開く。

まるで百合が開花したかのように、俺の目の前で真っ白な肌が咲き誇った。

なだらかな肩。首の付け根部分にある鎖骨。そしてその骨の真下にある、美しいかたちをした膨らみは――市姫の細身の身体とあわさって、凄まじい程の視覚的興奮を掻き立てる。

妻の唇に口付けて、彼女の首と鎖骨をさわさわと撫で回しながら、黒髪の清流に浮かぶやわらかな耳朶《じだ》を食《は》んだ。

耳は市姫の弱点のひとつで、とくに唾を溜めて耳にたっぷりと垂らしてから一気に吸い上げると、とても敏感に反応するのである。

あるいは、それだけで、彼女は達してしまうこともあった。なんでも、俺に身体の奥まで支配されるような感覚を覚えるのだという。

俺は夜な夜な市姫を開発することに余念がない訳だが、彼女にとって耳を弄《もてあそ》ばれることは――夫婦の営みをする際の、一種の儀式でもあるらしい。

というのも、市姫は耳を攻められるとすぐに濡れてしまうという「パブロフの犬」状態にあった。

いまも太股《ふともも》をすりすりと切なげに擦り合わせているが、それも耳への愛撫のためなのだろう。

「あ……んっ、はぅ……んんっ……」

色っぽい声を上げて悶えている妻の仕草に、俺の下半身がギンギンに熱り立っていた。

なにしろ、彼女が身をくねらせるたびに――大きくも美しい膨らみが、ふるんふるんと揺れているのである。

おっぱい大好き星人である俺にとって、彼女の胸が揺蕩《たゆた》う様《さま》を見るのは、何にも代えがたい至高の時間だった。

「市……」

「ながま……しゃ……まっ、んぁ……ん……」

市姫の唇を割り、歯茎にそって舌を這わせていく。

すると彼女は俺の両頬に手を添えて、一生懸命に舌を動かして応戦しはじめるのだった。

最近では市姫の舌の動きも巧みなものとなり、俺の舌を一旦捉えると、なかなか離してくれないようになっている。

かつては俺に蹂躙《じゅうりん》されるがままだったのに、いつの間にやら上達してしまったのだ。

「ん、ん……ぁ……っ」

初夜の時のたどたどしい市姫の口付けを思い出しながら、俺の手は彼女の豊かな乳房をがっしりと摑んでいた。

すると、条件反射のように市姫は俺の首に両腕を回し、深く深く唇を重ねてくる。

先ほどのお返しとばかりに俺の歯茎をねっとりと舐めはじめ、俺の背筋にはぞくぞくとした快感が走っていく。

「は……はふ……ん、ちゅるるっ、じゅるるるっ、んはぁ……ながまささま、んっ……んちゅ……」

夢中になって俺の口を吸う彼女は、昼間の姿からはまるで考えられないような淫靡《いんび》さを醸し出していた。

俺の「市姫開発計画」が目指している「昼は淑女で夜は娼婦」という理想の妻像に向けて、市姫は着実に前進しているようである。

そんな彼女と口腔愛撫を続けながら、俺は手を下へ下へと伸ばしていく。

彼女の着衣を乱しながら進んでいけば、やがて柔らかな下腹部へ辿り着き——ついに、十分過ぎるほどの女汁を湛《たた》える蜜壺へ到達した。

市姫の清楚な顔とはまるで異なる淫猥な容貌を呈するそこは、俺の指が迫っていることを感知すると、更にじゅくじゅくと淫液を湧き立たせる。

「やっ……あ、あぁ……ふぁ……」

ディープキスを続けながら、口の間から妻のくぐもった嬌声《きょうせい》が漏れ出ていた。

そして下の口では――愛液に濡れるいやらしいびらびらを俺の指先にまとわりつかせ、ちゅくちゅくと淫らな音楽を奏でている。

上と下、ふたつの口を愛撫されて、市姫の顔は淫蕩《いんとう》に歪んでいった。

「ん、ふぁ……あ……ぁ……」

俺の指先がふわふわのとろとろに蕩けた膣孔へ侵入すると、愛しの妻は腰を大きく震わせる。

媚肉《びにく》壁が指先を優しく包み、きゅっきゅっと甘く咥《くわ》え込む。

執拗に深い口付けを続け、舌と舌を絡ませつつ、指先を動かして収縮する媚肉をくちゅくちゅと掻き分ければ――市姫は次第に余裕を失い、俺の身体にぎゅっとしがみついてきた。

「ながまささま、ながまささまぁ……」

俺の名前をうわ言のように、甘くとろっとろの声で呼びはじめれば、それは彼女の絶頂が近いという合図でもある。

俺は人差し指と中指で市姫の蜜壺を優しく掻き回しつつ、手の平を彼女のクリ○リスに擦りつけるように動かしはじめていた。

同時に彼女がだらしなく伸ばしていた舌を吸い込み、思いっきり舐め回してあげれば――

「んん……あ……んんんんっ……！」

市姫の膣孔が収縮し、俺の指先を締め付けてくる。

妻の柳腰《やなぎごし》がガクガクと震え、そしてゆっくりと弛緩していった。

唇を離して表情を窺えば、市姫は惚けた顔であらぬ方向をぽーっと眺めている。

「ふふ……かわいいな……気持ち、よかったか……？」

「……んっ」

俺が頭を撫でつつ問い掛ければ、彼女は無言で俺の胸元に頭を埋《うず》めてきた。

どうやらひとりで気持ち良くなってしまったことが恥ずかしくなってきたようだ。

「市、できれば俺も……」

気持ち良くなりたい。そう囁くと、市姫は俺の胸元でこくりと頷いた。

一度立ち上がり、床几《しょうぎ》を取って、それに大股を開いて腰掛ける。すると、我がビッグサンがドンッ！　と天井目掛けてそそり立つかたちになる。

市姫の熱のこもった視線が、俺の肉棒に注がれているのを強く感じた。

「……すてき」

恋する乙女のように、市姫がそんな言葉を漏らす。

新婚生活がはじまって一ヶ月。

男を知らず、まっさらで清らかな処女だった市姫は……

ほぼ毎日のように続いた俺との性行為によって、肉欲の誘いに抵抗感を殆《ほとん》ど示さなくなってきた。

『女子が性行為に耽るなど、言語道断』

それが、戦国時代に生きる武家の女たちの通俗道徳である。

市姫も、当初はそう考えていたはずだ。

しかし俺から与えられる快楽の世界に浸り切り、今となってはすっかり性行為に夢中になってしまっていた。

（まぁ、性産業が発達した世界の知識があるからこそ、ここまで仕込めたんだけどね）

何しろ、戦国時代の性行為と言えば――胸を触り、突っ込んで、射精して終わるというのが普通である。

俺のようにねちっこいことをする人間が希少であるのは間違いない。

尤《もっと》も、そんな男の許に嫁いできた市姫が幸せなのかどうかは――本人でなければ分からないのだけれども。

「市……」

「は、はい……それでは、わたしの手で……」

ごくりと生唾を呑み込み、市姫が俺のビッグサンへ、そろそろと指先を伸ばす。

俺は敢《あ》えて、彼女の手が陰茎に触れる直前に告げた。

「いや、手は止めておこう」

「……ぁ、はい……」

市姫は情欲の色に染まったまま、しぶしぶといった態で手を下げる。

そして俺を上目遣いに見上げると、すっかり発情しきった様子で熱い吐息を漏らすのだった。

「市、今日はお前の……そのいやらしい身体を使って奉仕して貰うことにしようか」

「あ、あの……それは……」

「これだよ」

俺は無造作に妻の乳房に手を伸ばし、指先で乳首を弾く。

すると市姫は甘い悲鳴を漏らし――随分と今更な感じもするが、恥じらって両腕をクロスさせ、胸を隠してしまう。

「隠すな。それを使って、俺に誠心誠意奉仕するのだ」

「で、ですが……」

市姫が頬を染め、身をよじりながら囁くように言った。

「そんな、淫らでいやらしいこと……わたしには……」

「できないとでも？」

俺は身を僅かに乗り出して、意地悪くねっとりと、彼女の耳元で訊く。

「今しがた気をやって、あまつさえ俺が指示を出さないうちに自発的に手を伸ばして奉仕をしようとしたお前が、それを言うのか？」

「あ……あぁ……仰らないで、仰らないで下さいませ……」

市姫は顔を両手で覆い、羞恥に燃えている。

そんな妻を抱き寄せると、思わず身構えた様子だったが――優しく口付けをしてあげれば、恥じらいつつも嬉しそうな表情を浮かべるのだ。

順当に、俺に毒されている様子である。

「さあ、お前のその大きな乳を寄せて、深く谷間を作ってみせろ」

「で、ですが……」

市姫は躊躇《ちゅうちょ》したまま、胸を腕で隠してもじもじとしていた。

胸で奉仕をしろと言われ、改めてその女の部分を曝《さら》け出すことに羞恥心を覚えてしまった——ということなのだろうか。

すっかりガードの堅くなってしまった妻をみて、俺は強硬策に出ることにする。

「……そうか」

俺が醒めた顔で、思いっきり冷たい声を漏らせば——たちどころに市姫の顔が青ざめていく。

「興が殺《そ》がれた。今宵はこれまでとしよう」

「お、お待ち下さいませ……!」

床几から立ち上がり、帰り支度をする素振りをみせれば……

市姫は血相を変えて、俺の足元に縋りついてきた。

うぬぼれるつもりはないが、俺は彼女に愛されている。

そして彼女が最も恐れていることは、俺の寵愛《ちょうあい》を失することだった。

閨という男女が最も親密になれる空間で、俺と喧嘩別れだけは絶対にしたくない——そんな想いが、ひしひしと伝わってくる。

「申し訳ございません、申し訳ございません……! 市は、市は長政様のご厚意に甘え、我儘《わがまま》が過ぎました……! 改めます、改めますのでどうかご容赦を……!」

「ふむ……」

俺は敢えて考え込む素振りをみせ、やや時間を置いてからどっかと大股開きで床几に腰掛けた。

青ざめていた市姫の顔が、まるで蕾《つぼみ》が花開くように、ぱあっと明るくなる。

「市、ならば先ほどの……しっかりとできるな？」

「……これで、よろしゅうございますか……？」

おぉ……！　と思わず声が漏れ出るほどの絶景。

愛しい妻が羞恥に震えながら、その両手で、真っ白で豊満なふくらみを根元から押し上げるように持っている。

彼女の身体の震えと共に、薄桃色の先端がふるふると揺れた。

細い体に豊かな乳房という、男の股間に響く至高の組み合わせ。俺は生唾を呑み込みながら、市姫に命じた。

「それを俺のこれに近付けて……ああ、そうだ。よし、その谷間で挟みこんでみろ」

「え……っ？」

流石に当惑したのだろう。

市姫は俺に失望されるかもしれないという恐怖に身体をびくつかせながら、迷子になった子犬を思わせる目を向けてきた。

「聞こえなかったか？　挟めと言ったのだ。お前の立派な乳房で、俺の魔羅《まら》を……な」

「……はい」

男の目の前で乳房を寄せ、あろうことかその谷間でペ○スを挟んで扱く……

戦国時代の女性が絶対に考えることがないような、発想すら許されないような、そんな卑猥で背徳的な行為。

乳房は性愛のなかで男に愛撫されることはあるものの、基本的には将来産むであろう子供の為に捧げられるものだ。

その柔らかでむっちりとした母性の象徴で、市姫は俺のビッグサンを包み込む。

豊乳に包まれた瞬間、俺は思わず感嘆の息を漏らした。

(すごい……これは、すごいぞ……！)

思わず称賛してしまうレベル。

このおっぱいだけで、世界各国の戦争を止められるかもしれない。

市姫の胸に挟まれた瞬間、俺のなかで戦争だとか日々の労働だとか、そういった全てのものが些事に思えてしまったのだ。

(だが、市は俺のものだ。他の男には絶対に渡さん)

そんな独占欲をめらめらと燃え立たせながら、俺は市姫のすべすべな肩を撫でる。

「市」

「は、はい……」

声を掛けると、我が愛しの妻はびくりと震え――怯《おび》えた様子で俺を見上げてくる。

その胸中は容易に察することができた。

『何か粗相をしてしまったのでしょうか』

だとか、

『わたしの乳房をお気に召さなかったのでしょうか』

あるいは、

『わたしは長政様に嫌われてしまったのでしょうか』

そんな想いが、市姫の心のなかを、ぐるぐると駆け巡っているのがよく分かる。

俺は不安げな妻の頭を、優しく撫でてあげることにした。

「長政様……」

沈んでいた市姫の表情が、段々と明るくなっていく。

「市……」

「はい……」

「心地よいぞ」

「はい……！」

俺が失望していないことを知り、ようやく安堵したのだろう。

市姫の顔には、ふたりだけの時に見せる——あのふにゃっとした笑顔が戻ってきていた。

「さ、顔を上げてみるがいい」

「あ……」

くちゅり、と水音を立てて俺と市姫の唇が重なる。

心底嬉しそうな表情を浮かべる彼女だったが、しかしこれまでとは違う俺の行動に——やがて、目を白黒とさせはじめた。

「ふぁ……んふ……んんっ……！」

そう、俺は舌を絡ませながら、大量の唾液を市姫の咥内に送り込んでいたのである。

花も羨《うらや》む純情可憐な妻の咥内には、彼女の唾液と俺のそれが混じり合い、プールされていく。

「市、まだ飲み込むなよ……」

口いっぱいに唾液を含みながら、涙目でコクコクと頷く市姫。

俺はそんな彼女を労わるように優しく頭を撫でながら微笑む。

「さぁ、その大量にたまっているものを、ゆっくりと胸に垂らしていけ」

市姫は俺の意図を理解したのだろう。

その慎み深い唇から、ふたりの愛の水をぬろぉっと垂れ流す。その淫らな川は、彼女の豊満なふくらみをじっとりと穢していく。

俺のペ○スを挟みこんだ乳房は、たちまちのうちに——ぬるんぬるんにコーティングされたのだった。

「あぁ……唾液にまみれたお前も、美しいな……」

「……ありがとうございます」

「それでは、お前のその乳房で、俺のこれを扱いてもらうことにしようか……できるな？」

市姫は顔を真っ赤にして頷くと、俺のビッグサンを唾液塗れの胸で改めて挟みこみ、上下に動かしはじめる。

そう、俗にパイズリと呼ばれているあれだ。

市姫と結婚生活を送りはじめてから一ヶ月、元いた世界の豊富な性知識を齧《かじ》っている俺としては、やはり胸で男を愉しませる方法を知って欲しかったのである。

「あぁ……気持ち良いぞ、最高だ……」

「ほ、本当ですか……？」

俺が称賛の言葉を送りながら頭を撫でると、我が妻は嬉しそうな顔で熱心に胸奉仕に励んでいく。

にゅちゅにゅちゅ、にゅぷにゅぷ。

そんな音を立てて俺の肉棒が、市姫の大きく柔らかで張りのある胸の谷間で、出たり入ったりを繰り返していた。

（あの市姫が……戦国一の美女が……俺に、胸で奉仕をしている……っ！）

その事実だけで、一週間分のおかずには困らないだろう。

余りの興奮に、俺の息子の鈴口からはとろとろと粘性の先走り液が漏れはじめる。

それが、ただでさえ生臭い唾液ローションと混じり合い、更に卑猥な液体に変貌していった。

そして、異様な臭いを放つその液体は――

「あぁ……すごい、臭い……ぃ……」

――市姫には、極めて効果が抜群である。

初夜以来ずっと、俺の精液を内外に浴び続けた結果、彼女はすっかり性臭ジャンキーになってしまっていたのだ。

ちなみに先走り液は、実際には精液とほとんど変わりはない。精子が含まれていることが多く、膣孔にそれを擦りつければ妊娠だってしてしまうのである。

俺の友人のなかには彼女があまりにも性行為を嫌がるので、「お互いにオナ○ーをし合って慣れていこう」という極めて頭の沸いた発想をした挙句……

彼女の淫裂に先走り液で濡れたペ○スを押し付け――たったそれだけで――ものの見事に彼女を妊娠させてしまった猛者《もさ》がいる。

ちゃんと遺伝子検査までした結果が黒だったので、間違いなく彼女は先走り液で妊娠したのだろう。まさしく、童貞と処女がパパとママになった瞬間だった。

この教訓は、俺たちに「先走り液の力を舐めることなかれ」ということを教えてくれる。

その先走り液が市姫の胸にまとわりついているということは、つまるところ、俺の精子が彼女の柔肉を妊娠させようとやっきになって突撃を掛けていることを意味していた。

我が妻の乳房は俺の陰茎だけではなく、精子によっても犯されている真っ最中なのだ。

「んっ……すんすん……ふぁ……ふあぁ……」

そして、市姫は先走り液の臭いを嗅いで恍惚とした表情を浮かべ、胸奉仕により一層の力を入れはじめている。

「くぁ……市、お前……すごく、気持ち良い……！」

「ありがとう、ございます……！」

妻のパイズリが激しさを増していく。

時折、こりこりとした感覚が走るのは――おそらく市姫の乳首が凝《しこ》っているからなのだろう。

どうやら、最初はあれだけ躊躇していたくせに、すっかり発情してしまっているようだ。

もっとも、その引き金となったのは俺の肉棒から流れる先走り液なのだが……

俺の市姫開発計画における、重大な進歩であることは間違いない。

ここまでくれば、後はパイズリフェ○チオを応用として教え込めば良いのだが、それは時期尚早だろう。

妻の健気《けなげ》な奉仕によって、俺もそろそろ限界が近くなっているのだ。

「長政様……おおきく、なってきました……」

「ああ、もうそろそろ出そうだ……」

俺は市姫の頭をよしよしと撫でながら言った。

「乳の圧力をもっと掛けろ、もっと激しく擦り上げるんだ」

「は、はい……！」

にゅぷにゅぷ、ぬるんぬるん、にゅっちゅにゅっちゅ。

激しい水音を立てながら、フィニッシュに向けてビッグサンが——市姫の柔肉のなかで痙攣した。

「出すぞ……市！　顔で受け止めろ！」

「んんっ……!?」

俺は右手で妻の頭を押さえつけると、左手でペ○スを扱きながら盛大に射精をする。

びゅるるるるっと放出される精液は、市姫の美貌を汚し、首から乳房——そしてお腹にまで撒き散らされていた。

そして彼女は、俺の精液に包まれて——すっかりとキマってしまっている。

「ああ……もったいない、もったいないです……」

市姫は恍惚とした表情を浮かべ、俺のぶちまけた精液を指で掬《すく》っては、己の女陰へ擦り込んでいた。

「んっ、あ……あぁ……長政様の、あぁ……すごい、臭い……すきぃ……」

じゅくじゅくと濡れそぼった蜜壺に、精液をたっぷり載せたしなやかな指が突き立てられて掻きまわされる。

そんな淫らな姿を見れば、たちどころにスタンドアップマイサン状態になるのが男というものだろう。

「市、お前そんなに……」

思わず生唾を呑み込む。

俺の視線が更に興奮を煽るのか、市姫は精液を使った自慰に没頭している。

子種がもったいないと漏らしながら、精液に塗れた指先でクリ○リスを弄り倒し、すっかり顔も身体も蕩けきっているようだ。

「わたし……わたしぃ……欲しいのです、長政様のおち○ちんと子種汁、いっぱい欲しくて……うぅ……」

「どこに?」

俺が意地悪く問えば、市姫は——

「おま○こ、おま○こですっ……」

——そう言って、にちゃあと指先で粘つく淫裂を割り開き、精液と愛液でぐちゃぐちゃになってパクパクと開閉している膣口を曝け出す。

彼女と子作り中出しセックスを繰り返した一ヶ月、市姫に教え込み続けた隠語は着実に語彙《ごい》レベルで定着しているようで、俺は少しばかり感動していた。

「よし、ならば……」

挿れて挿れてと挿入をおねだりしている膣孔に、俺は亀頭を押し当てる。

だが——ただそれだけのことしかしていないのに、俺の亀頭はぬるりと市姫の膣孔に呑みこまれてしまったのだった。

「あぁ……入ってる……入ってますぅ……っ」

そう——市姫が腰を突き出して、自ら胎内に俺の剛直を招き入れたのだ。

「……ッ！　この、エロ妻がッ!!」

妻の柳腰をがっちりと摑み、きゅっきゅっと締め付けてくる男殺しの蜜壺に腰を振りたくる。

市姫の顔には昼間の清楚な面影はまるでなく——すっかり色欲に染まり切り、嬌声を上げながら俺の動きに合せて自ら腰を振っている始末。

「やんっ……あっ、あ……！　きもち、いい……っ！」

精液まみれの胸をぶるんぶるんと震わせながら、俺の陰茎をにゅぷにゅぷと蜜壺で呑み込みながら、戦国一の美しさを誇る織田の姫君は乱れに乱れていた。

汗と精液に濡れた真っ白な肢体はいまや紅潮し、黒髪がぺたりとはりついている。

そしてその目は常に俺の顔から外れることはなく、どんなに乱暴にされようとも、どんなに優しくされようとも——俺だけを見て、俺の為だけに淫らな仕草を見せつけ、蕩けた声を聴かせてくれるのだった。

「あ……そこ、そこぉ……！」

俺がぐりっと腰をねじ込めば、市姫の腰がガクンと揺れる。

市姫の最奥《さいおう》、子宮口。

その入り口は俺の精液を求め、亀頭をもぐもぐと含みこんでしまっていた。

俺は少しだけ腰を引いて、子宮の入り口を腰を回しながらなぞる、なぞる。

途端に市姫は痙攣し、膣孔がきゅうっと収縮した。

「あ……いく、いくっ……！　いきますぅ……っ、あぁ……んんっ！」

俺に教え込まれた絶頂の合図を漏らしながら、ガクガクと腰を震わせる淫ら妻。

だが、そんな彼女に構うことなく、俺は収縮する牝孔をかき混ぜ、突き回していった。

「深いぃ……深いですっ……長政さま……ながまささまぁ……！」

感極まり、涙をぼろぼろと零しながら、愛する妻が抱き付いてくる。

俺は彼女の頭を撫でながら胡坐《あぐら》をかいて、その上に妻の肢体を乗せた。

そう、対面座位だ。

市姫のむっちりと引き締まったお尻を両手で掴み、身体を揺さぶっていく
彼女は俺に抱き付くことに一生懸命で、豊満な胸を擦りつけ押し潰してくる。ふたつの硬い乳首の感覚がとても心地よい。

「あっ、あっ、あ……あぁぁあぁ……ながまさ、さまぁ……あいして、ますっ……！　あぁ、あいして、あいしてますぅ……っ！」

市姫はひたすらにキスを求め、俺の咥内を貪ってくる。

じゅるじゅると卑猥な音を立てながら、彼女は俺の咥内の唾液を啜り続けていた。

どうやら俺の唾液を呑み込むことを、快楽として覚えてしまったらしい。

俺は市姫の腰を揺さぶりながら、そんな愛しい妻の乱れ方に興奮を極め、射精への欲望を抑え切れずにいる。

ビッグサンが更に膨れ上がり、射精が近いことを征服中の女の身体に直接伝えていた。

「出すぞ……！　市、どこだ……！　どこに欲しい……!?」

容赦なくズコズコと突き上げながら訊けば、市姫はすっかり蕩けた貌で言った。

「なか、なかぁ……！　いっぱい、いっぱいぃ……っ！」

――その切羽詰まった可愛らしいおねだりに、俺はすっかりと心奪われる。

市姫の両腕が俺の背中に回され、両足が腰にがっしりと巻き付いてきた。

「あぁ……だめ、だめ、だめぇ……ふぁ……いっちゃう、やだぁ……すごいの、きちゃうぅ……っ！」

「なんだ、またか……！　また気をやるのか、市……！」

「ごめんなさい、ごめんなさい……！　こんなにみだらなわたしで、ごめんなさいぃ……！」

市姫はぶんぶんと頭を振りながら、必死に懇願した。

「でも、でもぉ……！　なか……なかにほしいんです……！　びゅーって、いつもみたいに……！

市を、孕ませてぇ……っ！」

「よし、イけ！　イって俺の子を孕め……っ！」

妻の子宮口に鈴口を合わせ、どくどくと精液を流し込んでいく。

その感覚が分かるのか、市姫は精液を吐き出されるたびに、俺を抱く力を強めていた。

「奥……たくさん……ながまさ様のが……いっぱいぃ……」

ずるり、と市姫の膣孔からペ○スを引き出す。

どぷどぷっと、妻の膣孔から大量の白濁液が流れ出てきたのを見て――俺は何とも言えない達成感を味わっていた。

大量に射精ができたことに満足しつつ……

弛緩しきり、同時にぴくぴくと痙攣している市姫の身体を抱き寄せて、ゆっくりとその火照った肌を撫でていく。

「長政、さま……」

「どうした？」

市姫の僅かに開いた唇にキスを落とすと、彼女は俺の胸板に両手を添えて――乙女のような仕草でぴったりとくっついてくると、しっとりと情の籠った声で囁いた。

「とても……すてき、でした……」

市姫はちゅっちゅっと俺の胸に口付けを繰り返しつつ――何かを確信したかのように、自らの下腹部を撫で続けている。

そして、事後の戯れをたっぷりと楽しんでいるうちに――いつのまにか、お互いに幸せなまどろみのなかに落ちていくのだった。

第一七話　西美濃を駆ける

身体がだるい。

自分の手すら視認できない深淵の闇のなかに、ごぽごぽと俺の吐き出す気泡の音が響く。

隣に市姫が、愛する妻の姿がない。

たったそれだけの事実で、ここが夢のなかだと気付くのに――時間はかからなかった。

湖を思わせる広い空間の水底へ、俺はひたすら沈み込んでいる最中らしい。

俺は気怠《けだる》い身体を奮い立たせ、ひたすらにもがく。

でなければ暗闇に取り込まれ、二度と浮上できなくなるような――そんな気がしたからだ。

足をばたつかせ、両腕で重く纏わりついてくる水を掻く。

視覚では方向も何も分からないのだが、不思議と水面に近付いているという感覚があった。

しかしどれだけ泳いでも、どれだけ頑張っても、俺の身体は水面に浮上することはない。

どれだけ息が続くのか、どれだけ俺の身体が動いてくれるのか――そんな底知れぬ恐怖が俺の心のなかに深く入り込み、圧迫してくる。

刹那、水と闇の拘束を払うかのように――おぼろげな光が、俺の網膜を打った。

俺はその光に手を伸ばし、浮上しようと懸命にもがく。

俺を闇のなかから救い出そうとするような、そんな意思を感じられる光までの距離は、ゆっくりと着実に狭まってきている。

「……はっ！」

ざばぁ、と水上へ浮上した。

光は陸地の方から差している。俺が岸まで辿り着き、上陸すると――悲しげで、生きる希望を失ってしまったかのような、そんな泣き声が聞こえてきた。

声のする方向に目を凝らせば、大きく山が抉り取られ――廃墟のなかで灯籠の光に照らされながら、ひとりの女性が力なく泣いている。

その姿には、見覚えがあった。ないはずがなかった。

「市……！」

どうしてそんなところにいるのか――などの、陳腐な疑問は一切浮かばなかった。

俺の心の拠《よ》り所である彼女が泣いている――その事実だけが、大切だったのだ。

すぐに市姫の許に駆け寄ろうとした俺だったが、背後から強烈なプレッシャーを感じて立ち止まる。

湖面が波打つ音が凄まじい。

見てはいけないものがそこにいるような気がしてならなかった。

だが、俺の身体はそんな危険意識とは裏腹に、いつの間にか市姫から視線を外して背後を向いている。

――

視線の先には光などまるでなく、俺の視界は真っ暗なまま、そこに巨大な存在の気配を感じ取り
「――ッ！」

俺は、寝所《しんじょ》から跳ね起きたのだった。

冷や汗が全身から噴き出してきている。

まるで冬の冷たい水に浸かったかのように身体が冷え切り、ガチガチと歯が震えた。

(な、何だったんだ……今の夢は……！)

俺が枕元の布を手に取り汗を拭っていると、市姫が俺の異変に気付いて起き出し、不安そうな目で見つめてくる。

「どうか、されましたか……？」

「あ、あぁ……いや、問題はない」

市姫を心配させないように気丈に振る舞いながら、俺は夢の光景を思い出してゾッとした。

(あの湖は、琵琶湖だ……)

真夜中の明かり窓からは、小谷城の外の風景を見ることはできない。

しかし俺は直感的に、夢のなかで捕らわれていた暗闇が、琵琶湖だと確信している。

そして――

(――廃墟になっていたのは、ここだ……)

夢とはいえ、あまりにも縁起が悪すぎた。

もしあれが正夢で、浅井が滅び、市姫がひとり残されるようなことがあるとすれば……

俺が思わず汗を拭う手を止めると、そっと近寄ってきた市姫が俺の手を優しく取った。

布を俺の手から外し、俺の身体を拭こうとしたのだろう。

だが、俺の手に触れた瞬間――我が妻は、あっと鋭い声を上げて息を呑む。

「長政様、お身体が……！」

「良い、気にするな」

俺は汗拭きを再開しながら言った。

「褥の外に身体が出てしまっていたようでな、それで冷えているだけだ」

市姫はふるふると首を振る。

「では、どうしてそんなにも汗が……！」

「気にするな」

「ですが……！」

「気にするなと言っている」

俺は寝衣《しんい》の乱れを整え、褥のなかに戻った。

しかし市姫は褥には入らず、枕元に腰を下ろして寄り添い、手の平を俺の額に載せてくる。

「大丈夫だ」

「……」

それでも、市姫はしきりに俺の額や首筋に触れてきた。

俺が何かを患《わずら》ったと思ったのだろう。その動作から、彼女が本気で俺を心配しているのがよく分かる。

「大丈夫だと言っているだろうが」

俺は市姫の手を摑んで起き上がった。そしてそのまま彼女の細い肩を抱き、褥のなかに引きずり込む。

そんな俺の行動に、我が愛しの妻は抵抗した。

「ですが、ですが……！　長政様のお身体に何かありましたら、市は……！」

悔やんでも悔やみきれません……！

そんな悲痛な声を上げて、市姫は俺の拘束から脱しようともぞもぞ動いている。

戦国時代の日本においては、高度な医療技術が存在しない。

全てが民間医療のレベルで、薬についても効能が疑わしいものばかりだ。

そのため一度でも病気に罹《かか》ると――今の俺たちからみてどんなに軽いものでも、すぐに死へ直結することも多かったのだった。

たとえば風邪を引けば肺炎になり、早ければ一ヶ月で死んでしまう――というのが日常の世界なのだ。

だからこそ市姫は、ここまで必死になってくれているのだろう。

俺は彼女の身体をより一層強く抱きしめた。逃がさない為ではない、温かかったのだ、色々な意味で。

「市、頼む……」

「長政様……？」

俺の様子がおかしいと気付いたのだろう。

市姫は抵抗を止め、俺の腕のなかから顔を見詰めてくる。

「寒いんだ……温めてくれ、頼む」

「……」

「寒くて、寒くて……仕方がないんだ……」

「……はい、長政様」

市姫はそっと俺に寄り添うと左腕を俺の肩に、右腕を俺の首の下へ差し入れて、ぎゅっと抱きしめてくる。

そして右手で俺の後頭部をゆっくりと撫で、左手では――ぽん……ぽん……と、一定のリズムで優しく背中を叩いてくれた。

それはまるで、夜泣きをする子供をあやす母親のようで――俺は情けなさと共に、冷めきっていた心がじんわりと溶け出すような、そんな幸福感を噛み締めることになる。

「ご安心くださいませ、長政様……」

市姫がそっと、俺の耳元で囁いた。

「市はここにおりますから……。長政様のお傍《そば》に、ずうっと……」

身体がじんわりと温かくなってくる。

母親のような温かさを持った市姫の熱が、俺の身体を包み込み――俺は心地よいまどろみへと落ちていくのだった。

◆　◆　◆　◆

永禄一〇年（一五六七年）二月六日、朝。

浅井家の領内はどっと活気に満ち溢れ、民たちは今朝方に伝えられたお触れを更に拡散するため、町々や村々の方々《ほうぼう》を駆けずり回っていた。

「おめえ、知ってっか？　お館様が北近江中の出湯《いでゆ》の整備をされるんだとよ」

「知ってるさ！　一〇文を寄付すればいつでも利用できて、俺らの名前が記念に彫り込まれるんだってな！」

「しかも、お館様のお名前と一緒に……だとよ」

「こりゃぁ、凄ぇことになんぞぉ……」

新たなニュースに盛り上がる町や村を横目に——俺は帝釈月毛に乗って、家臣である樋口直房《ひぐちなおふさ》と共に、領内を駆け抜けていた。

小谷山を南東に進み、伊吹山《いぶき》を左手に見つつ南下する。近江長岡《ながおか》から柏原《かしわばら》へ進めば、その先は山間に街道が続いていた。

（この先が、関ヶ原か……）

関ヶ原は北に伊吹山系、南を鈴鹿《すずか》山脈に挟まれ、東西にも山々が連なる高原盆地である。

南北約二km、東西約四kmに及ぶこの空間において、慶長《けいちょう》五年（一六〇〇年）、徳川家康率いる東軍と石田三成を首謀者とする西軍が、天下分け目の大合戦を繰り広げたことは——日本人の誰もが知っている史実だろう。

「長政様、これより西藤《さいとう》家が領地となります。お気を付け下され」

直房の言葉に頷き、俺たちは一気に関ヶ原を東北に向かって直進した。

関ヶ原は美濃国に属し、現在織田家と抗争の真っ最中である西藤家の支配領域でもあった。

しかし、織田家と西藤家の合戦は基本的に美濃の南部で行われているため、西美濃の守備は相対的に手薄だった。

というのも、西藤家は六閣家と攻守同盟を結んでおり、もし仮に浅井家が美濃へ兵を進めようとすると、六閣家がその背後を突くという取り決めが公然となされているらしい。

西藤家は近江国における南北のいがみあいを上手く利用しているのだ。

「……霧が濃いな」

俺は関ヶ原にはじめて来たことになる。

だが、そのはじめて見る光景を楽しむことはできなかった。

俺の思考の過半を占めていたのは――夜に見た、夢の内容。

荒廃した近江、崩壊する小谷城。

そしてひとりで咽《むせ》び泣く市姫と、俺の背後にあった得体のしれない巨大な存在……

あの夢が何なのか、何を意味しているのか、今の俺にはまるで理解ができない。

しかし、まるで黙示録のようで――俺にはどうしても、単なる悪夢として切り捨てることができなかったのだ。

(何か予兆があるのなら、それに対して万全の備えはしておくべきだ……)

もしかすると、俺は焦っているのかもしれない。ないしは、極度に恐れているのかもしれない
――帝釈月毛の鞍上で、そんなことを思う。

だが、それは当然だろう。そもそもからして、俺はこの世界が何なのか、未だによく分かっていないのだから。

この世界が俺の知っている過去の日本の、パラレルワールドだということは分かっている。

だが六閤家しかり、今回の西藤家しかり——史実とは異なるものが平然と存在しているのだ。

必ずしも史実通りには動かない。それは、もう仕方のないこととして割り切る他にない。

だが、それ以上に問題なのは——帝釈月毛のような、魔物という不可思議な存在も跋扈しているという情報である。

市姫はかつて、近江に生息する魔物は『尾張国《おわりのくに》と比べれば少ない』と言っていた。あるいは、京都から離れれば離れるほど、魔物の数は増えるとも言っていた。

それがどのような法則で成り立っているのか、俺には想像もつかない。

そもそもからして俺は馬以外の魔物を見たことがないのだから、彼らがどのような生態系を構築し、人間社会と関わっているのか——いまいち分からないのである。

いや、だからこそ、俺はなりふり構わず、取れる手段は取った方がいいのだ。断然に。

（史実に則ったプランは、史実通りに動かない人々だけでなく——史実に存在しない魔物によって、ものの見事にぶち壊される危険性が高いからな……）

とはいえ、そんなことは考えても埒《らち》があかないことである。

どう転んだとしても俺は北近江の戦国大名として、領地を守らなくてはならない。

そして、愛する市姫の夫として——彼女を庇護《ひご》し続けなくてはならなかった。

脳裏には——昨晩、必死に俺を看護しようとしていた市姫のひたむきさが思い返されている。

あれだけの愛情を夫に注げる女性は、俺の元いた世界でも少ないだろうし、この世界でも珍しいだろう。

（そんな彼女を泣かせる訳には……苦労させる訳には、いかないいんだ）

そのための投資として、家臣団を整備するために――俺は危険を冒してまで、西藤家の領内に侵入しているのである。


関ヶ原を越えれば、日本屈指の広まりを持つ濃尾《のうび》平野を視界に収めることができた。

ちなみにこの平野はただ広いだけの空間ではない。

木曽《きそ》川・長良《ながら》川・揖斐《いび》川によって土壌が豊かで、農業生産率が異常に高いのである。

織田信長は美濃を落とすまでに相当な年月を費やしたが、美濃を手に入れてから――あっという間に日本各地を制圧していったのは周知の如くだ。

その理由は、やはり美濃という豊穣の大地を得られたこと、それに尽きる。

美濃を制する者が天下を制する。そう言っても過言ではないほどに、極上の土地なのだ。

だがしかし、俺たちが向かうのは美濃の中核たる稲葉山《いなばやま》城ではない。

我らが拠点たる小谷城……

その城を伊吹山系で挟んだ丁度反対側にある、菩提山《ぼだいやま》城だった。

「長政様、ここが――竹中重治《たけなかしげはる》殿が居城にございまする」

「うむ……」

竹中重治、あるいは竹中半兵衛《はんべえ》と言えば、黒田官兵衛《くろだかんべえ》と共に豊臣秀吉の天下取りを支えた参謀であり、戦国時代屈指の軍略家である。

史実上の半兵衛といえば、「その容貌は貴婦人が如し」とされ、三六歳の若さで病死するという蜻蛉《かげろう》のような将だった。

彼は元々稲葉山城の城主である斎藤龍興《さいとうたつおき》に仕えていたが、しかし不遇であり、かつ女性のような容貌をしていたが為に――他の家臣たちから嫌がらせを受けていたという。

そして半兵衛は、そんな斎藤家に対してクーデターを敢行。

永禄七年（一五六四年）、たった一六名の仲間と共に――難攻不落と謳われた稲葉山城を、一晩で奪取することに成功している。

しかし彼は、奪った城をすぐに龍興に返却して放浪の旅に出てしまった。

色々と俗世間が嫌になったのだろう。要するに、自分探しの旅に出たのだ。

そして半兵衛が流れ着いたのが近江の浅井領であり、直房の家でしばらく生活していたのだとか。

それはこのパラレルワールドでも同じであり、だからこそ今回、俺はこの男を連れてきているのだ。

現在の半兵衛は隠棲《いんせい》している状態にあり、織田家に先んじて彼を口説き落とすことができれば――浅井家臣団は、相当な厚みを有することになる。

（問題は、そう上手くは行きそうにないということだが……なんとかしよう）

かの秀吉も、何回も半兵衛の許に通うことで彼を仕官させたという。俺も長丁場になることを覚悟しなければならないのかもしれない。

「お前たち、何用だッ!?」

俺と直房がゆっくりと菩提山城へ近づくと、武装した男たちが槍を突き出しながら叫んでくる。

ちなみに竹中家は、当主の半兵衛自らが引きこもってしまっている為――西藤家の人間がやって来ても、基本的に全て門前払いで追い返していた。

男たちも俺たちがそれなりの身分であることを察しつつ、「どうせまた西藤家の連中だろう」という顔をしている。だから先ほど、「何用だ」という問い掛けをされたのだろう。

そんなことを考えているうちに、直房が兵のひとりに声を掛け、

「拙者、浅井家家臣の樋口直房と申す。そしてこちらが、浅井備前守長政様にあらせられる。それだけ重治殿にお伝え下され。あの方のことだ、すぐに察して下さるであろう。取次をお頼み申す」

と言った。

その後はもう、竹中家の兵士たちはてんやわんやの大騒ぎである。見ていて可哀想に思えるほどの狼狽《ろうばい》ぶりだった。

なにしろ、いつものマニュアル化された「対西藤家中用」の対応ができず、しかも何の同盟関係もない浅井家の当主自らがやって来ているというのだから、当然といえば当然なのかもしれない。

所謂「まさかそんなことが……!?」という事態な訳だ。

兵士たちが城内へ俺たちの到来を伝えに走っている間、俺は興味が出てきたので半兵衛の居城をじっくり眺めることにした。

菩提山城は俺の拠る小谷城と同じく、山城である。

おおよそ四〇〇メートル位の山頂部分に本丸があり、山の中腹や裾野の至るところに櫓などの防衛施設が張り巡らされていた。なかなかに立派な構えである。

「おお、直房殿！　直房殿ではありませぬか！」

そして、待たされること体感的に三十分ほど後……

城門から大声を上げながら出てきたのは、筋骨隆々の大男。まさか、あれが半兵衛なのか、そう

なのか。

「やや！　重矩《しげのり》殿ですか！　これは久しぶりですなぁ！」

そんなことを考えている俺の横で、直房が声を上げた。そしてすぐに馬を降り、男の傍へと駆け寄ってがっちりと握手を交わしている。

（なるほど……あれは半兵衛ではないのか……）

どことなく、ホッとする思いだった。

というのも、巨大なシルエットから繰り出される野太い声に、俺は内心でビビっていたのだ。

いや、デカくて筋肉がみっちりと付いたガチムチ野郎を間近で見て怯えない男はいないと思う。

なにしろこの男、着物を着ているのにぱつんぱつんで、生地の下にどんな肉体が収まっているかが丸分かりなのだ。

夜中に会いたくない人物ナンバーワンである。

「で、こちらが……」

「そうです。我らが浅井の御大将、長政様でございます」

俺も帝釈月毛から降り、直房がそうしたように、筋肉ダルマに手を差し出した。

「長政だ。重矩殿、はじめてお会いするが……貴殿のことは前々からよく存じ上げていた」

というのも、史実における竹中重矩は——我らが遠藤直経を姉川《あねがわ》で討ち果たした男なのだ。知らないはずがない。

だが目の前の筋肉男は、俺の行動に困惑し、どうしたものかと途方に暮れていた。

そこでようやく、俺が大名で彼は一介の竹中家の家臣に過ぎないという立場を思い出した。

（まぁ、別にいいだろう）

なにしろ巨漢の重矩が挙動不審にしている様《さま》は、見ていて面白いのだから。

「……長政様は、こういうお人柄なのです」

直房は重矩に言った。

「むしろ、この場合は早めにお手を取らねば不敬でございましょう」

「た……竹中重矩でございます。むしろ我々の方が、備前守様の御高名を存じ上げている次第……」

腰を折って俺の手を握り、挨拶してくる重矩。

俺はその姿を見て、何となくだが挨拶回りをしているラグビー部の部員のようだなぁと思った。本当に、何となく思っただけである。

「どうぞ、お入りください。当主の重治がお待ちしております」

「うむ」

菩提山城の城門を潜り、本丸へと向かう。

馬繋場で帝釈月毛と別れることになったので、一応、世話係の者たちには「死にたくなければ彼女には指一本触れないように」と伝えておいた。

ちなみにその帝釈月毛といえば、馬繋場できょろきょろと左右を見回している。おそらく、めぼしい牡馬でも探しているのだろう。

重矩の案内で菩提山城の内部を観賞しつつ、連れてこられたのは城主館だった。

それはどこか懐かしい香りのする日本家屋を巨大にしたもので、外から見てもどっしりとした、重厚感のある造りになっている。

重矩がその館の戸を開け、俺たちを招き入れてくれた。

俺たちを先導する重矩の巨大な背中を眺めつつ——廊下を渡る、渡る。

そして遂に——

「——こちらが、兄上の部屋になります」

重矩は俺たちにそう告げてから、なかで待ち受けているであろう半兵衛に声を投げかけた。

「兄上、浅井備前守長政様、樋口直房殿、ご到着されましたぞ！」

「どうぞ、お入りください」

サッと襖を重矩が開き、なかに入るように促す。

そして、そこで待ち受けていたのは——

「竹中重治でございます。直房殿、そして備前守様。この度は遠路はるばる、よくお出《い》でくださいました」

——どう見ても見目麗しい女性にしか思えない、イケメンボイスの男だったのである。

第一八話　菩提山城《ぼだいやま》に棲《す》む穎才《えいさい》

竹中半兵衛という人物は、英傑揃いの戦国期日本においても屈指の軍略家である。

周囲を六閣家・若狭《わかさ》武田家・朝倉家といった強豪に囲まれている浅井家にとって、喉から手が出る程に欲しい人材であることは言うまでもないだろう。

諸説あるが、秀吉が信長の命を受けて半兵衛の織田家仕官の説得にあたりはじめたのは永禄一〇年（一五六七年）、それも稲葉山城を信長が攻略した八月以降のことだ。

いまは二月。史実に則れば、いまから半年後に秀吉がここを訪れることになるだろう。

だが、この世界は史実通りには必ずしも動かない。

石割兼光をめぐる信長からの手紙によれば、彼はもう完全に美濃を切り取るつもりでいる。

ともすれば、織田家の美濃攻略が早まる可能性だってあるのだ。

それを勘案すれば、早めに手を打たなければならなかった。

また、晩に見た悪夢の影響も大きい。

本来、浅井家は一五七三年に滅びる運命にある。

もし仮に、哲学の世界で言われているような歴史の「予定調和」が存在するならば、どれだけ足《あ》掻《が》こうとも浅井家が滅亡するという未来から逃れることはできないのだ。

だが、そんなものの存在を、俺は信じたくはなかった。

人には可能性があると信じたかった。

限りある選択肢のなかで最良の答えを積み重ね、進歩していけるという――人の選択可能性を信じたかったのだ。

だからこそ、黙示録的な悪夢を現実に到来させないためにも、俺ができる全てのことを実現させたかったのである。

（竹中半兵衛の浅井家招致も、そのひとつだ……）

俺は目の前で正座をしている半兵衛を、グッと正視した。

「備前守様、それに直房殿。遠路はるばるいらっしゃったのですから、喉もお渇きでしょう。茶でも出させます……就子《しゅうこ》！」

パンパンと半兵衛が手を叩くと、襖がサッと開き、可愛らしい少女がお盆を持って部屋のなかに入ってくる。

「紹介いたします、家内の就子です」

嘘……だろ？

俺は深々と頭を下げている竹中夫人を見ながら愕然《がくぜん》とした。

（この子が……嫁……？）

何と言ったらいいのだろうか。

そう、「女子中学生」と言った方が適切かもしれない。

そんなあどけなさが、強く残っている少女なのだ。

ちなみに、彼女が半兵衛の横に並んでいると――まず、夫婦には見えない。半兵衛の容姿もあって、母娘と言った方がしっくりくるなぁと思ったのは内緒である。

「粗茶《そちゃ》ですっ」

就子が年相応の明るい声で、俺と直房の前にお茶を置いた。

だが、ただのお茶ではあるまい。

おそらくもう既に、半兵衛による俺の値踏みははじまっているのだ。

「頂こう」

俺は湯呑に舌を付け、熱さを確認してから一気に飲み干していく。

慌てて直房も茶を飲んだ。半兵衛が目を細める。

「美味い」

「あっ、ありがとうございます！」

竹中夫人が嬉しそうな顔でお礼を言った。どうやら褒められたのが嬉しかったようだ。

それにしてもこの子は一体、何歳なのだろうか。

女性に年齢を聞くのはタブーなので直接聞きはしないが、見た感じ久とそこまで年齢は変わらなさそうな気がするのだ。

「……さて、重治殿」

「はい」

半兵衛が柔和な笑みを浮かべ、首を傾《かし》げながら応じる。

やばい、胸がときめきそう。男だけど。

「単刀直入に言おう。俺が今日、ここを訪ねたのは他でもない——重治、お前が欲しいからだ」

「……左様にございますか」

瞳を閉じて、半兵衛はしばらく考え込む。

焦げ茶色の、ウェーブのかかった髪の毛がふわふわと揺れている。

ちなみに、半兵衛の柔らかそうな後ろ髪は結わえられ——背中の真ん中付近まで伸びていた。

「ですが私は、もう他人にお仕えはしない……と決めておりますので」

「そうか」

「ええ、申し訳ございませんが」

そしてゆっくりと目を開いた半兵衛に、俺の願いは撥ね付けられてしまう。

だが、まるで怒りは沸いてこない。

それはきっと、半兵衛のゆったりとした人妻感のある雰囲気のせいに違いなかった。

「理由を聞いても良いだろうか」

「それは、至極当然な疑問であると思います」

衿《えり》に掛かる髪の毛を払いながら、半兵衛は言う。

「西藤家に仕えた後、諸国を遍歴《へんれき》して——絶望したから……でしょうか。この戦国という世の在《あ》り方に、私はもう関与したくないのです」

「ふむ……。では、何故美濃に戻ってきた？　この地は織田と西藤の狭間《はざま》で揺れ動く、動乱の渦中にあると言うのに……」

西藤家に未練でもあるのか？　と問えば、半兵衛はゆっくりと首を振る。

ウェーブのかかった焦げ茶色の髪の毛がふわふわと揺れた。

「御当代《ごとうだい》の龍興様は……」

そこまで言って、半兵衛は言葉を一度呑みこんだ。

「龍興様は、私のことなど……どうにも思っていらっしゃらないでしょうから……」

目は憂いを帯び、そっと伏せられる。

そこで俺は悟った。半兵衛の心のなかに、西藤家の当主が大きく影を落としていることを。

ともすれば俺がしなければならないことは、昼ドラの再現だろう。

所謂、お米屋さんと若奥様の関係である。若奥様（半兵衛）の心のなかにある夫（龍興）への想いを全て駆逐し、お米屋さん（俺）が夫の代わりにそこへ居座るのだ。

つまり、半兵衛の心を、龍興から寝取らねばならないのである。男だけど。

「決めた……直房！」

「は、はい！」

はっしと膝を打った俺に、慌てて彼が応じる。

「半兵衛と旧友の仲であるお前を蔑《ないがし》ろにするようで悪いが……すぐに城に戻り、政元や亮親に伝えて欲しい。俺は梃子《てこ》でも美濃から動かん、とな」

「あ、いや……ですがそれは！」

直房が慌てるのは当然だった。

大名家の当主が領国《りょうごく》を離れ、供廻《ともまわ》りもなしで単独で宿泊を企《くわだ》てるなど——絶対にあってはならないことである。

「構わんと言っている。直房、お前はこの重治を信じられんのか！」

「う……そ、それは……！」

直房はうろたえながら半兵衛と俺の間で視線を彷徨《さまよ》わせ、眉間に拳を押し当てて熟考した後——脱力した。

「三日……三日間だけでございますぞ、長政様……」

帰ってどのように言い訳をしようか考えているのだろう。

渋面《じゅうめん》を作りながら、直房は念を押すように言った。

「三日後にお迎えに参ります故、それ以上は……」

「ああ、感謝する」

俺はそう言って、腰に帯びていた脇差《わきざし》を差し出す。

「受け取るがいい、これが俺の、お前に対する表裏のない気持ちだ」

「な、長政様……!?」

予想だにしていなかったのだろう。

直房は目頭を熱く震わせながら、平伏して俺の脇差を受領した。

刀は、何よりもまず自分の身体を守るものである。

そして、それを配下に与えるということは、「お前は俺の命を任せるに足る」ということを意味したし——なによりも、家臣にとっては最大級の報奨だった。

直房が目を拭いながら退出していくと、部屋の主である半兵衛は嘆息する。

「本当に……竹を割ったようなお方ですね、備前守様は……」

「そうだろうか」

「……」

半兵衛は首を僅かに振りながら、大きく溜息をついた。

「いきなり我が城に乗り込んできたかと思えば、毒が入っているかもしれない茶を家臣に先駆けて飲み干し、人質として囚われるかもしれないのに単独で美濃に留まろうとする……」

天下に名だたる軍師はまた、大きく溜息を漏らす。

「これをどのようにご評価すればいいのか……この重治、いささか当惑しておりまする」

「む……」

そう言われると、俺が単なる馬鹿のようにしか聞こえない。

とはいえ、事実問題として、この時代の常識に則って冷静に考えてみたら——やはり、馬鹿でしかないのだけれども。

「……それだけ部下や重治殿を信頼しているのだと……そのような評価や解釈は、許されないものなのか？」

「参照例として、先月、六閣家の大軍に寡兵で突撃を敢行した……美濃でも一躍時の人となられている北近江の総大将がおられまして……」

つまりは単純馬鹿だと言いたいのだろうか。

「して、備前守様。美濃にお泊まりになられると仰られましたが、宿はどちらに……？」

「……この近くに、寺はあったりするか？」

すると、今度こそ、呆れたような溜息が大きく吐き出された。

「あるにはありますが……まさか備前守様、ご宿泊の伝《つて》や当ては……」

「今決めたのだから、ないに決まっているだろう」

俺が堂々と言い放つと、半兵衛は指先を眉間に押し付けて唸りはじめる。

家計簿を付けながら、一生懸命に資金繰りを考えている人妻のような仕草だ。

「で、どこか良い寺はあるだろうか。もし場所さえ教えて頂ければ――」

「――分かりました。備前守様、もしよろしければ当城にこのままお留まり下さい。御自身のお立場を踏まえ、その危険性を鑑《かんが》みた上で……ですが」

どこか諦めた様子で、半兵衛は言う。

「現在、美濃は織田家と西藤家による戦乱で荒れております。いくら寺社といえども、決して安心はできません。それに……まさか直房殿の主君を城から追い出して、野外で寝泊まりさせる訳には参りませんし……」

「うむ……そうか、では御厄介になるとしよう」

俺は心のなかで満面の笑みを浮かべながら首肯した。

まずは半兵衛の懐――パーソナルエリアに入り込まなければどうしようもない。

城への滞在が認められるのは、その第一歩に過ぎなかった。

「それにしても……くどいようだが、我が許で重治殿の力を振るって頂くことはできないものだろうか……」

「残念ながら……」

何故？　と問えば、先ほどと同じように、この世のなかに関与したくないという返事がくる。

「重治殿をそこまで頑強にさせるなど……一体何が原因なのだ」

「……悪意に、ございます」

とうとう、半兵衛は顔を歪めながら答えてくれた。

「人間は常に、心のなかに悪鬼を飼っております。主君や同輩を妬《ねた》み、嫉《そね》み、そして恨む……。一度はじまった悪意の噴出は、決して収めることはできません。悪意は伝播し、流行り病のように人心を腐らせます。その結果が、いまの乱れた世相なのです。人の皮を被った悪鬼が平然と太陽の下を歩くこの時代……どうして、自ら進んで表舞台に出たいなどと思いましょうか」

「……」

「私はもう、疲れました。地位も名誉も金も、なにもいりません。ただ、静かに暮らしたいのです」

「……なるほど、平穏な世界を望むか」

「それは、人として当然ではありませんか？」

半兵衛は力のない瞳を俺に向けた。

その瞳を強く見返しながら、俺は言う。

「ならば、その世を創れば良い、裏方としてな」

「……この戦国では、とても難しいと思いますが」

「そうかもしれない、困難かもしれない」

半兵衛に、俺は大真面目に語り掛ける。

「だが、困難でも良いではないか。万事、何事も『やろう』と思わなければ何も始まらん。希望がなければ……願いがなければ駄目なのだ。人は希望なくして前進はできん。そしてたとえ牛歩であったとしても――着実に前へは進むことができる」

「ですが、それは理想でしかありません」

天下に名だたる軍師は、悲痛な声で応じた。

「私とて、努力はしたつもりです。先代から続くゆるやかな西藤家の衰退をどうにかしようと試みましたが……駄目でした。全てが徒労に終わったのです。西藤家は何も変わらず、家中の空気も変わらず、ただただ凋落《ちょうらく》の道を歩むのみで……」

途端に、半兵衛は俯《うつむ》いてしまう。

史実においても、竹中半兵衛という男は――斎藤家において不遇を極めていた。

軍事的な貢献をしても適切に評価されず、政《まつりごと》へ建言を行えば冷笑をもって迎えられる……

その全てが、己の女性のような容貌のせいだというのだから、堪ったものではなかっただろう。

「備前守様、この世の中にはどう足掻いても変えることのできないものがございます。そしてそれは、挑み行く者たちを取り込んで、最後は絶望のまま引き裂いてしまうのです」

「少なくとも、重治殿はそうだった……と？」

「……はい」

半兵衛はやや逡巡した後、こくりと頷いた。

「だがな、重治殿。西藤家の事情は知らぬが――浅井家は違うぞ？」

俺は低い声で、かつ抑揚を付けて言った。

「いま、我らの北近江をより良い世界とするために、浅井家の多くの者たちが協力してくれている。もちろん、重治殿が言うことも確かだ。俺たちの理想を気に食わんと公然とのたまう親族連中もいる……」

だがな、と俺は強く強調しつつ続ける。

「そんなものは所詮、どうにだってなるものだ。多くの者が一丸となって突き進めば、障害などたやすく打ち破れると……俺は信じている。ひとりでは駄目でも、束になれば……な」

「多くの者が、一丸となって……」

嘆息するように呟く半兵衛の、女性のように白くほっそりとした両手を取って、俺は語り掛けた。

「西藤家で、重治殿はきっとひとりであったのだろう。龍興も、他の家臣共も、皆がお前を冷遇して……」

サッと、半兵衛は顔を伏せてしまう。だが俺は、構わずに続けた。

「人はな、ひとりの力では限界があるのだ。だからこそ他者と協力し、集団を作る。重治殿は俺が無謀で無茶なことをしてばかりいるとお思いかもしれないが……だがな、それは俺の後ろについて来てくれる家臣がいるからこそできるのだ。この世を変えるため、同じ方向を向いて走ってくれる家臣がいて、はじめて可能になるのだ」

それが浅井家なのだと、俺は熱い営業トークを捲《まく》し立てていた。

そして、人は熱を感じれば——やはり、感化されざるを得ない生き物である。

半兵衛は目をそっと瞑《つぶ》ると、呟くように言った。

「……しばらく、考えさせていただきます」

「ああ、そうして貰えるとありがたい」

俺はとても柔らかい軍師の手を握り締めながら、何度も何度も頷いた。

ひとまず、「絶対に何処《どこ》にも仕えない」という半兵衛の強硬姿勢にはヒビをいれることができたはずだ。

直房が俺を迎えに来るまであと三日。

それまでできる限り、半兵衛との間に信頼関係を築き上げたいものだが——さて、どうなるか。

就子が運んできた夕餉《ゆうげ》を、俺と半兵衛そして重矩の三名で取った後、俺は軍師様が自ら案内してくれた宿泊部屋に寝転がっていた。

「市——」

やはり、ひとり寝はなかなか寂しいものがある。

無意識のうちに妻の体温と匂いを求めている自分に気付き、「これではどちらが調教されているのやら」と苦笑しつつ……

俺はゆっくりと、意識を闇の底へ沈めていくのだった。

第一九話　淫辱《いんじょく》の過去

菩提山城の朝の食卓。

俺は昨夜と同じく、竹中兄弟と一緒に飯を食っていた。

玄米のご飯に味噌汁、そして魚の蒸し焼きに香《こう》の物──この時代では、かなりの御馳走である。

当然ではあるが味噌汁には出汁《だし》が入っていないようで、あまりおいしくはない。

「備前守様は、朝は苦手でございますか？」

半兵衛が上品に魚を食べながら訊いてくる。

魚の食べ方には育ちが出ると言うが、その説に従えば──軍師様はかなりの上流階級出身ということになるだろうか。

「いや、別段に弱いという訳では……」

「それでは、お身体の調子が優れない……ということでしょうか」

半兵衛が首を僅かに傾げた。

それと共に、焦げ茶色の人妻風な髪の毛がふわふわと揺れる、揺れる。

「……まぁ、そうなのかもしれない」

「それは大変ですね……」

半兵衛は箸を置き、ポンと手を打った。

「それでは、この後に私の部屋までお出で下さい。私が服用しているものですが、気付薬《きつけ》をお分けいたします」

「ああ、兄上はそこまでお身体が丈夫ではありませんからな。なので、薬の類《たぐい》については一家言《いっかげん》あるのです。俺にはまるで分かりませんがな」

ハッハッハ、と豪快に笑いながら重矩がそう教えてくれる。

やはり、このパラレルワールドでも――半兵衛の身体は、あまり強くはないらしい。

「重矩はもう少し教養を身に付けなければ、笑われますよ」

「いや、人間には得手不得手があると言うではないか兄上。俺には頭仕事は分からん、だから身体と戦場での勘を強めることに特化することにしたのだ」

「……まったく」

ふたりが何やら言い合っているが、何というか――実に役割分担が明確化されている兄弟なのだなぁと思う。

それに横で見ている限り、本当に仲が良さそうだ。

親族までもが下剋上で争う社会において、なかなかに貴重な二人組なのではなかろうか。

「備前守様、兄上に変な薬を盛られないようお気を付け下され」

「重矩ッ！　言っていいことと悪いことがあるでしょう！」

「いやはや、これは失敬。備前守様、どうか今の話はお忘れ下されば」

「あ、あぁ……」

俺は筋肉の塊に頷きながら、苦笑した。

菩提山城に来てから二日目。

俺はとてつもない苦難の時を迎えていた。主に下半身的な意味で。

というのも、俺の下半身が――何かあるたびに痛いほど勃起するだけに止《とど》まらず、ちょっとしたことでもムラムラしてしまうのだ。

その原因は明らかだった。要するに、セックス依存症である。

この世界に迷い込んで以来、俺は毎晩毎晩ずっと市姫と性行為を繰り返してきた。

そのため俺の身体は、夜になると性行為をするのが当然だと認識してしまっているのだ。

まさしく「パブロフの犬」状態なのだが、しかし借りた部屋で自慰に励むという暴挙に出る訳にもいかない。

しかも、俺は半兵衛の手が――男のものとは思えない程に、とても柔らかいことを知ってしまっている。

男だと分かっていても、俺の節操なしの下半身は、その手の感覚を思い出しながら自慰をするように欲求をしてくるのだ。

(重治もまさか、俺の不調の原因が……そんな下衆《げす》っぽいものだと思ってもいないだろうなぁ……)

そんなことを考えていた所為だろうか、半兵衛が俺の顔を見て訝《いぶか》しげな表情を浮かべた。

「どうかしましたか、備前守様」

「いや、済まない……考え事をしていたんだ」

しょっぱい味噌汁を啜りながら思う。

筋肉系でガチムチな重矩という男らしい弟がいるのに、どうして兄の方はこんなにもゆるふわ系の外見をしているのだろうかと。

これはきっと、この世界を作った神様による、壮大な悪戯《いたずら》に違いない。

「備前守様、ご飯のお代わりはいかがですか！」

部屋の隅でご飯の入ったお櫃《ひつ》としゃもじを持った就子が、元気よく聞いてくる。

元気いっぱいで、見ていてとても気持ちの良い少女だ。

俺はロリコンではないので、下半身のベクトルには全く作用しないけれども。

「ああ、それでは貰うことにしよう」

「分かりましたっ！」

鼻歌を歌いながら、俺の椀に玄米をぺたぺた盛っていく中学生っぽい少女。

それにしても、元気な女の子だ。

ともすれば、下世話だが——色々気になることも出てくる。

「どうぞ、備前守様！」

「ああ、ありがとう……。そう言えば就子殿、俺はこんな調子だが——君は昨晩、しっかりと寝られたかい？」

「はいっ！」

就子は満面の笑みで答える。

「いーっぱい寝ましたから！　今日も私は元気です！」

「そうか、羨ましいな」

俺がそう言うと、重矩が豪快に笑い、半兵衛は苦笑していた。

ふたりとも、微笑ましい光景だと思ったのだろう。

だが、俺は今の会話で確信した。

夫婦といえども、この少女と半兵衛の間にはおそらく――性交渉はないのだろうと。

「ああ、重治殿」

「……なんでしょうか」

俺の声に、若干居住まいを正しながら応じる半兵衛。

おそらくまた、浅井家への勧誘を受けるとでも思ったのだろう。

だが、そんな空気の読めない愚行を俺が犯すはずはない。

「いや、半兵衛殿が『武経七書《ぶけいしちしょ》』の『李衛公問対《りえいこうもんたい》』をご所蔵かどうか聞いてみたかったのだ。他の六冊は完読したのだが、『李衛公問対』だけはどこを探しても入手できず……。故、兵学を究《きわ》めた重治殿ならと――」

「――ええ、持っていますよ持っていますとも」

ものすごい笑顔で、半兵衛が答える。

「『武経七書』は兵学の研究における基本文献ですから。それにしても、感心致しました……備前守様も自ら研究をなさるのですね」

「まぁな」

俺は重治の熱意に押されつつ、苦笑した。

ちなみに、中二病患者が興味を示すジャンルのひとつが――戦争論や戦術論であることは言うまでもない。

俺はよく、学校に侵入してきたテロリストを戦略的戦術的に撃退するという妄想を楽しんでいたが、その際に参考にしていたのが『武経七書』である。

『武経七書』とは、中国における兵法の代表的古典のことで……

『孫子《そんし》』・『呉子《ごし》』・『尉繚子《うつりょうし》』・『六韜《りくとう》』・『三略《さんりゃく》』・『司馬法《しばほう》』・『李衛公問対』の七書を指す。

このうち『三略』については、かの有名な北条早雲《そううん》が兵法の極意を学び取った書としても著名だろう。

ちなみに俺の元いた世界では――これら七書全てをインターネット上にて、書き下し文付きで読むことができたので、内容はしっかり把握できているはずだった。

「天下に名高き重治殿とこうして出会えたのだ……。重治殿が浅井家に来てくれるか否かは関係なく、兵法を論じ合うことができれば……これに勝る経験はなかろう？」

「そうですか、ならば……」

半兵衛は箸を取り、柔らかな笑みを浮かべる。

「早く朝餉《あさげ》を済ませましょう、一日の時間はあるようでありませんからね」

「ははっ、災難ですな備前守様」

重矩は笑いながらきっぱりと言った。

「兵法について話しはじめると長いですぞ、兄上は。俺は身体を鍛錬する方が性に合っているので、参加は遠慮させていただきましょう」

そんなこんなで朝食が終わると、重矩は有言実行――半兵衛の前から颯爽《さっそう》といなくなってしまう。

就子も「編み物をしてきます！」と言って、彼女の自室へと閉じこもってしまった。

そこで俺は思い出す。

史実における竹中半兵衛という人物は、兵法の講談中にトイレのために中座した息子に対し――『兵法の話をしている間に厠《かわや》に立つとは何事か！　愚か者め、催したら畳の上ですればよかろう！』と言い放ったという逸話が残っている人物だったということを。

そして俺は、微かな不安を感じながら――半兵衛の自室へ、ふたりっきりで向かうことになるのだった。

◆　◆　◆　◆

「……ふぅ」

俺の溜息が白いもやとなり、そして消えていく。

俺は屋敷の外に設けられていた厠で、ほっと一息ついていた。

外は既に夕焼け空で、もうじきに夜の帳《とばり》が下りることだろう。

(それにしても……重矩の言う通りだったか……)

そう、半兵衛の話は長かった――長すぎたのだ。

結局、朝食の後から夕方になるまでずっと彼の部屋に拘束され、休憩は竹筒に入った水を飲むくらいで――トイレにすら行けなかったのである。

「だが……気付かれなくて本当によかった……」

ギンギンに熱り立っている息子を見つつ、また溜息を吐く。

確かに朝からムラムラとしていたことは事実だ。しかし今や、その欲求不満は爆発寸前になっている。

理由は明白だった。半兵衛とふたりだけの密室で、長時間過ごしたのが良くなかったのだ。

「全く……なんだってあんなに無防備なんだ……」

男である半兵衛に対して、あまりにもアレな言い分だということは自分でも分かっていた。

だが、目を輝かせて拳一個分の距離まで詰め、兵法を熱心に語る彼は——男とは思えないような、不思議な香りを纏っていたのである。

半兵衛の声がイケメンボイスでなければ、俺の股間は完全に臨戦状態になっていたことだろう。

「いや……この際むしろ男でも……」

おい、何を言っているんだ俺は。

厠のなかで、俺は自分の両頬を思いっきり引っ叩いた。

「くそ……やっぱり、抜いてないのがキツイのか……」

どくんどくんと脈動している我が肉棒を見下ろしながら、俺は生唾を呑み込む。

(やるか……ここで)

たった一日でここまで煩悩《ぼんのう》に悩まされるあたり、俺の性欲はなかなかに異常である。

このままでは明日、何をしでかすか分かったものではない。

そして俺は決断する。脳裏に市姫の美しい裸体を思い浮かべ、それを好き勝手に貪る妄想をはじめ、股間に手を伸ばそうとして——

「備前守様、いらっしゃいますか⁉」

――突如、就子の声が厠の外から響き、心臓が止まりかけた。

ソロプレイに励もうとした瞬間に、部屋のなかに母親がノックもなしに入ってきた――おそらく、それぐらいの衝撃である。

「実は、今日は湯殿《ゆどの》にお湯を入れる日なんです！　だから備前守様にもお湯を召し上がって頂こうと思いまして！」

「そ、そうか……」

声が裏返っていないか不安になりながら、俺は応じた。

「なら、後で案内して貰おうかな……」

「はい！　ここで待ってますね！」

陽気な就子の声が返ってくる。

何と言うことだ、これでは自分で処理しようと思っても彼女にばれてしまうではないか。

「……」

「……備前守様、どうしてそんなにお辛そうなお顔をされてるのですか⁉」

「聞かないでくれ……」

げっそりとした顔のまま、俺は性的なことを殆ど知らないであろう就子に湯殿まで案内された。

どうやら一番風呂を頂けるらしい。

とはいえ、次から次へと湧き出してくる天然の温泉とは違い――ここの湯殿は、浴槽に一定量のお湯を注ぎ込む形式である。

よって、精液をぶちまけた後、それを洗い流すという無駄なことにお湯を使うことはできない。

しかも、湯殿の換気口は壁に開いている格子窓くらいだ。つまり、ソロプレイで発射すると――

おそらく、臭いが籠って次の利用者にばれてしまうだろう。

「どうして世界は……ここまで非情な……」

俺はトイレでしてしまった妄想で性欲を高められたまま、悶々《もんもん》とした状態で風呂を上がることになる。

たしかに身体は綺麗になったが、しかし下半身はスッキリしていない。

そんな下らないことを考えていると、俺との入れ替わりで半兵衛が現れた。

夕日に照らされるその綺麗な顔を見た瞬間、ドキンと胸が高鳴ってしまう。

「どうでしたか、お湯の方は」

柔和な笑みを浮かべながら、半兵衛が訊いてくる。

「ここには出湯がありませんから、湯を沸かして湯船に注ぐのが贅沢なのです」

他にも半兵衛が色々と話しかけてくるのだが、俺の耳には全然内容が入ってこない。

俺は身長が一七四cmなのだが、対する半兵衛の身長は一五六cmほど。

なので自然と彼を見下ろすことになるのだが、その際に着物と髪の隙間からちらつく首元がどうにも色っぽくて、気になって仕方がなくなってきた。

やはり、今の俺は性欲の権化となってしまったらしい。

「兄上、すまん……遅れてしまった」

すると、軽装ではあるが――刀を帯びた重矩が走り寄ってくる。

「……ごめんなさいね、重矩。今日もお願いします」

それでは備前守様、また後ほど。

そう言って、半兵衛の姿は湯殿のなかへ消えていった。

残されたのは俺と筋肉ガチムチマンの重矩だけ――流石の俺も、彼には欲情しないようだ。

「備前守様、どうぞ、部屋に戻られてお寛《くつろ》ぎくだされ」

俺を湯殿から遠ざけたいのか、重矩はそう言った。

「夕餉の時間になりましたら、お呼びいたします故」

「む……そうか」

重矩がどうして武装して湯殿の出入り口に立っているのか、その理由は想像する他にない。

半兵衛は病弱とのことなので、何か問題があったらすぐに対応できるようにしているのかもしれないし、あるいは単なる暴漢対策なのかもしれない。

そんなことを思いながら湯殿から去ろうとすると――

「重矩さま――ッ!!」

――焦った様子の兵士がひとり、大慌てで走ってきたのである。

「重矩様！　重矩様！　大変、大変なことが起こりましてございまする！」

「どうした、何があった！」

「そ、それが――」

兵士は俺の方をチラリと見ると、慌てて視線を重矩に戻す。

「――ひ、ひとまず馬繋場までお願い致します！　本当に大変なことが！」

「……ッ！　クソ、仕方がないか……！」

重矩が兵士と共に走り去っていく。

その後ろ姿を見やりながら、俺は何が起こったのかを察した。

（帝釈月毛……やはり、竹中家の馬も喰いやがったか……）

おそらく今ごろ、帝釈月毛は竹中家の馬から強姦された——傍から見ればそうとしか思えないプレイに興じているのだろう。

俺は兵士の慌てぶりを思い返しながら、そう推測する。

自分の家の馬が、浅井家総大将の愛馬をレイプした……

そんなことが表沙汰にでもなれば、もはや浅井家と竹中家の間の外交問題に発展しかねない。

（だが、ナイスだ帝釈月毛……！）

俺はふらふらと湯殿に近付きながら思った、これでようやく半兵衛の裸体を拝める……と。

おそらく、今の俺は——後でこの時のことを思い返した際、常軌を逸していたと断じられてしまうだろう。

だが俺の頭のなかは、「あれだけ可愛い顔をしているんだから別に付いていていても問題ない」という悪魔のささやきで満ち満ちていた。

湯殿の格子窓へふらふらと近づくと、それに張り付いてなかを覗きはじめる。

まさしく、日本の伝統にのっとった覗きのスタイルだ。

「おぉ……」

湯気の立ち込める湯殿のなかで、朧《おぼろ》げに揺れる白い裸体。

よく目を凝らさなくとも、半兵衛の身体だと分かる。

とても男とは思えない、小さくて華奢なその身体。

俺の目には真っ白な背中と、水気を吸いながらも広がり、そこにぺたりと張り付いている後ろ髪が見えた。風呂のなかではやはり、結わえていた髪を解くらしい。

彼は手の平でお湯を掬い取り、肩にかけている。

俺の視界に収まっているのは、半兵衛の背中と濡れ髪のみ。

だが、彼の手がその胸部を通った瞬間——空気が変わったことだけは分かった。

その真っ白な手が胸から離れず、小刻みに動きはじめたのである。

「んっ……」

半兵衛の喘ぎ声が漏れた。

「はぁ……んんっ……」

その左手で左胸を、右手で股間を弄っている。

そして半兵衛の手の動きは段々と大胆になりはじめ、腰をびくびくと震わせはじめたではないか。

「はぁ……ふぁ……んん、はぅ……」

もう、ビンビンだった。

俺のビッグサンは股布を押し上げ、「ここから出せ！」とばかりに、着物という監獄への決死のレジスタンスを行っている。

俺もその活動を支援したかったが、「ここで股間を曝け出しているところを誰かに見られたら破滅しかない」という危機意識が辛《かろ》うじて残っていたため、服を脱ぎ捨てることはなかった。

（それにしても……なんだあれ、滅茶苦茶いやらしいじゃないか……）

半兵衛はどうやら乳首を攻められるのがお好きなようで、ずっと左手で乳首を弄り続けているらしい。

世の中には乳首攻めを好む男性が一定数存在するが——そんなに気持ちが良いのなら、今度、市姫にお願いしてみよう。

「はっ……んっ……」

びくんと身体を震わせながら、半兵衛の手が激しく動く。

だが、その自慰のやり方が一般的な男性のそれと異なっているのが気にかかった。

あの腕の動きでは、掌を股間に押し付けているとしか思えない。

「御当代様……龍興様ぁ……」

なんだ、半兵衛の妄想相手は男か……

俺のビッグサンが、思わずしなしなと減縮していく。

どうやら彼の想い人は、織田家が大絶賛侵略中の美濃国国主のようだ。きっと、彼とは「ただならぬ仲」にあったのだろう。

ともすれば、半兵衛が西藤家を去ったのは、痴情のもつれか何かなのだろうか。

「だめです、龍興様……そこは汚い……」

どうやら半兵衛は空想のなかで、龍興に後ろを弄られているらしい。

この時代は衆道《しゅどう》が普通のようなので、とりたてて不思議なことではないが——

「あ……あ、龍興様ぁ……！」

――大きめの喘ぎ声が響き、びくんと半兵衛が身体をのけぞらせた。どうやら絶頂したらしい。長くしっとりと水気を含んだ髪の毛が降り乱れ、色気を撒き散らす。

「や……だめです、龍興様……私、もう……！」

快楽を得ることを拒絶しながら、しかし身体は肉欲が満たされることを欲している――そんな内面がよく分かる動きだ。

半兵衛の両腕が激しく動き、湯殿からはくちゅくちゅと、粘性の液体が奏でる淫音が聞こえはじめる。

(これ、重矩がいたらどうなっていたんだろう……)

そんなことを考えていると、半兵衛の真っ白な腰がびくびくと震え、くねくねと快楽を逃がすように悶えはじめた。

「あぁ……龍興様、龍興様……や……んん……っ！」

俺が知らない男の名を呼びながら絶頂する男――うーん、カオスだ。

半兵衛は痙攣する身体をギュッと抱きしめ、しばらくすると――脱力したのか、呼吸を荒らげながら仰向けに湯殿の床に身を横たえた。だが――

「――は？」

網膜に情報として飛び込んで来たのは、俺の理解を越える光景だった。

「――おっぱい」

そう、市姫クラスとは言わないが、俺の掌にちょうど収まるくらいのサイズの乳房が――半兵衛の胸部にふるふるとくっついている。そして――

「――ない」

股間には、我らが男のシンボルが――存在しなかったのである。

(ど、どういうことなんだ……？)

俺は混乱のあまり、ふらふらと格子窓から一歩二歩と遠ざかっていく。

声は男なのに、おっぱいが付いていて股間にナニがないとか――一体、どういうことなんだ。

それに半兵衛の声は、男でも限られた連中しか出せないイケメンボイスだ。女が絶対に出せるような音域ではないというのに……

ガサッ。

足元から、嫌に耳につく音が響いた。

動揺の余り、周囲の確認を怠っていたのが拙《まず》かったらしい。

枯葉である。積もった枯葉の小山を、俺の片足が踏み抜いてしまったのだ。

湯殿のなかで、びくりと半兵衛の身体が動き――その怯えるような瞳が、格子窓の奥を見つめる。

俺は自らの失態を悔いながら、緊張した視線を格子窓の向こうに送っていた。

俺と半兵衛の視線が格子窓を結点として絡み合い、炸裂する。

「やべぇ！」

格子窓目掛け、半兵衛が悲鳴と共にお湯をぶちまけた。

俺は逃げ出す。逃げ出す他になかった。逃げ出してどうにかなる訳ではないのに、そうすることしか考えられなかったのだ。

これが、覗き魔の末路である。

「どうする……どうするよ、俺」

宿泊している部屋に駆け込むと、俺は頭を抱えて唸った。

帝釈月毛で逃げ出すことは不可能だ。

どうせ今ごろ、重矩や竹中家の面々から浴びせられる視線をスリルにして、背徳感溢れるプレイに興じているのだろう。

俺は牡馬と交わったばかりの、獣臭い帝釈月毛の背中には乗りたくはなかった。

「……でも、いい身体だったなぁ……」

声は男、身体は女。一体全体どういうことなのか、俺には皆目見当もつかない。

しかし、俺の性欲は些細《ささい》なことを切り捨ててしまうレベルまで高まっている。

市姫に感じるリビドーとはまた違う、妖しい官能が腰のあたりに漂いはじめた。

あの肌を抱いた時、どんな感覚がするのだろう。

市姫のようにしっとりと柔らかい感じなのだろうか、あるいは瑞々《みずみず》しさに溢れた感じなのだろうか。

（いやいや……待て、待て待て待て待て。なんでそうなるんだ、おかしいだろう……！）

だが、そうは思っていても――俺の身体は暴走して、理性を肉欲が駆逐しはじめていた。

抱きしめて思いっきり胸を吸ったら、どのような声で喘ぐのだろうか。

その蜜壺に俺の息子を挿し込むと、どんな淫らな貌を見せてくれるのだろうか。

あるいは俺の腕のなかに抱かれながら、他の男に赦《ゆる》しを乞うのだろうか。

「う……ぐ……」

ゾクリ、と俺の背中に凄まじい快楽が走る。

想像しているだけなのに、射精してしまいそうなぐらいに身体が興奮しているのだ。

(まずい、おかしい、どうしたんだ俺の身体は……！)

頭と身体が切り離されたような、あるいは身体に意識が侵食されているような——そんな悍《おぞ》ましい恐怖を仄《ほの》かに感じながら、俺は歯を食いしばるのだった。

第二〇話　悔恨《かいこん》と過去

夜が、来た。

酉《とり》の刻（一八時頃）からしとしとと降りはじめた雨は、やがて大降りになっている。

二月の雨は急速に気温を奪い、その身を激しく大地に打ち付けては弾け飛んでいく。

それもあって、通路が基本的に舗装されていない菩提山城は——いまやすっかりと、泥水の支配する空間へと変貌していた。

ちなみに、これは菩提山城が後進的だからという訳ではない。

今ごろ全国各地の城砦《じょうさい》や村落も、同じような状況になっていることだろう。

日本で道路がコンクリート舗装されるようになるのは、もっと後の時代のことなのだから。

「ぐ……う……」

そんな雨の音を聞きながら、俺は腕を噛み、性欲を落ち着かせていた。

煩悩を殺し切ることはできないが、何もしないでいるよりはよっぽどマシだろう。

痛みが混じることで、身体が性感の一色で染まることがないからだ。

そんな折、俺の所に就子がやって来て、夕餉の支度ができたという連絡をくれた。

彼女の快活さが、性欲に曇《くも》るいまの俺にはとても眩《まぶ》しく見える。

就子に案内された部屋に入ると、それまでにないぐらいの緊張をみせる竹中兄弟——いや、竹中姉弟がいた。

だが、その緊張の理由は姉と弟でそれぞれ違うものなのだろう。

弟の方は、俺の愛馬である帝釈月毛を「傷物」にしてしまったことへの深い悔恨を抱え、これをどうやって伝えればいいのかについて迷い、苦悩している様子だ。

対して半兵衛は、当然帝釈月毛のことを重矩から相談されているだろうが……

何よりも、女性であることを知られてしまったことについて悩んでいるに違いない。

「申し訳ない、お待たせしてしまったようだ」

そして、俺は敢えて素知らぬ顔をして席に着くことにした。

「備前守様」

そんな俺に対し、緊張の色を含んだ硬い声で——半兵衛が声を掛けた。

重矩はその巨大な体軀を縮め、まるで甲羅に首を収納しきれなかった亀のようだ。

きっと、気が重くて仕方がないのだろう。

「お話ししたいことがございます……。後ほど、私の部屋にまでご足労いただけませんでしょうか」

「ん……構わんが」

俺が無知を装いながら答えると、半兵衛の目が鋭くなった。

「重矩殿……どうしたのだ、そのように身体を縮めて。ああ、そう言えば馬繋場で騒動があったようだが——無事に解決したのだろうか？」

「は……はっ」

「ならば良かった。俺はこうして世話になり、恩を受けた身でもある。何かあれば浅井家として助力しよう……何なりと申し付けるがいい」

「きょ、恐悦至極《きょうえつしごく》にございます……」

蒼白になりながら、重矩が平伏する。

その後すぐに夕餉が運ばれてきたが、竹中姉弟はほとんど膳に手を付けることはなかった。

やがて膳が下げられ――俺は半兵衛に招かれて、昼間にも来た彼女の自室へと入ることになる。

部屋の壁は全て書架となっており、古今東西の戦術書だけでなく、半兵衛が収集した他家の大名たちが繰り広げた合戦の記録が積み上げられていた。

そんな貴重な資料に取り囲まれながら、俺は半兵衛と向き合うことになる。

彼女はかなり緊張しているようで、何かあれば即座に対応できるような姿勢を取っていた。

それは男から暴行をされることを恐れているかのようで、俺は改めて湯殿を覗いたことを後悔することになる。

だが、それ自体は合理的な理由を付ければごまかせるだろう。

問題なのは、彼女を押し倒せとしきりに命じてくる――俺自身の肉欲だ。

「まずは、詫びさせてもらおう……済まなかった、重治殿」

俺は頭を下げながら続ける。

「だが、湯殿を覗いたのはどうしても確かめたかったからなのだ……。重治殿が手は、とてもではないが男のものとは思えなかったのでな」

「……左様でございますか」

「ああ、重治殿が男なのか女なのか――それは、浅井家への招致の際に大きな問題となる故」

後付けではあるが、実に正当性のある覗きの理由だ。

半兵衛も心象的には承服し難いが理由は分かった、という表情を見せている。

「……」

そして、しばらくの間続く無言の時間。

室内灯籠の灯りが揺れ、外からは激しい雨音が聞こえてくる。

部屋のなかには、微かに土の香りが漂っていた。

「重治殿……」

俺が呟くように声を漏らすと、彼女は僅かに身じろぎをする。

「教えてくれないか、どうしてなんだ……。どうしてお前の身体と声は、一致しないんだ……？」

最大の疑問点は、そこにあった。

湯殿で見た半兵衛の身体は、明らかに成熟した女のもの。

しかし彼女が発する声は明らかに男のもので、酷く不釣り合いだった。

ともすれば「半兵衛とは何者なのか」という人間としての存在そのものに対する疑問が生まれてくる。

それは俺の性欲とは隔絶する次元での関心でもあった。

「……その」

半兵衛は言葉を濁《にご》しながら、俯いてしまう。

しかし、彼女には俺の問いから逃げるという選択肢は存在しない。

もはや言い逃れはできず、かといって俺の口封じを行うこともできない。

俺を殺したところで、明日、直房が菩提山城にやってくることで事態が明るみに出てしまう。

そうなれば復讐に燃える浅井家との全面戦争は避けられず、更に「義弟殿の弔《とむら》い合戦」を大義名分として襲来するであろう織田軍の、竹中家やその領民に対する徹底的な殺戮《さつりく》が行われるのは目に見えていた。

俺を殺せば竹中家は終わりであり、それが分からない半兵衛ではない。

「……少し、お待ちください」

半兵衛は立ち上がり、書架の一角からひとつの匣《はこ》を取りだした。

縦横それぞれ二五㎝程度の、正方形の匣である。

なにかの書類が入っているのだろうか……

そんなことを考えていた俺の前に半兵衛はそれを置き——蓋を取った。

すると、ぽうっと音を立てて——球体状に固まった青白い靄《もや》が、ゆっくりと匣から立ち昇ってきたではないか。

「な……なんだ……これは……」

青白い靄は匣から二〇㎝ほど浮き上がったところで拡散し、半兵衛の鼻腔と口腔を通じて彼女の体内へと入り込んでいく。

すると、新たな靄が半兵衛の鼻と口から這い出てくる。

それは匣の二〇㎝上空で球体状に固まると、その内部に収まっていく。

半兵衛は匣に蓋をして自らの脇へと置くと、ゆっくりと口を開いた。

「このような、訳でございます……備前守様」

彼女の口から放たれたのは、まさしく女性の声。

その衝撃は凄まじく、俺はとっさに言葉を出すことができなかった。

もはや性欲がうんぬんの話ではない。分からないことが多すぎるのだ。

「このような訳……って、まるで分からんぞ……重治」

俺は絞り出すように訊く。

「第一、その匣は何なのだ……？　どうしてお前の声が、そんな……」

「これは『腔片《こうへん》の匣』にございます。この匣にはひとり分の声を保管し、随時それと己の声を入れ替えることができるのです」

「どういうことだ……」

「……さあ？」

魔術など、大概そのようなものでしょう？

半兵衛はそう言って、儚《はかな》げな笑みを浮かべた。

「この世には、説明することのできない様々な怪奇が満ち溢れております。私たちの曩祖《のうそ》が人の手で操作することのできる怪奇を『魔術』と総称して以来――私たちはそれを、至極当然のものとして受け取ってきました。ですから、『どういうことなのか』という問いを発したことはありませんでしたね……身近なものとして利用しているだけに、尚更」

魔術という新しいキーワードが登場するなど、状況を整理するだけで手一杯になっていた俺だったが――半兵衛のその言葉は、なんとなくしっくりくるものだった。

俺の元いた世界では、『科学』なる技術が物凄く発達している。

しかし俺たちはそれを何気なく利用しながら、その割には「どういう原理になっているのか」ということについて、まともに知っていることの方が珍しい。

たとえば、普段通学で利用していた電車もそうだ。

電車がどのような構造になっていて、電気を受けてどの部分が稼働し、どのような連鎖反応によってその車体を走らせているのか——俺は知らない。

更に言ってしまえば、家のなかにあるような電化製品……

たとえば蛍光灯が「どういった原理で光るのか」ということについても知らないし、ガスコンロの構造についても無知だった。

人間はどのような世界にあっても、技術開発に携わるような特定の人間以外は——目の前の現象を深く考えることなく、「そういうもの」として受容する。

俺にとっての科学がそうであったように、半兵衛にとっての魔術もそうなのだ。

俺も目の前に起きている現象——声を入れ替える魔術を、そのまま「そういうもの」として受け入れなければならないのである。

そもそもからして、帝釈月毛という身近な「馬」自体が超常的な生き物なのだ。今さら何を驚く必要があろうか。そうなると——

「なら、どうしてお前は……」

——声を偽る必要があったのだろう。次に生じる疑問は、それだ。

俺の問い掛けに、半兵衛は今にも消えてしまいそうな薄い笑みを浮かべた。

「人は、目だけではなく、耳によって状況を判断する生き物です。そして耳を通じた認識は、極めて大きなものがあります」

「つまり……男である必要が、声で男であると偽る必要がお前にはあった——そういうことか？」

「はい……」

半兵衛は穏やかな物腰で頷く。

とはいえ、彼女に言われるまでもなく——声そのものは、俺がこの世界に迷い込んでからかなり気を払ってきた重要な要素だった。

声に抑揚を付ければ人の感情にも干渉できるし、何よりも声質によって対人イメージは大きく変動する。

いくら女性的な見た目であっても、声が明らかに男のものであれば——人は、目の前の人物を「女性的な外見の男」だと錯覚してしまうのである。

それが、人間という生き物なのだ。

「竹中家は、古くから美濃守護たる土岐《とき》家と縁戚関係にあります。しかし、土岐家が追われて美濃が西藤家の傘下に収まると同時に——私たち竹中家は潜在的な敵対分子ですから、人質の提供を求められました」

「だがそれは——」

本来ならば、竹中家の長男が努めるべきだろう。

家制度によって成り立つ戦国期日本において、人質としての女には——当主の生母や妻でない限り、ほとんど価値はない。

つまり重治が女性だというのであれば、人質としての役割は——事実問題として男である重矩が代行するべきだった。

「……私や重矩には、重行《しげゆき》という兄がおります」

「何？」

俺は耳を疑った。そして、自分の知識が完全でないことを痛感する。

俺の元いた世界において、美濃の竹中家といえば、やはり第一に竹中半兵衛だった。

それ以外の竹中家の人物を、積極的に取り上げるメディアを俺は見たことがない。

だがそれは、当然のことながら——半兵衛が長男であることを示すものではないのだ。

「兄は今も、床から一歩も起き上がることができないほどの病を患っています。そのような兄を、どうして人質に送れましょうか」

「だが、重矩が——」

「——あの子も、以前は兄同様……大きな病を抱えていたのです」

お母様も亡くなっていましたので、竹中家で人質として機能するような——まともな身体を持った者は、私しかいませんでしたから。

そう言って、半兵衛は笑う。俺は彼女のそんな表情を見て——重矩が身体を鍛えに鍛えている理由を、なんとなく理解することができた。

「ですが、女を西藤家に送ることは不適切ですから……」

「お前が、兄や弟の代わりとして、『男』として人質に送られた」

「はい」

「『男』として認識させるために、声も『腔片の匣』で変えていた」

「その通りでございます」

「重治という名も……？」

「人質に送られる際に、いただきました」

「なら、お前の通称である半兵衛……『半』とはまさか……」

「皮肉、なのでしょうね」

つまり、本来であれば誰かの妻として子を生し生涯《な》を終えるはずだった半兵衛は——兄弟の身代わりとなったことで、その人生を大きく狂わされたということになる。

ちなみに、人名として現れる「兵衛」という語句そのものの語源は、七世紀後半の飛鳥時代から一〇世紀まで続く律令《りつりょう》制の下に存在した兵衛府《ひょうえふ》の内部官職たる「兵衛」に由来するらしい。

守り戦う人が兵衛であり、これが転じて男を表象するようになったのだが……

それに「半」が付随した綽名《あだな》で重治が呼ばれているということは、かなり悪意的だと言っても良いだろう。

「要するにお前は西藤家で、女だと……」

「はい、いとも簡単に見破られてしまいました」

なんでもないように、あっさりと半兵衛は認めた。

「だがどうして、お前はそのまま——」

——男として生き続けているのか。

そう問おうとしたが、半兵衛が先回りするように言った。

「龍興様のお陰なのです、全ては龍興様の……」

彼女はそう言って、俯き、胸元を握り締める。

「龍興様は、男衆から辱めを受けていた私を救い上げて下さいました。薄汚く穢れた私を抱きしめて、そして……」

そこまで続け、半兵衛は微笑する。まるでその思い出に縋るように。それしか寄る辺《べ》がないような顔で、彼女は笑っている。

「だが、お前は稲葉山城から龍興を追ったのだろう……？」

「……」

半兵衛は途端に俯いてしまう。

俺はその仕草で、限りなく確信に近い推論を得るに至った。

「結局のところ、全ては龍興の指示だった……。自分を助けてくれたと思った龍興が、実はお前を辱めるように指示を下していた張本人だった……。全ては計画通りに行われ、何も知らない生娘《きむすめ》だったお前は、男たちの掌の上で踊らされただけ――それを知ったから、お前は……」

史実における斎藤家の始祖である斎藤道三《どうさん》は、息子である斎藤義龍《よしたつ》と弘治《こうじ》二年（一五五六年）四月に長良川で衝突し、敗れた。

この時に半兵衛の父である重元《しげもと》は、道三側の将だったとされる。

つまり竹中家は、斎藤義龍から龍興までに至る「勝利者」としての側の系譜には属していないのだ。

このパラレルワールドでも、同様なのだろう。

「敗北者」の側にいた竹中家に対し、龍興の取り巻きが良い顔をする訳がない。

しかも、人質として送られてきた人間は、女だ。

凌辱《りょうじょく》は、凄惨を極めたことだろう。

「それにもかかわらず、お前はどうして龍興なんぞを……」

「駄目なのです」

半兵衛は己の身体を抱きしめながら言った。

「過去は消せない、変わらない。私の歴史も変わらない。ですがそれでも、龍興様を信じなければ——壊れてしまう」

そう、小さく呟く。

必ずしも同一ではないが、ストックホルム症候群と近しい——そんな気がする。

「龍興様がいなければ、私はあのまま慰み者として死んでいたかもしれない。そう思うと……たとえあの方が裏で糸を引いていたとしても、私があの方に『助けられた』という事実は変わらないのです。壊れかけていた私を繋ぎとめてくれた、その事実は変わらないのです……」

「だが、歪《いびつ》だ」

俺は半兵衛ににじり寄りながら断じた。

半兵衛は俺を恐れるように、じりじりと後ろに下がりはじめる。

「そのような下衆じみた男に、お前の心が引き摺《ず》られる必要は皆無だろうが」

「駄目なのです……！」

俺から逃げながら、半兵衛はぶんぶんと頭を振った。

「私の身体には、染みついてしまっているんです。男たちが、龍興様が、もう拭い去れない程に……！　私はもう、駄目になっているんです……！　忘れられないのです、忘れたいのに忘れられないのです！　どうしても、龍興様が時折みせた優しさが――それが虚構だとしても、私はそれを信じないと……でないと私は駄目になる……‼」

「駄目かどうか、それはお前が決めることではない。評価は自己によって定まるのではない。人である限り、常に周囲によって定められるものだ……重治ッ！」

ドン、と半兵衛の背中が書架にぶつかり、彼女は蒼白な顔で俺を見上げる。

俺はすぐさま両腕を半兵衛の首の横に突き出し、壁ドンの要領で退路を断った。

「そんな幻影に捕らわれて、お前に何の益がある！　下衆に依存するくらいなら、俺に依れ！　俺と共に来い、俺と共に明日を生きろッ！」

俺が半兵衛を抱き締めると、彼女はぶるぶると総身を震わせながら身動きひとつ取れなくなってしまう。

きっと、男に抱擁されることに対し、相当なトラウマがあるに違いない。

「人間は過去に縛られてはいけない、過去を踏み台として未来へ跳躍しなければならないのだ。それを努々忘れるな……分かったな？」

「……ですが」

「『ですが』はいらん」

俺が半兵衛を抱く力を強めると、強く濃い女の臭いが漂った。

しかし、流石に空気を読んだのか――我が息子が勃《た》ち上がることはない。

（こんな状態の女を、抱けるものかよ……）

俺の腕のなかで震える女性は、今にも消えてなくなってしまいそうな儚さがある。

そしてその原因を植え付けたのが男となれば、その後始末を男としてつけなくてはならない——

そんな、義憤が俺を包み込んでいた。

「重治……」

「——んんっ!?」

俺はしっとりした彼女の唇に、優しくキスを落とす。

彼女の心を暗がりから解放する為なのだと、そう思いながら。

半兵衛は目を白黒させながら、それでも一生懸命に俺の腕を掴んでいた。

あれだけ激しかった雨音は、いつの間にか消え失せている。

◆◆◆◆

「世話になったな」

俺は迎えに来た直房と数十名の騎兵たちに囲まれながら、城門前まで見送りに来てくれた半兵衛や重矩たちに礼を言った。

そんな俺に、竹中家の面々は頭を下げている。

ちなみに、結局のところ、彼女は「浅井家に行く」とは言ってくれなかった。

いまの情勢下で竹中家が浅井家に付けば、たちどころに領民が西藤軍の略奪の対象とされるから——というのが理由である。

残念ではあったが、半兵衛を無理矢理引き摺って行ったところで得られるものは何もないだろう。

俺と彼女の間で繫がりができた――その事実だけで、いまは十分だった。

ちなみに帝釈月毛の件はあっさりと許してやっている。竹中家の家臣たちは戦々恐々としていたようだが、許すのはむしろ当然だろう。

『キュオオオン』

問題の渦中にあった帝釈月毛が、すっかり満足したツヤツヤ顔で啼く。

「それでは、参りましょうぞ」

直房が俺に告げた。

騎兵たちに囲まれながら帝釈月毛に乗り、菩提山城に背を向ける。

帝釈月毛が澄んだ啼き声を上げて、上半身を掲げた――その時。

「備前守様！」

イケメンボイスが響く。

後ろを振り向けば、半兵衛が己の胸元を摑みながら叫んでいた。

「また、どこかで……！」

「おう」

俺は彼女に手を振りながら叫ぶ。

「その時はまた、お前の本当の声を聞かせてくれよ！」

帝釈月毛を先頭に、馬たちが一斉に駆ける。

朝霧に濡れる関ヶ原を駆け抜けながら、俺は一抹の満足感と――多くの悔恨を味わうのだった。

第二二話　蜘蛛《くも》に囚われし鳳蝶《あげは》

俺が菩提山城から帰還した日、北近江は発熱していた。

俺の名前で出された湯治場整備計画に関するお触れによって……

町民だけではなく農民たちでさえ、我も我もと一〇文を握り締めて徴税官のいる役場へと押し寄せていたのである。

それは長蛇の列となり、まさしく人の大河と形容して然るべき光景だった。

その状況を何よりも喜んだのが、政元であったのは言うまでもない。

元来、徴税官は町民や農民たちから親の仇《かたき》のように見られている存在である。

人々の財産を税という大義名分で巻き上げていくのだから、当然と言えば当然なのだが――それが今回、敵意ではなく好意的な目線で徴税官は見られていた。

『これで彼らの地位が向上すれば良いのですが』

そう言いながら、政元はにこにこと笑っている。

彼は自分の部下でもある財務官僚たちの待遇改善に、随分と意欲を燃やしていた。

金がなければ戦も政もできない――それが、政元の座右の銘である。

また、俺は彼と会合を行って、集めた金銭は留保せずに全て湯治場の整備につぎ込むことを決めていた。

集めた銭を中途半端に使ってこれまた中途半端な設備を作るよりも、これから一〇〇年二〇〇年と長く使えるような、そんな湯治場を作った方が良いとの合意に至ったのだ。

いまや浅井領内の製材所のみならず、朝倉家の領内からも木材が買い付けられ、北近江の各所で浴舎が建設されつつある。

小谷城の麓にある出湯も同様で――大量の建築資材が持ち込まれ、職人たちのどやしが飛び交いながらも、順調に計画は進んでいた。

また同時並行的に、小谷城の南方にある長浜《ながはま》には、養蚕工場が建設されはじめている。

工場の周囲には桑《くわ》の木が植林され、蚕の餌の確保に困らないようにしようという配慮もなされていた。

とはいえ、工場の建設はなかなか大変であり、開業は遅れそうだ。

もっとも、施設が完成するだけでは生産活動を行えないので、蚕や労働者の確保もしなければならない。

給与のありかたも問題で、米を与えるか銭を与えるかも悩みどころである。

後は労働時間も検討しなければならない。俺はブラック企業の始祖としての悪名を歴史には刻みたくないので、可能な限りの福利厚生には努めるつもりだった。


「……ふぅ」

俺は自室で湯治場と養蚕工場の報告書を読みながら、大きく息を吐いた。

あの日――菩提山城を去ってから、もう一ヶ月が過ぎている。

三月六日、それが今の日付だ。

俺はこの一ヶ月間、美濃でのことを思い出してアンニュイな気分に浸ることが多くなっていた。

俺は、市姫を愛している。この世のなによりも愛しているし、彼女に何かあれば己の存在を賭《と》して彼女を救おうとするだろう。

だが、菩提山城で現れた俺のもうひとつの側面は――性欲による視野狭窄《しやきょうさく》、まさしくそれである。

下手をすれば半兵衛を手籠《てご》めにしていたかもしれず、それを思うと憂鬱になってしまうのだ。

(市を調教していると思ったら、いつの間にか調教されていたのは俺だったらしい……)

市姫の女としての悦《よろこ》びを開花させながら、俺は男としての根源的な本能を掘り起こされていたのだろう。

人間の頭脳は、新哺乳類脳・旧哺乳類脳・爬虫類脳の三つに区分されるという。

俺が掘り起こされてしまったのは、おそらく、爬虫類脳――生命としての根源的な、怒り・戦い・逃げ・犯すことを司る部分だ。

ある意味で戦国時代という非常時に最も必要な部分であり……

同時に、俺の元いた平穏な世界のような、平常時においては最も不必要なものと言えようか。

爬虫類脳が増大すると、追い詰められた時や戦わなければいけない時、あるいは誰かを助けなければならない時――誰よりも早く適切に、反射的な行動がとれるようになるらしい。

だがその反面、それだけしか考えられなくなってしまうという弊害もある。

(菩提山城では、その弊害部分しか出てこなかった……)

俺は親指と人差し指で己の眉間を押さえながら思う。

いや、仕方のないことではあるのだ。

争いのない世界からいきなり死と隣り合わせの世界に放り込まれ、美しい女性と夫婦になって――生きる為に、爬虫類脳が強化されるのは、当然と言えば当然だった。

(それでも、限度はある……)

また大きく息を吐いて、俺は報告書をまとめてから立ち上がる。

そろそろ、市姫の寝所に渡りたかった。

別に性行為を期待しているだとか、そういうことではない。純粋に、彼女の声が聞きたくなったのだ。

(それにしても……市は最近、ますます綺麗になったよなぁ……)

回廊を歩きながら、そんなことを思う。

何故なのかは分からないが、ここ数日でグンと変わったような――そんな気がする。

普段の一挙一動には何も変わりがないのだが、雰囲気がさらにしっとりしたような、情が深くなったような――うまく言えないが、とにかくそんな感じなのである。

とはいえ、間男の気配がするとかそういう訳ではない。

浅井家の男衆は余りにも美し過ぎる市姫に対して気後れしてしまっているようだし、何よりも当主の妻に手を出すという発想そのものを持ち合わせていないようだった。

俺は宿直《とのい》の侍女たちにねぎらいの言葉をかけてから、妻の寝所へと入っていく。

「あっ、長政様！」

三つ指を突いて腰を折りながら、市姫はふんわりとした笑みを浮かべた。

「今日もお勤め、ご苦労様でした。随分と城下町も活気付いてきたようで……」

「いやはや、まだまだお前の実家がある清洲《きよす》には遠く及ばないさ」

俺はそう言いながら、市姫の傍に腰を下ろす。

すると彼女はススッと距離を詰め、俺の手を取って、しなやかな指を絡めてきた。

「……どうしたんだ？」

「いいえ、なにも……」

市姫はそう言って、俺の指の根元の軟骨をこりこりと弄びはじめる。

俺はしばらく彼女の好きにさせていたのだが、流石にくすぐったくなってきたので手を引っ込めた。

すると市姫はむーっとした顔で、遠ざかった俺の手を見詰めている。

きっと彼女にとっては面白く興味深いものなのかもしれないが、俺にとっては只の軟骨だ。そこまで執着されても困ってしまう。

対応に困った俺はなんとなく市姫を抱き寄せると、彼女はうっとりとした貌で俺に身を預けてきた。うーむ、可愛い。

思わず、子犬をあやすように——市姫の下顎をこしょこしょとくすぐってしまう。

すると、我が妻は身をよじりながらも嬉しそうに微笑み、甘い息を吐く。

それを見るだけで、俺の憂鬱な気分はかなり楽になるのだ。

「あ、そう言えば……」

「なんでございましょう？」

俺は膝の上に市姫の身体を倒して強制的に膝枕をすると、彼女の頭を撫でながら訊いた。

「市は、俺のことを『長政様』って呼んでいるな」

「え、ええ……それがどうか致しましたでしょうか？」

「気にはならないのか？」

首筋を人差し指でつーと撫でると、市姫はぴくんと身を竦ませる。

「……？　仰っている意味が、市にはよく分かりません……」

「つまりは、だ」

市姫のかたちの良い耳に触れ、その可愛らしい耳孔へ小指をつぷりと差し入れた。

すると彼女は身を震わせ、逃げるように顔を反転させて俺の腹に顔を埋める。

そんなことをしても反対側の耳が被害に遭うだけなんだけどなぁ、と思いながら彼女の後頭部をゆるゆると撫でた。

「家臣たちは皆、俺のことを『お館様』だとか『長政様』と呼ぶだろう？　お前も彼らと同じように『長政様』と呼んで、気になったりはしないのか？　私は妻なのに、あの者たちと一緒の呼び方をしている……だとか」

「……考えも致しませんでした」

市姫がくるんと顔を向け、俺のことを見上げてくる。

「ですが、長政様は浅井家の総大将でございますし……他にお呼びするべき呼称など……」

「いや、色々あるだろう……『あなた』だとか」

「そのような呼び名を使うなど、長政様に失礼です」

きっぱりと市姫は言い切った。

「町民や農民ならばともかく、長政様のようなお方を、中身の伴わないぼやけた呼び方をするのは嫌です」

「こら」

俺は市姫の額をぺちんと叩いた。

「市、そのようなことは滅多に言うものではないぞ」

「も……申し訳ございません！」

土下座して詫びようとでも思ったのだろう。

起き上がろうとした市姫を、「そのままでいい」と押さえつける。

「確かに市は生粋《きっすい》の姫君だから、そう思ってしまうのも仕方がないかもしれん」

「……」

俺から叱責を受けて、しゅんとしてしまった愛しい妻の前髪を弄びながら、俺は続けた。

「だがな、俺たちの生活は町民や農民の納める税によって成り立っている。俺たちが戦い領地を守ると言っても、それはあくまでも彼らを徴兵した軍を用いてのことでしかないのだ。それだけは、どうか覚えておいてほしい」

「……はい」

そう、俺だって元々は——市姫の言う「町民や農民」のような取るに足りない人間である。

しかも両親のいない、天涯孤独の身というハンディキャップも負っていた。

だからこそ思う。為政者は、常に町民や農民の意識に敏感でなければならないと。

町民や農民無くして為政者は存在しない。その逆はありえない。生産活動を行わない為政者だけになれば、飢えて死ぬ他にないからである。

俺は市姫の頬を撫でながら言った。

「それにな、俺はお前が思っているほど……立派な人間ではないぞ」

「そんなこと……」

「いや、聞いて欲しい。俺は聖人君子ではないし、清廉潔白な人間でもない。ただの小物なのだ……。お前を守ることを優先して、後のことは副次的な問題としてしか処理しない、どうしようもない男なのだ」

「……」

市姫が身を起こし、姿勢を正した上で俺に向き合う。

「いけません、長政様……そんなことを仰っては」

市姫が俺の手を取りながら言う。

「長政様は御立派です。常に物事の先頭に立たれ、その姿勢を皆に示してきたではありませんか」

「だがな……」

「いえ、聞いてくださいませ。わたしの父である信秀《のぶひで》は、兄上を指してよく言っておられました。評価というものは常に後付なのだと。そしてそれは己ではなく、他者によって与えられるものなのだと。市は、長政様をお慕いしております。それは長政様が決して口先だけではなく、常に率先して万難に当たっている姿を目の当たりにしてきたからでございます」

彼女は俺の胸に両手を添え、頬を寄せながら言った。

「長政様が葛藤されるのは当然でございます、人ですから、お悩みになることもあることでしょう。しかし、それを全て絶対的な評価となさらないで欲しいのです。市のように長政様をお慕いする者も、長政様を敬愛する臣下の者たちもおりますから」

ただ、と市姫はふんわりと笑う。

「本当にお辛い時は……この市にお話ししてくださいね？　夫を支える──その仕事は、妻であるわたしにしかできないことであると自負しておりますので」

「──まいったな」

俺は思わず頭を掻いた。

いま、市姫が言ったことは──以前、俺が半兵衛に掛けた言葉でもあった。

（俺はまだ青い……）

そう、実感せざるを得ない。

他人に言ったことが巡り巡って自己に返ってくる。

つまり俺の理想像が、未だに自らの内部で発芽し根を張るには至っていないということだ。

「そうだな……市は、俺の妻だからな」

「はい」

「俺のことも、しっかりと知ってもらわないといけないな」

「はい！」

市姫は満面の笑みで頷く。

俺は言いようのない幸福感で胸が一杯になり、彼女を抱き寄せた。

妻の匂いがする。俺が愛し、そして愛されている女の、幸せな匂いだ。

気が付けば、思わず首元に鼻を寄せている。

「——あ」

市姫の声色が変わった。

頬を染め、震えながら——それでも何かを期待するように、俺の胸元を、その細い指で握り締めてくる。

「どうした……？」

「な……なんでも……ありませ……んんっ」

俺が首筋を舐め上げると、途端に市姫は色っぽい声を上げて悶えた。

その声がもっと聞きたくなって、着物の合わせ目に手を差し入れ、弄る。

ふよふよと柔らかな乳房が、俺の指の力に抗《あらが》うことなく沈み、力を緩めるとふにょんとした弾力を教えてくれる。

なんとなく、胸の柔らかさの質が——以前と変わっている気がしないでもない。

「ずいぶんと、柔らかくなったな……」

「そ、それは……」

市姫が息を荒らげながら呟く。

「毎晩、長政様がお触りになるから……」

そんな可愛らしい言葉に、俺は思わずときめいてしまう。

同時に、彼女の言葉を聞いて思い出すことがあった。

「……ああ、そうだった」

俺は市姫の頬に唇を落とし、彼女の目を覗き込みながら訊く。

「さっき俺は、お前に聞いたな？　どうして『長政様』と呼び続けるのか……と」

「は、はい……っ、ん……ぁ」

市姫がぽーっとした顔で俺を見詰めてくる。

胸を弄るのを止め、人差し指を彼女の艶やかな唇の狭間に差し込んだ。

たちまちに生暖かい粘膜に指が包まれ、ざらざらとした弾力のある舌が絡みつく。

心得たもので、市姫はすぐに俺の人差し指をしゃぶりはじめた。まるで男性器を愛撫する娼婦のように、熱い舌が俺の指を這う。

だが、俺の目的は指フェ○をさせることではない。

市姫のイニシアチブに委ねず、俺は指で彼女の咥内をくちゅくちゅと掻きまわしてから、ちゅぽんと引き抜いた。

ぬろーっと卑猥な銀の橋が、市姫の口と俺の指先を繋いで、切れる。

我が愛しき妻は、しかしそれでも繋がりを求めるように、僅かに舌先を出し続けて惚けていた。

「なぁ、市……。今晩は俺のことを『あなた』と呼んでみてはくれないか」

「どうして……ですか？」

色欲を湛えた瞳で、市姫がこちらを見てくる。

「特別な感じがするだろう？　浅井の家にも、他の家にも、俺のことをそんな風に呼べる輩はいない。だが……市、お前にはそうであって欲しい。俺の伴侶《はんりょ》である、お前には」

「ですが……市は……」

「お前は俺の特別なのだ。替えの効かない、大切な女だ……。その女から特別扱いして欲しいと願うのは愚かなことだろうか」

俺がそう言うと——市姫は俺の胸に顔をぽすんと埋め、囁いた。

「長政様は、卑怯です……」

「そうか」

「はい、本当に……」

——拒否できる訳が、ないじゃないですか。

市姫が俺の胸元から面《おもて》を上げ、俺は引き寄せられるように、自然な動作で彼女と唇を重ねた。

舌を差し入れることのない、唇を吸い合うだけの、子供のようなキス。

ただそれだけのことなのに——胸の奥がじんわりと温かくなってくる。

「今日だけの、特別ですからね……あなた」

「ああ……！」

その言葉を聞いた途端、俺のなかで歓悦が迸《ほとばし》った。

市姫を抱き上げ、褥の上に横たえる。

顔を染めながら視線を横に逸らし、僅かに身じろぎしている姿。どれだけ身体を重ねても、初々しさは初夜の頃から変わりなかった。

とはいえ、最近では性行為の中盤戦あたりから積極的になりはじめ——女として覚醒する兆《きざ》しを見せているのだけれども。

「市……俺だけの市……」

妻の肢体にのしかかり、片手でその柔らかい頬から首筋のラインを撫でまわす。

甘い吐息が彼女の唇の隙間から漏れ、徐々に身体の力が抜けていくのが分かった。

俺はそのまま市姫の唇に舌を挿し入れ、熱い咥内を気の赴《おもむ》くままに味わっていく。

「あっ……」

ちゅるんと音を立てて俺の舌が彼女の唇から抜け出ると、市姫は喪失感からか間の抜けた声を出した。

我が愛しの妻は、戸惑うように俺の目を見つめてくる。可愛い。

俺は打掛《うちかけ》を着たままの市姫の唇に軽く口付けてから、着物の裾から僅かに覗く両足首を撫で、間《あい》着《ぎ》を乱しながらその手を秘所へと挿し込んでいく。

今日は着衣プレイがしたい気分なのだ。いいよね、着衣プレイ。

「いけません……あなた……着物が汚れてしまいます……」

「いいから、お前は黙って気持ちよくなっていればいい」

俺の指先は、既に市姫の蜜壺から滴《したた》り落ちる愛液でぬちょぬちょになっていた。

今さら着物が汚れるも何もないだろうと思う。

なにしろ間着のお尻側は、俺が手を挿し込んだ時点でぐっしょりと濡れそぼっていたのだから。

「あっ……！　お、お止め下さい！」

俺は市姫の股の部分をくつろげ、その中に頭を突っ込んでいた。

布のなかに籠った、妻の牝《メス》の香りがむわりと俺の嗅覚を刺激し、意識をくらくらさせる。

市姫が必死に俺の頭を押さえているが、知ったことではない。

俺は彼女のびらびら――小陰唇に吸い付き、その独特の触感を堪能する。

「いや……あなたぁ……やめてぇ……んんっ……」

市姫が俺の頭を押さえつけてきた。

じゅくり、じゅくりと膣孔から愛液がしっとりと流れ出す。

それによってますます牝臭い匂いが漏れ広がり、俺を強く興奮させた。

「あ……やめて……そこは、だめ……だめぇ……」

俺の舌先が市姫の尿道口をじゅるりと舐める。

俺の元いた世界では、アダルトな映像作品や雑誌などでには絶対にモザイクが掛かっていた。

その為、女性のかたちがどうなっているのか、実物を知らないという男性は思いのほか多い。

男性はキノコのてっぺんに穴が空いているという至極簡単な、シンプルイズベストを地で行くデザインをしているが――女性はそうではない。

目の前でぱっくりと蕩けた市姫の淫裂を眺めてみても、見れば見るほど――やはり、不可思議なかたちをしている。

「あ……あっ……！　あ、や……やだ、やだやだ……やぁ……っ！」

俺の舌が尿道口とクリ○リスを同時に舐め上げると、市姫がばたばたと暴れはじめた。

まったく、困った妻である。

ちなみに尿道口とクリ○リスを一緒に舐め続けていると、いつの間にか尿道口が開発されて、気持ち良いポイントになってしまったというご婦人方も多いのだとか。

それにしても、我が愛しの市姫は——直接的な快楽で、一気に支配されてしまうことには抵抗感があるらしい。俺の頭を押す力が一層高まった。

やれやれ、俺は市姫の膣孔に舌をねじ込むことにする。

「ん……んんっ！」

市姫の腰がぶるりと震えた。

どうやら軽いア○メに達したようだった。

ちなみにア○メがフランス語であると知っている人はあまりいないらしい。

(まぁ……ザー○ンがドイツ語だってぐらいにどうでもいい話だけど)

俺はそんなことを思いつつ、市姫の愛液をじゅるじゅると啜る。

口の中が粘液でにゅるにゅるになってしまうが、それはそれでいいものだ。

市姫は俺の舌によるペッティングにすっかり蕩けてしまったようで、膣孔を可愛らしくぱくぱくと開きながら、俺の肉棒が突き込まれるのを待ちわびているようだった。

市姫の着物から頭を抜き出すと、途端に爽やかな空気が漂う。

牝の匂いが充満していた空間から離れ、妻を見下ろすと——彼女は真っ赤な顔に、ぽーっとした表情を浮かべていた。

市姫の細い両腕は胸の辺りでX字に力無く組まれており、その儚さを演出するのに一役買っている。

俺は市姫の頭の近くで膝立ちになると、すっかりやる気になったビッグサンを取り出して、そのままそれで市姫の頬をぺちぺちと優しく叩いた。

市姫はうっとりとした顔で、自らの頬で跳ねる肉棒を眺めている。

やがて市姫の手が俺のビッグサンに絡みつき、愛おしそうに擦ると、そのまま自身の唇の狭間へと導き入れるのだった。

「ん……んん……じゅるっ……ちゅっ……」

市姫は咥内に入って来たペ○スを丁寧に、優しく、そして恥じらいながら愛撫してくれる。

先程俺が、彼女の秘所を愛撫していた時のように――そのお返しと言わんばかりに。

「んふっ……ふぁ……んんっ……ん……」

寝フェ○は専門技術である、と言ったのは誰だっただろうか。忘れてしまったが、それぐらい、男性器に対する寝ながらの口腔愛撫は難しい。

つまり何が大変かといえば。息継ぎである。

ペ○スを口に含むと、多くの場合、鼻で呼吸をせざるを得なくなる。

だが、成熟した人間は――鼻呼吸から口呼吸へと、酸素吸入手段が変化していることが多い。

要するに、フェ○チオという動作を繰り返していると――不可避的に、酸欠になってしまうのである。

そしてその際に無理矢理息継ぎをしようとすれば――己の歯が愛しの夫や彼氏にぶつかってしまい、下手をすると大切な息子さんに深手を負わせてしまう可能性だってある。

なので、寝フェ○は初心者お断りのフェ○スタイルなのだが……

市姫は懸命に、頭を動かしたり舌を動かしたりと、俺のビッグサンに丁寧で愛情の籠った奉仕をし続けていた。

陰毛に彼女の熱い鼻息が吹きかかってこそばゆい。

そっと腰を動かしてみると、市姫も必死に俺を気持ちよくさせようとして、躍起になりはじめる。

「じゅるっ……ん……じゅる、ちゅる……んぁ……」

着物を着たままの、黒髪ロングの美しき日本人女性から受ける、愛情の籠った口奉仕。

俺の剛直からは、もうとっくに先走り液が漏れはじめているのだろう。市姫の口から漏れ出す淫音に、粘着質な色が混じりはじめる。

熱に浮かされたように口腔奉仕を続ける市姫の姿に、俺はもう限界点を感じていた。

(流石に、精液をぶっかける訳にもいくまい)

俺の元いた世界のように、熱いシャワーがすぐに使えるなら——市姫の美しい顔にザー〇ンパックを施したり、髪の毛にザー〇ンシャンプーをしたりなど、色々なことができるに違いない。

しかしここは戦国時代。熱いシャワーなど望めはしない。

ぶっかけができるのは、温泉でイチャイチャする時ぐらいしかないのだ。

(今度、市姫には温泉でストリップショーでもやってもらおうかな……もちろん、観客は俺だけで)

腰をくねらせて煽情的に踊る市姫を夢想しつつ、おれは妻の口腔からペ〇スを引き抜こうとする。

流石に口の中に出すのはかわいそうだ——そう思ったが故の行動だったのだが、市姫の片腕が俺の腰布をぐいっと摑んできた。

その仕草に、俺は愛しいの妻の、健気な意思を感じ取る。

「……もう、出すぞ……いいのか？」

「ん……っ」

市姫が俺のビッグサンをしゃぶりながら頷く。

久しぶりの咥内射精だ――そう思うと、俺の剛直は鋼のようにビキビキと硬直する。

「出るぞ……市、本当に出るからな！」

「はふっ、んぐぅ……！」

激しく腰は動かせない。

しかしそんなことをしなくても、市姫の熱烈な口腔奉仕は俺の肉欲と性感を高めに高めていた。

そこに感じる深い愛と献身の心。

俺は蕩けそうな腰への快楽に、市姫の与えてくれる愛に、素直に従うことしかできなかった。

「い、市！　出るぞ！」

「んんんっ――」

俺の亀頭がぶわっと膨らみ、次の瞬間には大量の精液がびゅるびゅるっと迸って、市姫の口腔を埋め尽くしていく。

どぷどぷと圧倒的な質量を持ったそれは、市姫の口腔の許容量を容易に上回り、清楚な唇から漏れ出していった。

「んくっ……こくっ……んん……っ」

俺の精液を漏らすまいと、市姫の喉がこくりこくりと音を立てて動いては、口腔内の精液を少しずつ、しかし確実に呑み込んでいく。

俺が彼女の唇からビッグサンを引き抜くと――彼女は身を起こし、女の子座りでわずかに俯きながら、もぐもぐと口を動かしていた。

噛み、咀嚼し、唾液と混ぜ合わせ、呑み込む。

そして彼女は、なんと俺の吐き出した咥内のザー◯ンミルクを完飲し——儚い笑みを浮かべながら、精液のなくなった口を僅かに開けるのだった。

「ありがとう……市、飲んでくれて……だが、無理してないか」

「いえ……無理だなんて……あなたのものですから……。でも、すごく弾力があって、飲みにくかったです……」

けほっと彼女が咳き込むと、途端にザー◯ン臭が漂う。

俺の精液が彼女の身体の内側を支配したような錯覚がして、俺は歓喜のあまり彼女を抱きしめていた。

「本当に嬉しいぞ……。市、愛してる」

「わたしも……愛してます、あなた……」

まず、精液なんて飲み込むようなものじゃない。そもそもからして口に含むようなものでもない。

青臭く、えぐみがあって生臭い。

深い愛情があっても、身体が自然と拒否してしまうものの代表格が、精液なのだ。

しかし市姫は身体と精神のレベルで俺の精を受け入れ、身体の内側へと取り込んでくれた——これほど嬉しいことは無い。

「市……」

「あっ……」

市姫が俺の息子を見て驚きの声を上げる。

「あ、あなた……！　そんな……ま、また大きく……！」

「ああ、市姫が愛おしくて仕方がないからな」

もう一度、今度はお前の下の口に出したい――

そう市姫に囁くと、彼女はふいっと顔を赤らめて逸らしてしまう。

「な、長政様が……あなたが……市のことを欲してくださるなら、いつだって……わたしは……」

その可愛らしい仕草に、俺はもはや我慢する気も無くなってしまった。

市姫の唇にキスを落とし、俺は彼女の間着をくつろげ、陰部を露出させる。

俺と市姫のセックスは常にナマ嵌《は》めだ。コンドームが存在しないのだから仕方がない。

そんなことを考えながら、俺がビッグサンを彼女の蜜壺に擦りつけると――市姫は甘い声を出しながら、腰を僅かに揺すりはじめる。

――はやく、ください。

そんなことを言われているような気がして、俺は鼻息を荒くする。

仰向けに寝転がり、足を開いた市姫の股座。

そこに目掛けてグイッと腰を押し出して、我が肉棒を突き挿していく。

ぬぷぬぷ……っと媚肉壁を掻き分ける感覚。

そんな甘美な快楽と共に、この美しい女性と身体を重ねているという事実に陶酔してしまう。

どれだけの男が望んでも、彼女の肉孔を自由にできるのは俺だけなのだ。

そう――俺だけ。

「ふぁ……あぁぁ……入って、入ってきます……あなたぁ……」

そして市姫の淫らな声を聞けるのも、俺だけなのだ。

独占欲をメラメラと燃やしながら、俺はみっちりと媚肉の詰まった蜜壷に、力強く腰を打ち付けはじめる。

市姫の粘度の高い愛液が俺の竿や陰毛に絡みつき、腰を打ち付け合わせる度に、ぱちゅんぱちゅんと淫らな音を立てていく。

「あぁ……っ！　あなた……あなたぁ……っ！」

市姫が俺にしがみついてくる。

彼女の両腕は俺の肩へ回り、両足は俺の腰に巻き付いていた。

男の憧れ――「だいしゅきホールド」というやつだ。

先走り液が俺のビッグサンから吐き出され、市姫の媚肉壁にどんどん擦り込まれていく。

市姫は引き抜かれるよりも突かれる感覚の方が好みのようで、俺が腰を押し付けるたびに嬌声を上げて身をくねらせる。

「ああ……やばい、気持ちいい」

ぐにゅぐにゅと蠢く膣道の先には子宮口があり、まるで初デートでそわそわしている女の子のように――俺の先端が辿り着くのを心待ちにしているのだ。

そして案の定、俺が子宮口の周りをなぞるように腰を回すと、待ちきれないとばかりにぱっくりといやらしく孔を開いてくる。

「ああ……んんっ……ふぁ……やだ……っ」

市姫の可愛くも淫らな喘ぎ声が部屋の中に響き、充満する。

もしかしたら、外に控えている侍従たちに聞かれているのではないだろうか。

そんなことを思いながら腰を動かしていると、市姫が淫欲に溺れながらも――咎《とが》めるような目でこちらを見ていた。

「だ、だめ……です……他のことを考えちゃ……いや……んんっ！」

「ごめんな……」

俺は市姫に腰を打ち付けながら、耳元で囁いた。

「もしかしたら、お前の侍従たちに聞かれているかもと思ってな。心配になっただけだ」

「い……いや……っ！」

市姫が羞恥で顔を染め、両手で顔を覆い、ぶんぶんと首を左右に振る。

しかし身体は正直で、俺のビッグサンを包み込んでいる彼女の媚肉壁は――きゅんきゅんとわないていた。

「なんだ……お前、見られたいのか……案外と助平なんだな」

「違います……違いますっ……！」

市姫がいやいやをするたびに、蜜壺が俺の精気を吸い取ろうとする。

俺は小休止を入れるためにピストンを止めると、市姫の頭を撫でながらキスを繰り返した。

「市、お前の膣内《なか》……凄く居心地良いな……。ずっと、一生、こうしていたい……」

「ふぁ……あな……たぁ……恥ずかしい……です……」

「恥ずかしがる必要なんてない。可愛いよ、俺の市、俺だけの市……」

「んんっ！　は、激しい……です……やだぁ……！」

やがて、じゅぷじゅぷと水音を立てて、俺のペ○スと市姫のヴァ○ナが交合を再開する。

俺が腰の運動を速めると、市姫は必死になって俺の肩口に噛みついてきた。

その刺激も心地よく、俺はもうただひたすらに――市姫への愛をビッグサンに込めて、ピストンを繰り返す。

市姫の顔が淫蕩に沈み、もはやその瞳には俺しか映っていない。

俺は妻の放つ色気に酔いしれながら、最奥部をコンコンと小突く。

その度に市姫は軽いア○メを繰り返し、ちゅうちゅうと子宮口で俺の亀頭を吸い、膣壁できゅっきゅっと俺の竿へと絡みついてきた。

「あなた……あなたぁ……！」

感極まったのか、俺を必死で呼びながら抱く力を強くする市姫。

俺のビッグサンが子宮口をいじめる度に――彼女の身体がびくびくと震え、俺の陰茎は更にいきり立っていく。

俺の傘の部分が子宮口の入り口や媚肉壁を刺激すると、互いの性器に妖しい快楽が溜め込まれていくのだ。

市姫の清楚さはすっかり鳴りを潜め、もはや娼婦のように、俺から与えられる快楽に囚われてしまっている。

「あなた……ごめんなさい……ごめんなさい……！　市は、もう市はイってしまいます……！」

「市……！」

俺はラストスパートをかけるべく、全力でビッグサンを市姫の媚肉孔へと押し込み、引き抜いた。間着の胸元を開き、まほろびでた乳房に吸い付いて――乳輪に舌を這わせ、吸い、しゃぶり、唾液で満ちた薄桃色の突起を弾く。

すると市姫の腰がぶるぶると震えはじめ、俺の身体に精一杯の力で密着してきたのだった。

「あ……あ……あ……！　あなた……うぁぁ……もう、だめっ……イきますっ……！　あ、や……ひぃ……ふあぁっ……！」

市姫の身体が跳ね、がくがくと大きく震える。

その締め付けに、俺は獣欲を解放した。

「で、出る……っ！」

先程射精した量と同じかそれ以上の精液が、俺のビッグサンから直接市姫の子宮へと注ぎ込まれていく。

子宮に収まりきらず、膣孔の容量すら超えた精液が、彼女の胎内から外へと流れ出していた。要するにペ○スと淫裂の僅かな隙間からぶじゅぶちゅと濁った精液が漏れ出していく訳だが、これが何とも言えない卑猥さを漂わせるのだ。

ビッグサンをずるりと引き抜くと、すっかり拡がってしまった膣孔からどぼどぼと音を立てて薄黄色の混じった白濁液が流れ出てくる。

（射精《だ》しすぎだろ……これ）

我ながらそう思うが、そんな妻の卑猥な姿を見て興奮しない訳がない。

俺は市姫の膣孔から漏れ出るザー○ンを眺めながら己の竿を扱き、挿入することなく市姫の淫裂目掛けて肉欲を解き放った。

ぶびゅるるると音を立てて飛び出した第三波は、市姫の股間を真っ白に染め上げる。

びらびらも大陰唇も、尿道もクリ○リスも俺のザー○ンに覆い尽くされてしまったのだ。

俺は改めて自分の出した精液を指に絡め、市姫の膣孔へと挿し込み、押し込んでいく。確実に受精させるように、あるいは彼女が快楽で悶える姿を見る為に。

「あなた……ぁ……いや……くぅん……」

市姫は俺によって尚も陰部への刺激を続けられ、びくびくと幸せそうに身を震わせるのだった。

◆　◆　◆　◆

同時刻。美濃、菩提山城。

篝火の近くに竹中家の家臣たちが集まり、緊急の評定が行われていた。

美濃国主である西藤龍興から派遣された密使が闇に紛れ、龍興がしたためた書簡を届けに来たのである。

本来であれば問答無用で追い返すところなのだが……

しかし、密使が言うには「緊急事態」であり――かつ要請を断れば、竹中家の領内で略奪と徴用を行うという脅迫をされてしまっては、竹中家としては彼を城内に招き入れる他になかったのだ。

煌々《こうこう》と燃え盛る篝火に照らされ、書簡に目を通している半兵衛を見ながら、密使の男――西藤道《みち》興《おき》は思わずにやついていた。

道興は、半兵衛の味を知っている。

男を騙《かた》っていた彼女の処女を奪ったのは、誰でもない道興だった。

泣き叫ぶ彼女を組み伏せ、仲間と共に凌辱を加えた記憶は——未だに褪《あ》せることがない。

龍興が戯れに「あの女を依存させてみたい」と思い付いた計画に便乗しただけではあったが、それにしてもいい女だった。

厠女《かわやめ》——肉便器として半兵衛を蔑み、無数の男で輪《まわ》乗《の》りしたのは良い思い出である。少なくとも、道興にとっては。

だが、半兵衛が出奔《しゅっぽん》して以来——その身体を久しく味わっていない。

道興は思わず舌なめずりをする。

半兵衛は戦国時代の女にしては肉付きも良く、男好きのする身体をしていた。

なによりも、男たちが与える全てを——苦痛ですら快楽に変えられるように、徹底的に仕込んだのは道興たちなのだ。

今晩はこの城に泊まり、半兵衛の寝所で、男をたっぷりと咥え込んだ歴戦の蜜壺をまた堪能させてもらおう……

道興がそんなことを思ったまさしくその時、半兵衛は静かに書簡を懐に仕舞った。

「龍興様のご指示、確かに承《うけたまわ》りました」

「そうか、そうか」

道興は下卑《げび》た笑みを浮かべながら頷く。

「ならば即急に準備を整えられよ。若狭武田家と六閣家はもう準備が整っておることだろう」

「はい」

半兵衛は顔色を変えることなく道興に応える。

「それとな、龍興様が半兵衛を呼んでいらしたぞ？　隠居されたとはいえ、まだまだお前は若い。惜しいのだ……色々と、なぁ？」

「……ッ！」

重矩が殺気立ち、立ち上がりかけるが——周囲の家臣たちに押し留められる。

「それと、夜ももう遅い……。拙者もこの城に泊めて頂くこととしよう……半兵衛とは積もる話もあるし、のぉ？」

ねっとりした好色の眼差しを受け、半兵衛は青ざめながら、身体を微かに震わせる。

凌辱の記憶は彼女の深い部分に刻み込まれ、そのトラウマは決して失われることなく、半兵衛と常に背中合わせの関係にあった。

「道興殿！」

重矩が轟雷のような声を叩き付ける。

筋骨隆々の荒武者の怒気を含んだ声色に、さすがの道興もたじろいだ。

「貴殿は密使でござろう。その密使が悠々《ゆうゆう》と宿泊を望まれるとは何事か！　すぐに龍興様へ竹中勢の合力《ごうりき》を報告されるのが務めであろう！」

「——チッ」

あからさまに不機嫌になった道興は舌打ちし、のっそりと床几から立ち上がった。

「厠女の弟が、よく吠えおるわ」

「──何ッ⁉」

「お止めなさい、重矩！」

半兵衛が慌てて重矩を制し、平伏する。

その姿を見た道興は、ペッと痰《たん》を半兵衛に吐きかけると──身を翻しながら告げた。

「此度の戦が終わり次第、半兵衛は稲葉山へ参られよ。龍興様の近寄衆《ちかよりしゅう》として取り立ててつかわすからの」

ハハハと籠ったような笑い声を上げながら、道興は馬に乗って菩提山城から去っていく。

その間、半兵衛は蒼白な面持ちで──身体をかたかたと震わせながら、ずっと地面に伏したままだった。

重矩が半兵衛の髪にべっとりと付着した道興の痰を拭い去り、抱き起こす。

「もう、もう限界だ姉上……！」

絞り出すような声で重矩は言う。

「何故、何故姉上がここまで侮辱されなければならんのだ！　何故、あのような者たちに屈しなければならんのだ！　何故──」

「──戦の準備を」

ふらふらと立ち上がりながら、半兵衛は周囲の家臣たちに伝える。

「ならん！」

重矩は咆《ほ》えた。

「それだけはならんのだ、姉上ッ！　以前の、知らぬままの我らではない！　あのお方を我らが手に掛けることなどあってはならんッ！」

「──重矩」

半兵衛は蒼白な顔のまま、ぎこちない笑みを浮かべる。

「龍興様の命には、逆らえません……」

「──ッ！」

半兵衛は胸元を握り締め、竹中家の家臣たちに下知《げち》を下す。

「敵は──浅井、浅井長政ッ！　龍興様の命により、夜明けとともに進軍！　天下を乱す北近江の悪竜を討滅致します!!」

にわかに騒然とし、急速に軍備を整えていく菩提山城。

月明かりと篝火の光のなか──戦支度を指揮する実姉《じつし》の姿を、重矩は絶望の瞳で見つめていたのだった。

第二二話　伏竜《ふくりゅう》が目覚める閧《とき》

朽木谷《くつきだに》城の城主であり、鎌倉時代からの伝統ある名家の頭領・朽木元綱《くつきもとつな》は、僅かな供回りと共に、自らの城の周囲の見回りをしていた。

天文《てんぶん》一九年（一五五〇年）に父親が戦死し、わずか二歳にして家督を継承して以降、元綱はずっと己の所領を守るために奮闘を続けてきている。

朽木谷は平地が少なく、人が大勢暮らすにはいささか不都合な土地ではあったが、元綱はこの地をとても気に入っていたのだ。

土の匂い、そして木々の狭間から香る若葉の青さ――他の土地にはない独特の空気だと、元綱は誇りに思っている。

だからこそ、元綱は自らの土地を守るために、浅井家に臣従しているのだった。

自らの力のみで土地を守ることには、絶対的な限界が存在していることは言うまでもない。

かの織田信長でさえ、武田家をはじめとした東の勢力を抑える為に、徳川家康との同盟が絶対的に必要であったのだから。

ちなみに朽木谷で動員可能な兵士といえば、大体八〇〇名ほどだ。

その程度の戦力しか持ち得ない朽木家は、戦国の世にあっては有力な勢力との同盟や臣従が不可欠となる。

「盟を結ぶにせよ、従うにせよ、相手が強すぎてはならん……」

弱小勢力を率いる元綱はそのように考えていた。

相手との力関係が違い過ぎると、朽木家のような勢力は常に抑圧される側に回ってしまう。

最悪の場合、力によって領地を追われ、野垂れ死ぬ可能性もあったし――なによりもそんなことは、戦国の世において日常茶飯事だった。

元綱の従う浅井家は、先代の久政を隠居に追い込んだ当代の長政によって、いまや昇竜の勢いをみせる勢力である。

先月には当主の長政自ら六閣家の軍勢が押し寄せる佐和山城へ入り、二十数倍の敵を相手に撃退した上、冷酷なまでの徹底した掃討戦を展開したことは――もはや周辺諸勢力の知るところとなっている。

『六閣家が、『湖北の伏竜』を目覚めさせてしまったやもしれぬ……』

というのが、もっぱらの見解だった。

しかし浅井家は強大な軍事力を有する戦国大名ではないし、戦場へ動員可能な最大兵力は一万にも満たない。

「だからこそ、我らが与《くみ》するに最適な勢力であろう」

朽木谷城の北方に勢力を張るのは、若狭国の武田家と越前国《えちぜんのくに》の朝倉家。西方には三好《みよし》家や松永《まつなが》家が勢力を張り、南方には南近江の六閣家が座している。

若狭武田家は家督相続で家中が大揺れに揺れて以降、勢力の減退が著しい。

朝倉家は圧倒的な経済力と軍事力を有する、戦国期日本における指折りの大勢力だ。

畿内《きない》は三好家を支える「三人衆」と松永久秀《ひさひで》が覇権を争って鎬《しのぎ》を削り、南近江の六閣家は斜陽の気配を見せつつあるが――大勢力であることに間違いない。

故に、元綱にとって「強力な中規模勢力」である浅井家は、「真《まこと》に理想的な盟主」なのだった。

「五郎、あまり端に寄りすぎるな」

元綱はお気に入りの小姓に声を掛けた。

「今日は天気も悪く、霧も濃い……道を踏み外すやもしれぬ。危ういぞ、危うい危うい」

「は……」

小姓は慌てて元綱の馬の傍へ寄ってくる。

昨晩、大層可愛がった彼の従順な姿を見て、元綱は機嫌を良くした。

男の尻は女の股とはまた違った良さがある……

元綱は小姓を見下ろし、愛《め》でながら、数回頷いた。

「それにしても冷えるな。今日はこの程度で切り上げ、城へと戻ることにしよう」

「は、少々――お待ちください、元綱様」

五郎と呼ばれた小姓が主人に呼びかける。

「何か、聞こえます。異郷の者共が踏み締める、落葉の音が」

「ふむ……」

馬の手綱を操りながら、元綱は耳を澄ませた。

この時、およそ卯《う》の刻（六時頃）。

視界が制限される深い森に囲まれた朽木谷に生きる彼らにとって、耳は目以上に信頼できる感覚器官である。

そして元綱の鼓膜は――静寂の森に隠された多くの異物を、確かに感じ取った。

「五郎」

「はい」

元綱はまだ齢一七歳。

しかし一五年の月日を、名家である朽木家の当主として過ごしただけのことはある。

その目には既に――封土《ほうど》を侵されたことへの怒り、敵愾心《てきがいしん》と闘志が燃え盛っていた。

「この方向……敵は若狭武田家だ、間違いない。その数およそ四五〇〇から五〇〇〇ほどといったところだろう。五郎、お前はただちに清水山城へ急行し、浅井家の援軍を請《こ》え」

「承知しました――元綱様は、どのように？」

「俺か？」

元綱は馬の脇腹を太股で締め付け、笑みを浮かべながら言う。

「城に籠る。寡兵には寡兵なりの戦い方があるのだ。地の利を生かし、必ずや、朽木谷より若狭武田家を追い出してくれよう――行け、五郎！　時間はないものと思え！」

「はっ！」

小姓が深い森の中へと身を躍らせ、姿を消す。それを見届け、元綱は残った供回りと共に朽木谷城へと急いだ。

濃霧であることが幸いだった。若狭武田軍は慎重に行軍しているのであろう。先程の足音を聞くに、その展開は遅い。

だがそのお陰で――朽木勢は防衛の為の時間を稼ぐことができるのだ。

◆　◆　◆　◆

時を同じくして——佐和山城を守備する磯野員昌の許にも、不穏な情報が飛び込んできていた。

こちらは朽木谷とは異なり、濃霧は立ち込めてはいない。

その為、浅井家と敵対する勢力の動きは——視覚によってすぐに把握することができる。

「員昌様、六閣軍八〇〇〇が、観音寺城《かんのんじ》へ集結しつつあります！」

観音寺城付近の農村に潜ませていた密偵からの報告を受けるや否や、員昌は城内にいた一二〇〇名の守兵たちを即座に再編し、二〇〇名を残して城外へと打って出た。

「敵よりも早く動き、時間を稼がねば……」

前回の佐和山城防衛戦の際、員昌は主である長政への深い信頼と敬意を一層強めると同時に——自らの不甲斐なさを悔い続けていた。

あの時、もし城から打って出て六閣軍と対陣し、時間を稼ぐことさえできていれば……

浅井家の総大将が寡兵で大軍に突撃し、城へ飛び込んでくるなどという事態を招かずに済んだのに、と。

そしてそれは、員昌だけではなく——長政に救われた佐和山城の守兵たちの総意でもあった。

「何としてでも、先手を取らねばならん……急ぎ、小谷城の長政様へ救援を依頼せよ！」

員昌は部下にそう命じ、小谷城へ伝令を飛ばす。

人間には常に希望がなければならない。あるいは、希望さえあれば大概のことには耐えきってみせるのが人間という生き物である。

また、佐和山勢にとっての希望とは――浅井長政その人だ。

員昌は南近江の愛知川《あいち》まで押し出すと、早速陣を立てはじめた。

愛知川は目に見える形で、浅井家と六閣家の領土的境界線を示す地点である。

そこを越えれば「領土への侵入」と見做《みな》されるのが一般的だ。

「六閣勢をなんとしても足止めさせよ！　他ならぬ我らの手で！　先の戦いと同じ轍《てつ》を踏むまいぞ‼」

「応ォッ！」

六閣軍はじきに愛知川を渡ろうとするだろう。

そのタイミングを、員昌はなんとしてでも遅らせなければならなかった。

彼は遠藤直経と並ぶ浅井家の猛将ではあるが、己を客観的に見つめることができる希少な将校でもある。

自分はあくまでも限定的な戦闘において活躍可能な将であり、広い視野を持って戦場を駆けることが不得手であることを自覚していた。

そして、優れた指揮官の下で働いてこそ、己の能力が最大限に発揮できることも、よく知っていた。だからこそ――

「海赤雨《かいせきう》三将のいずれかか、長政様が到着するまでの時間を稼がねばならん」

――という訳なのだ。

員昌は愛知川の河岸に陣取ると、浅井家の家紋を記した旗を大量に打ち立て、掲げさせた。

それを見れば、六閣軍は愛知川の対岸で――しばしの間、行軍を停止せざるを得なくなるだろう。なぜならば、先月の惨劇を生き残った六閣軍の将校や兵士たちは、「備前守には数では勝てぬ……」という事実を嫌という程味わっているからだ。

まさか、もう長政が自ら出てきたのか？――そのように、六閣軍を錯覚させることが員昌の狙いである。

本来であれば、大軍を前にして――浅井家の当主が、自ら寡兵を率いて戦いを挑むことなどあり得ない

だが、「奴に限っては有り得るかもしれぬ……」と六閣軍は思うだろう。

なにしろ三万二〇〇〇の大軍に、僅か四〇〇の騎兵を率いて電撃戦を仕掛けてきた長政を、実際に身をもって知っているからだ。

いずれにせよ、六閣軍は川を渡ることを躊躇し、行軍を止めて軍議を行うはず――員昌はそのように今後の展開を読む。

その先の未来は、確定していた。

浅井家か六閣家か――どちらかが川を渡り、血で血を洗う極限の戦闘が行われるに違いない。

◆　◆　◆　◆

若狭国の後瀬山《のちせやま》城より武田軍が侵攻――その衝撃的な報がもたらされてから間もなく、佐和山城から六閣家襲来を伝える急使が小谷城へ駆けこんで来た。

清水山城からの報告をまとめれば、こうなるだろう。

『武田方、兵五〇〇〇を以《もっ》て朽木谷城へ襲来とのこと。転じて湖西へ侵入の気配有り。長政様につきましては何卒《なにとぞ》御救援をお願い致したく候《そうろう》』

そして佐和山城の磯野員昌は――

『六閣方、兵八〇〇〇を以て観音寺城を出立。佐和山城攻略の意思有り。長政様につきましては何卒御救援をお願い致したく候』

――と報じてきていた。

北部と南部からの浅井領への同時侵攻は、小谷城を酷く動揺させている。

曇り空を仰ぐ小谷城の本丸に備え付けられている櫓の上で、俺は床几に腰かけていた。

横には、遠藤直経に赤尾清綱、そして海北綱親と雨森清貞がいる。

眼下に集まった家臣たちを前にして、俺は閉じた扇子でピシャリと膝を打った。

彼らの視線が、数百数千数万の瞳が、一斉に俺に集中する。

本来、軍議とは遠藤直経や赤尾清綱などの重臣たちの間で執り行われるのが普通である。

しかし、俺は今回――身分を問わず、一兵卒のレベルにも召集をかけていた。

いまや、湖東で召集可能な六五〇〇の兵たちが、俺の一挙一動に注目しているのだ。

それは――もはや窮地の極みにある浅井家において、取り得る手段がたったひとつしかないからでもあった。

もはや策など、立てようがない。しかし――

(――絶対に、あの夢のようなことがあってはならん！)

俺の脳裏に、かつて見た夢が甦る。

暗黒のなか、廃墟のなかでひとり、力なく泣いている市姫。

いまやそれは、俺のなかの、浅井家滅亡のイメージにすらなっている。

あの夢を克服しない限り、俺たちに明日はないのだ。

「聞け、我が浅井の家臣たちよ」

俺が床几から立ち上がり、声を発すると――男たちは一斉に身を正した。

「端的に言おう。北部より武田家、そして南部より六闇家の侵入を受け――いまや、浅井家は滅亡の危機に瀕《ひん》していると言わざるを得ない」

ザワッと小谷城が揺れる。

彼らとて、まさか浅井家の総大将である俺の口から――「滅亡」などという、物騒で心掻き乱す言葉を聞くとは思わなかったのだろう。

とりわけ兵士たちの動揺が酷い。

兵農分離の進んでいない戦国期日本において、彼らの多くは農民であり、そして妻子を持つ父親でもある。

自分が死ねば、明日の家族がどうなるか――その保障は、まるでない。

愛する妻は生活の為に、見知らぬ男に股を開く娼婦になるかもしれないし、娘は身売りによって性奴隷、息子は労働奴隷の身分に堕ちるかもしれないのだ。

「死にたくない――」

それが、一般の民衆である男たちの願いだった。

それでも彼らが戦場へ、死地へと臨むのは、「家族には、たとえ自分に何があっても生き延びて欲しい」と思うからでもある。

戦わなければ、奪わなければ生きることのできない世界。

そんな世界で、浅井家の総大将たる俺から「滅亡」の言葉をちらつかされれば、彼らの心が大いに揺れるのは当然の帰結だった。

——しかし、それが俺の弁論戦術である。

「だが、この状況を打開する術がひとつある。たったひとつだけ、我らには手段が残されているのだ」

すると、兵士たちは動揺を心のなかに残しながら、縋るような目で俺を見つめてくる。

彼らにとって頼れるのは、俺しかいない。浅井領に生きる以上、俺を信じる他にないのだ。

——ならば、その想いに応えるしかあるまい。

それが、浅井長政という存在に帰属する責任というものであり、果たさねばならない責任だった。

「教えてやろう、我らが滅びぬ道を」

ゆっくりと、しかし抑揚を付けながら、眼下に広がる家臣の海に、言葉という一石を放り込む。

「守るのだ。お前の隣にいる者たちを、お前がまずは守るのだ」

男たちは思わず、自らの左右に視線を配る。

するとそこには、自分と同じように不安そうな顔つきをした、仲間であり、友人の姿があった。

「一言だけ申しておこう。此度の戦い、お前たちの誰もが、骸《むくろ》となって野ざらしとなることを俺は望まぬ。あるいはこうも言ってやろう、死ぬな、とな」

ザワッと、小谷城がまた、揺れた。

それは先程のものとは性質の異なる動揺だった。

当然である。

彼らが叶わないと嘆きながらも、それでも望み続け——内面に隠し続けていた内容に、俺がいとも簡単に触れたからだ。

『友を想い、仲間を労われ』……これは簡単なことのようで、実に難しいことではある」

いまや絶望を瞳に湛えていたはずの家臣たちには——生への執着と希望が宿り、次なる俺の言葉を待ち受けている。

彼らの希望を煽り立てるように、俺は言葉を続けた。

「だが……それでも、この浅井長政は命じよう。お前の横に立つ男を、仲間を、戦友を、何があっても守り抜け！　何があろうとも、必ずだ！」

兵士たちが左右を見、互いに頷き合う。

「……さすればこの戦、絶対に負けぬ。誰も死ぬことがなければ、負けることなどあるはずがなかろう！」

そんなことが、甘い空想や妄想の類でしかないことぐらい——俺だって分かっている。

戦争だ、人は死ぬ。敵も味方も、誰にだって例外はない。

それでも、人間には希望が必要なのだ。絶望という暗黒にあって、希望という光が、絶対に。

そして、その希望を示す者こそが、指導者である。

希望を潰し、希望を掻き消すようなことを宣《のたま》う指導者など、指導者ではない。そんな者は、皆の足を引っ張る只の害悪でしかないのだ。

「命を友に預け、友の命を守れ。友と共に生き延びる為に、明日の近江に生きる為に。さすれば、我らの前には……明日という輝かしい未来が待っているであろう！」

並み居る侍大将や足軽大将、そして兵士たちは――ひとつひとつの言葉に喰らい付くように、一言たりとも聞き逃すまいと、そんな面持ちで俺を見ている。

「お前たちも知っているはずだ。いま、この北近江では湯治場が建設されはじめている。お前たちの生活に、これからは温かな湯が加わるだろう。そして、じきに養蚕工場も完成しよう。さすれば、お前たちの生活に、これからは絹が加わるだろう」

俺の話していることは、かつての一般民衆の生活では絶対に考えられもしなかった内容であることは間違いない。

しかし、俺だけでなく目の前の男たちもまた、その実現を信じている。彼らは実際に、浴舎の建造や、養蚕工場の建設という現場を目撃しているのだ。信じない方がおかしかった。

浅井家の領内は、着実に、そして劇的に変化しつつあるのだ。

「そのような輝かしい明日を迎える北近江には――お前たちが生きていなければ意味はない。武田や六閣の者共が暮らすようになっては意味がない。我らが我らの手によって、我らの益としなければ――全く意味がないのだ！」

小谷城に詰めている男たちが一斉に頷く。

俺の横にいる直経や清綱、綱親に清貞も――皆、同じだった。

「そうだ」「そうだ」「そうだ」と熱を帯びた声が至る所から立ち昇る。

「この地を武田や六閣に奪われてはならん！　この地は浅井のものだ。我らが為の、我らがより良く生きる為の、我らが土地なのだ!!」

故に！　と俺は叫ぶ。浅井家の家臣たちが手を固く握り締める。

「敢えて言おう！　我らは滅亡の危機にあるが、しかしこれは最大の好機でもある!!」

なぜならば！　と俺は拳を掲げ、前に突き出した。

浅井家六五〇〇の兵たちが、つられるように拳を掲げる。

「今こそ浅井家の民として、そして北近江に生きる湖北衆《こほくしゅう》として！　その団結力を天下に示す、またとない機会なのだ！　大義は我らにあり！　我らは湖北を守る！　敵は退《しりぞ》けなければならぬ！

そして然るべき報いを与えてやらねばならぬ!!」

俺の大声が小谷山に反響し、木霊《こだま》した。

そして「オォオォオォ!!」という男たちの興奮に満ちた喊声が轟《とどろ》き、ビリビリと小谷山が揺れる。

「殺せッ！　武田も六閣も、我らの敵は全て殺すんだ!!」

「そうだ！　俺たちは死なない！　死んでなるものか!!」

兵士たちが気勢を上げていた。

彼らの目には、もはや絶望も、動揺も、困惑もみられない。

明日を生きるという望みと、その為に万難を排除しようという、決然たる意志の力がそこにはあった。

「綱親ッ！」

「はっ！」

俺の迸るような一声に、浅井家屈指の戦巧者が頭を下げる。

「此度の六閣家との戦、お前を総大将に任ずる！　清綱や清貞と協力し、我が期待に応えてみせよ！」

「必ずや……」

静かではあるが、確かな闘志を両目に湛え、綱親は言った。

「……必ずや、我ら浅井の意地を見せつけてくれましょうぞ！」

「うむ！」

俺は再び眼下にいる男たちに向かって檄を飛ばす。

「確約しよう。綱親が指揮下において、お前たちがその命を友に預け、そして友を守る限り——我らが前に敗北の二文字は無いッ！」

「オオォォォオオォオッ!!」と、またもや喊声が響く。

実に男臭く、むさくて仕方がないが——このような空気も悪くはない。

いま、俺たちは、ひとつの目標に向かって全てが死力を尽くして進もうとしているのだ。

俺が元いた世界では絶対に体験できないような——そんな熱い経験だった。

「そして——直経ッ！」

「はッ！」

直経が綱親に倣《なら》い、片膝を突いて応じる。

「お前は俺と共に朽木谷へ来い！　若狭の腑《ふ》抜《ぬ》け共——誰ひとりとして故郷の地を踏ませてなるものかッ！」

「承知仕りましてございまする！」

ここで、おそらく兵士たちは疑問に思うはずだ――「まさか、長政様は我らと共には来てくれぬのか」と。

俺はその疑問を生じさせない為に、すぐさま大声を眼下の男たちに叩き付ける。

「俺はこれより朽木谷に押し寄せた若狭の弱兵共を、清水山城の諸将と共に駆逐しに参る！　これを討たねば我らの背後が危ういからだ――綱親ッ！」

「はっ！」

「俺が戻るまで、六閣軍を適当にいなしておけ！　武田を駆逐した後、俺が手ずから六閣を討つ!!

今度こそ、徹底的に……!!」

法螺貝が吹き鳴らされ、小谷城の城門が開かれた。

綱親たちは俺に一礼すると、馬に跨《また》がり、颯爽と山道を駆け下りていく。

そしてその後に、土煙をもくもくと上げながら――六五〇〇の浅井兵が続いた。

「長政様、我らも参りましょう」

牡馬に乗った直経が言う。

「時間との勝負になります。武田か六閣、どちらかを早く潰さねば……我らはどんどん不利な状況に追い込まれまする――その為にも、一度馬繋場へお運び下さい」

俺は訳も分からぬまま、馬繋場に走った。

そこに、帝釈月毛はいないはずだった。

彦兵衛が失われてから彼女の世話をできる者が誰もおらず、帝釈月毛は小谷城の外にある放牧地に移動しているはずだったのだ。

しかし、馬繋場に――帝釈月毛はいた。

ひとりの少女が手綱を持ち、俺の到着をジッと待ち続けていたのである。

「久か……」

「おっ、お館様っ！」

俺が農村から連れ帰って来た、彦兵衛の妹――その彼女が、帝釈月毛の馬具をしっかりと揃え、装着させ、「こ、これを！」と緊張しながら手綱を俺に差し出している。

そんな久の姿に、俺は胸のなかから熱いものが込み上げてくるのを抑え切れなかった。

「久ッ！」

「はっ、はいっ！」

馬上の人となった俺から声を掛けられて、緊張したのだろう。

あたふたとうろたえながらも、しかし久はしっかりとした返事をしてくる。

「――直経は良き養父《ちち》か？」

「はいっ！」

その澱《よど》みない返事に、俺は心底安心した。

彼女は天涯孤独という意味においては、かつての俺と同じ境遇にある。

しかも、彼女をそのような立場に追いやったのは――他ならぬ、俺だった。彼女の兄である彦兵衛は、命を賭して俺に忠義を示したのだから。

だが、そんな彼女も直経に引き取られ、いまや立派に帝釈月毛の世話もできるようになっている……

「ならば——良しッ！」

俺が帝釈月毛の手綱を引くと、我が愛馬は上半身を大きく掲げ、澄み切った声で啼いた。

「お館様っ！」

「なんだ！」

「ごっ、御武運をっ！」

「——うむ！」

俺は帝釈月毛を駆り、城門を走り抜け、山道を一気に駆け下りる。そしてその背後から、直経が見事な手綱捌《さば》きで続いてきた。

(この戦……負けられん。ここで滅びてなるものか……!!)

俺はそう決意しつつ、直経と共に湖西へと向かうのだった。

第二三話　疑念の谷

帝釈月毛は純白の体軀を躍らせ、軽やかに北近江を西北に向かって駆ける。

俺の後ろに続くのは、遠藤直経ただひとり。他の者たちは皆、南に向かって進んでいた。

「お館様。賤ケ岳《しずがたけ》と琵琶湖の狭間、塩津《しおづ》街道を使いましょうぞ！」

俺の背後から黒馬に乗った直経が声をかけてくる。

「余呉《よご》湖を回るより早うございます故！」

「分かった！」

しかし、俺が帝釈月毛を操る必要は無かった。

帝釈月毛は俺と直経の会話の全てを把握し、自らその進路を定めるのである。

（これが、賤ケ岳か……）

俺は万感の思いで、琵琶湖のすぐ傍に切り立つ、標高四二一メートルの山姿を眺めた。

この山は、俺にとっても無関係ではない。

天正《てんしょう》一一年（一五八三年）、この賤ケ岳を中心として——羽柴秀吉と柴田勝家が、織田家を二分する激しい戦闘を繰り広げた。

結果として秀吉が勝利し、織田信長の形成した権力体系の後継者となったが——俺にとってはそのようなことはどうでも良い。

問題なのは、史実において、敗北した柴田勝家の妻が市姫であったことだ。

浅井長政の死後――未亡人として娘たちと暮らしていた市姫は、織田信長の三男・織田信孝《のぶたか》によって、強制的に勝家のもとに嫁がされてしまっていたのである。

それはすなわち、信孝が秀吉と対抗するにあたって、対秀吉勢力の筆頭であった勝家を抱き込むために必要なことだった。

戦国期日本における女性のひとりに過ぎない市姫が、男たちの策謀と命令に逆らえるはずもない。

嫁がされる直前――市姫は長政の墓前に忍んで現れ、墓石に縋ってはらはらと涙を流したとも言われている。

そして勝家の敗北によって、市姫はとうとう生きることへの望みを失い――そのまま自害して果てたのだった。

(ああ……クソ、他人事ではないぞ……!)

俺は頭を振り、手綱を握り締める。

仮にこの戦争で敗北し、あまつさえ俺が戦死した場合、市姫がどんな行動に出るのかは分かったものではなかった。

しかしそんな俺の感傷は、直経の一声によって立ち消えてしまう。

「それにしても……。お館様、誠に気がかりでございますな」

「――何がだ?」

俺がそう訊くと、直経の馬が速度を上げ、帝釈月毛に並ぶ。

「久政様がことにございます」

「……」

賤ヶ岳を右手に、琵琶湖を左手に望みながら、俺は黙って直経の言葉を聞いた。

「此度の合戦、流石に御家《おいえ》の危機でございます故、清綱殿が久政様の所へ参られましたが――しかし、『隠居した身の私が今さら出張ることもあるまい』とにべもなく追い返されたそうでございます」

「うーむ……」

流石に考えざるを得ない問題である。

「久政様の動向は、正直なところ、拙者には理解し難いものがございまする。久政様が浅井家への関心をなくしているかといえば、朝倉家との友誼《ゆうぎ》を叫んでおられる手前、そうではありますまい」

とはいえ、朝倉家ではなく六閣家への臣従の道をかつて選ばれたのは、他でもない久政様本人でありますが――と直経は痛烈な批判を行った後、

「その上、お館様に玉蛍石の武具――石割兼光を譲渡なさらなかったことも、この直経、未だ合点がいきませせぬ。前線に出ないおつもりならば、退魔の刀は浅井の総大将たるお館様こそお持ちになるべき品でございましょう」と言った。

それにもかかわらず、久政は石割兼光を手元に置き続け――彦兵衛がこれを奪取するまで俺の手元にやってくることは無かった……

直経はきっと、そう言いたいのだ。

「それに此度の戦――あまりにも敵方の動きが統一され過ぎているように思えまする」

まるで、朝倉家への援助を求めなければならない状況を、意図的に作り出されているような――

そこまで言いかけて、直経は「いや、これは妄言でございました」と口を噤《つぐ》む。

「いや、直経の言う通り――今回はどこか妙だ」

若狭武田家と六閣家による浅井領への同時侵攻。しかし彼らの領土は、浅井家の拠る北近江に分断されており、まともに連絡を取り合うことはできないはずだった。

それにもかかわらず、事前の打ち合わせ通りに行われたかのような両家の侵略行動。

状況を整理し、無数の可能性を踏まえた上で考えると――

「――浅井家中に、内通者がいるやもしれぬ」

「……仰る通りでございます」

「直経」

「はっ」

藤ケ崎《ふじがさき》を丁度曲がったところで、俺は帝釈月毛を止めた。直経も馬を止め、こちらを見つめてくる。

「直経……お前の居城は、確か須川城《すがわ》だったな」

浅井家が誇る猛将が、ゆっくりと首肯する。

須川城は関ケ原に近い、美濃方面に対する防衛の要《かなめ》でもあった。

「よく聞け、直経。お前はこれから小谷城へ駆け戻り、市と久を連れ、須川城へと向かうのだ」

「お館様、それは――」

「聞け！　杞憂で終われば良い、だが杞憂で終わらなければ取り返しがつかん！　常に最悪の状況に備えるのが将というものであろう！」

お前であれば、市を守り通してくれるだろう？

俺がそう問うと、直経は一瞬虚を突かれたような顔をして――次いで決意に満ちた表情を浮かべると、右手で心臓の辺りをドンと叩いた。

「お館様の命とあらば、この直経……必ずや奥方様の御身《おんみ》をお守り致しましょうぞ！」

「――頼む！」

「必ずや！」

直経が手綱を引き、来た道を全速力で引き返す。俺は帝釈月毛を促し、清水山城へと急いだ。

（本当に、杞憂であってくれ……）

思わず、帝釈月毛の上で天に祈っていた。

（まさか、浅井久政が裏で手引きをしているなどということは――）

遙か上空は、いまや雲翳《うんえい》の様相を呈している。

俺は心の内に去来する鬼胎《きたい》を振り払うように、帝釈月毛の手綱を握り締めるのだった。

◆◆◆◆

それから間もなく、俺は清水山城へ入り――安養寺氏種をはじめとする、西側の諸将と面会を果たした。

彼らもまさか、俺が直々にやってくるとは思わなかったらしい。

しかも目下、六角家の侵攻が行われている最中だったと知るや否や、「誠に有り難きこと……」だと感涙に咽ぶ者ばかり。

援軍を割けなかったことについては「致し方なきこと」であるとし、むしろ「長政様の御親臨《ごしんりん》こそが最大の援《たすけ》」であるとまで言ってくれた。

——なんとしても、家臣たちの心意気に報いなければ。

俺はそう、決意する。

氏種の説明によれば、清水山城に結集している兵士は三〇〇〇ほどであるという。城に五〇〇ほどを残すと考えれば、対武田迎撃戦に回せるのは二五〇〇が限界であろう。

報告によれば武田軍の総数は五〇〇〇ほどであると言うが——

(——悪くない)

まさしく、それだった。

というのも、物見によれば、若狭武田軍は騎兵を殆ど有していないのだという。

忘れがちではあるが、この世界において、馬は貴重な戦力である。

先月、三万二〇〇〇の大軍で佐和山城へ押し寄せてきた六閤軍でさえ——一五〇〇の馬しか配備できていなかったのだ。

ちなみに、清水山城で保有している馬は七頭しかいないらしい。

俺は直ちに、二五〇〇の兵と七頭全ての馬を動員することに決めた。

帝釈月毛に乗って清水山城の城門を出れば、狙いすましたようなタイミングで物見が帰還し、戦況の報告をはじめる。

彼によれば、朽木谷城はまだ落ちていない。

朽木元綱を頭領とする朽木衆は寡兵でありながら伏兵を配し、よく見知った森や山間部という地形の特徴を最大限活用して、ゲリラ戦を展開しているとのこと。

これが非常に効果的なようで、武田軍は朽木衆の七倍近くの兵力を有しながら、足踏みをしている状態であるらしい。

「氏種」

「はい、長政様」

俺の横に馬を付けながら、氏種が訊いた。

「何か、策がおありでしょうか」

「そうだ。これより兵を分ける。お前は二〇〇〇を率い、皆と全力で山登りをせよ」

「――は？」

唖然《あぜん》とした顔で、氏種が間の抜けたような声を出す。

中年の重臣が浮かべたその表情は面白くて仕方がないが――いまは有事だ、笑う訳にはいかない。

「山登り、山登りをするのだ。そうだな……堂建山《どうけんさん》辺りが良い。あそこは朽木谷からもよく見えるだろう。山頂まで登れ、とは言わぬ。中腹にまで登り次第、朽木谷に向かって鬨の声と軍旗を掲げよ。そしてゆっくりと、若狭の方面に向かって進むのだ」

「……なるほど。武田軍に『浅井勢が若狭を攻撃しようとしている』と錯覚させるのですな」

「よし、分かったか」

「しかと心得ましてございまする」

氏種は首肯すると、俺の指示通りに二〇〇〇の兵を伴って――小俵山《こだわらやま》を横目に若狭街道へ突入し、堂建山へと登りはじめた。

武装した男たちによる、一世一代の山登りである。

それを見届けると、俺は五〇〇の兵たちを連れて——稲荷山《いなりやま》と高面山《たかつらやま》の狭間を直進し、朽木谷城を目指した。

俺たちの奏でる凄まじい足音の間に、琵琶湖が風で波打つ音が混じり込む。

思わず後ろを振り向けば、琵琶湖の北側に、ぽつんと浮かぶ島が見えた。

——竹生島《ちくぶしま》。

葛籠《つづら》尾崎《おざき》の南方約二キロの位置にある、曰く付きの島だ。

日本列島内に存在する、唯一の、針葉樹林で覆われた島であり——明治以前、近代化されるまでの日本人が「神が棲んでいる」と信じていた島でもある。

(あそこに、浅井久政が幽閉されていたんだよな……たしか)

史実において、六角《ろっかく》家からの独立戦争に長政が挑んだ際……

久政は家臣たちによって竹生島に幽閉され、一時期だけ島での隠居生活を余儀なくされていた時があるという。

(久政との、因縁の島……という訳か)

神の棲む島が、親子間のドロドロした抗争の土地だったとは——まるで笑えない。

そんなことを思っていると、突如として堂建山から轟雷のような鬨の声と、無数の軍旗が翻ったのが見えた。

そして軍旗を掲げた兵士たちは、ゆっくりと若狭方面へと下山を開始していく。

(——よし!)

既に朽木谷への入り口は目の前だ——これ以上の好機はない。

「皆の者……押し出せぇッ!!」

俺が指示を下すや否や、帝釈月毛が声高に嘶《いなな》き、朽木谷の山林目掛けて突撃する。

「お館様が行かれてしまったぞ！」

「何をしておる！　我らも続け、続けぇッ！」

帝釈月毛に追いつける訳もないが、兵士たちは長槍を構え、鬨の声を上げて山林へ身を躍らせていった。

そこで兵士たちが見た光景は——堂建山の浅井兵に動揺し、慌てて軍を返そうとする武田軍の姿。

武田軍からすれば、まさしく、「浅井を攻めていると思ったらいつの間にか本国が攻められそうになっていたでござる」という状況だろう。

軍隊の運用において、最も気を付けなければならないことのひとつが——一瞬の間隙《かんげき》である。

戦は水物であり、チャンスを見逃せば——二度と、好機を手繰《たぐ》り寄せることはできなくなるのだ。

「そして、いまや——」

——絶対に逃してはならない隙が、あられもなく露出して、俺たちを誘っている。

「行くぞォッ！」

帝釈月毛が上半身をもたげ、山間の道を退却している武田の兵士たちに狙いを定める。

長槍を持った兵士たちも俺に追いつき、鬨の声をまたもや上げた。

朽木谷の狭い道に、俺たちの喊声はよく響く。

俺が先頭に立ち、踏み潰さんばかりの勢いで——浅井軍が、武田軍に殺到する。

山間の道。男たちの声が木霊し反響したこともあって、武田軍には俺たちが五〇〇以上の軍勢に見えていることだろう。

たちまちのうちに、朽木谷は敵味方が入り乱れる大混戦の様相を呈した。

「御味方が来たぞッ！」

「見よ、『三ツ盛亀甲《きっこう》に花菱《はなびし》』の旗……！　長政様だ！　お館様が自ら来てくださったぞッ！」

「槍を持てる者は打って出よ！　お館様をお助けするのだッ‼」

「狩り尽くせぇッ！」と気勢を上げ、朽木の頭領たる元綱そのひとが、先陣を切って飛び出してくる。

武田軍は、只でさえ朽木衆のゲリラ戦によって数を減らし、士気を減じていた。

そこに「本国が攻められる」という不安感に加え、「新手の敵」だけではなく、攻めても攻めても落とせなかった朽木谷城の兵士たちが押し寄せてきたのだから——もはや、武田方の絶望感は筆舌に尽くし難いものがあったのだろう。

武田軍は我先にと若狭へ向かって撤退を開始する。

そんな彼らに対し、容赦なく朽木のゲリラ兵が浴びせかける弓矢の嵐。

バタバタと倒れ伏す武田方の屍《しかばね》が山道を埋め尽くし、浅井の兵たちはそれを踏み越えながら追撃を続けていた。

それでも武田の兵たちは必死に逃走し、二ノ谷山《にのたにやま》の麓付近にまで後退していったのだが——そこにも、浅井の兵が待ち構えていた。

氏種の率いる陽動隊がその任を終え、獲物が近づいてくるのを今か今かと手ぐすねを引いて待っていたのである。

「かかれぇいッ！」

氏種の叫びと共に、長槍を構えた二〇〇〇名の兵士たちが武田軍に殺到する。

もはや勝敗は決したも同然だった。

浅井軍に囲まれた武田の兵たちのなかには、投降して命乞いをはじめる者も出始める始末。

一度、そのような流れができてしまえば――もはや止めることは不可能だ。

カラン、カランと音を立てて刀や槍などが投げ出される。

――降伏の証《あかし》だ。

俺は武器を投げ捨てはじめた武田軍の姿を見て、ほっと胸をなでおろすのだった。

――殺して勝つよりも、殺さずして勝った方が良いに決まっている。

ひたすらに殺戮を叫ぶ爬虫類脳を懸命に抑えつけながら、俺は帝釈月毛の上で刀をゆっくりと仕舞ったのだった。

◆　◆　◆　◆

退路を断たれ、完全に包囲されてしまった若狭武田軍が降伏し、その武装を解除した後……

俺が真っ先にしたことは「雑兵《ぞうひょう》については若狭に返してやれ」と氏種に命じることだった。

というのも、雑兵たちの多くは農民であり、無理矢理徴兵された者が殆どだからである。

清水山城の将校のなかには「奴隷として使役するべき」だとか、「売り払うべき」だとか、そんな進言をしてくる者もいたが――俺の回答は全て「否」だった。

この時代にあっては人権などという概念は存在しない。

だからこそ奴隷として使役しようとしたり、あるいは人身売買の対象としようとしたりする発想が普通に出てくる訳だが……

俺は絶対に、それらを認める訳にはいかなかった。

それでも尚食い下がってくる者もいたのだが、「この者たちがお前の父や兄弟、あるいは息子であると考えよ」と言ってみると、すぐに納得してくれたのには――心から救われた気がする。

いつの時代であっても親兄弟、そして子供は――日本人にとって、捨てがたい存在なのだ。

それは人権の概念があろうがなかろうが、日本人の精神的な根底部分に深く根を下ろしていた大切な感性である。

やがて清水山城の者たちが皆、「投降した兵たちについては解放する」という方針に納得してくれるまでには、さほど時間はかからなかった。

とはいえ、彼らを指揮していた武将については解放する訳にはいかない。

兵士とは違い、武将とは戦争の専門職《プロフェッショナル》である。そうであるからには、責任問題が発生し得るのは当然のことだ。

それに、人質として留め置いておけば――今後の若狭武田家に対する外交カードのひとつに成り得るだろう。

突如として領土を侵《おか》し、損害を与えた罪は、きっちりと償ってもらわねばなるまい。

「氏種、此度の戦いで武田軍を率いていた者はどのような男なのだ？」

「そのことでございますか」

ゆっくりと落ち着いた様相で、氏種が応じる。

「あの者は粟屋光若《あわやみつわか》という侍大将でございます。若狭武田家中ではその名を知らぬ者はいないという程の剛《ごう》の者で、恐らく家中で最も信頼されている武官でございましょう」

つまり、若狭武田家は自らのエース級を前線に送りこんできたということになる。

彼らは今回の侵略について、かなり本気だったのだ。

「いずれにせよ、氏種、お前はこのままこの清水山城を守備していて欲しい。ないとは思うが、また若狭武田家から兵が送られてくるとも限らんからな」

「承知仕りましてございます」

——これで、ひとまずは大丈夫だろう。

俺が帝釈月毛に跨ると、清水谷城の将校や兵士たちが総出で送り出してくれる。

朽木谷では短時間の内に、地形の利用というアドバンテージもあって、あまりにもあっさりと若狭武田家を降《くだ》すことができた。

しかしそれは、あくまでも偶然でしかない。

彼らが朽木谷城を攻撃するという手段を用いず、すぐさま清水山城を攻撃していたら——どうなっていただろう。二倍近くの兵力を、野戦で打ち破ることができたのであろうか。

それを思えば、自らの力を過信してはならず——「今回はたまたま運が良かっただけ」なのだと受け止めておいた方が良いに違いない。

見送りを受け、琵琶湖と山々の狭間の道を帝釈月毛と共に走り抜ける。

それにしても——俺や直経が思うように、今回の騒動には本当に久政が関与していたのだろうか。

どうしても、そればかりを考えてしまう。

そして、直経は——無事に市姫や久を連れて、須川城へ向かってくれただろうか。

心配である。

不安になった俺は、それを誤魔化すように、両手に持った手綱をぐっと握り締めた。

すぐに俺の感情が揺れ動いていることを察したのだろう。帝釈月毛が優しげな声で嘶く。

そうしたところを見るに、帝釈月毛は人間の感情の機微に鋭く、思いやりのある生き物なのだろう——清楚系ビッチではあるけれども。

(だが、いずれにせよ——この戦に勝利しなければどうにもならないんだ……!)

帝釈月毛が塩津街道を抜け、北近江の平地へと躍り出る。

そしてそのまま南下すれば、浅井家と六閣家がにらみ合う地点へ至るのだろう。

感覚的に、小谷城を出てから既に四時間が経っている。

(皆、無事でいてくれよ……!)

小谷城に集まっていた六五〇〇名の兵士たちや武将たちの顔を思い浮かべながら、俺はそう願わずにはいられなかった。

第二四話　小谷城の変

遠藤直経は享禄《きょうろく》四年（一五三一年）の生まれである。

現在の暦《こよみ》は永禄一〇年（一五六七年）なので、三六歳ということになるだろう。

戦国期日本にあっては栄養状態が悪い為、三六歳は現代の換算では五〇代半ばに相当すると言っても良い。

そんな直経にとって、「お館様」である長政は——この世の誰よりも、親愛の情を寄せるに足る人物だった。

というのも、直経は一四歳の頃から——つまり長政が生まれた天文一四年（一五四五年）から、ずっと近侍《きんじ》として仕えており、その成長を間近で見てきたのである。

並々ならぬ才能を持っていた「お館様」は、最近ではとうとう内政にも力を入れはじめ、いまや領土全体の発展を視野に入れている。

直経はそんな主を誇らしく思い、どんなことがあっても一生付いて行くことを決めていた。

そんな自分が、どうして形成されたのか——改めて冷静に考えてみると、結論として「初恋やもしれぬ」と思い至る。

まんまるでか弱い赤ん坊であった「新九郎様《しんくろう》」を一目見た時から、自分は惚れてしまっていたのだろう。

その「新九郎様」がやがて家臣を率いる「長政様」に、そして「お館様」へと変わっていく姿を間近で見、自分は慕情《ぼじょう》を高めていたに違いない。

——つまりは足掛け二二年の恋心といったところか。

最近、活躍の著しい長政の傍で、直経はそんなことを考えていた。

直経には三人の子供がおり、それぞれ孫作《まごさく》、喜三郎《きさぶろう》、仁兵衛《じんべえ》と名づけられている。

彼らを産んでくれた妻のことは大切に思っているが、それでも「崖から海に落ちそうになっている長政と妻のどちらを助けるか」と問われれば、「真っ先にお館様の安全を確保し、然る後《のち》に海へ飛び込み妻を救う」と答えるだろう。

直経にとって長政は絶対的に優先されるべき存在であったし、彼の指示や理想についても同様だった。

だからこそ、直経はかつての主である久政に対し、批判的な立場にいる。

というのも彼は、長政の「自主独立的な浅井家」という理想に対し、「他者の庇護の下で安定する浅井家」という理想像を持っており、実際にそうあるべきだと主張していた。

久政がかつて六閣家に臣従していたのに、今になって朝倉家との友誼を声高に叫んでいる背景にはそれがある。

つまり、久政は責任を持ちたくないのだ。思考を放棄し、安穏とした空間で惰性に生きることを望んでいるのだろう。

それを直経は、惰弱《だじゃく》な発想として、バッサリと切り捨てる。

人間は常に前に進まなければならないと、直経は思っている。

いや、むしろ、前に進まなければいつまで経っても戦国の世は終わらないだろう。

更に、戦国を終わらせる原動力となるのは長政だと——直経は信じて止まない。

（新しい世は、おそらくすぐそこまで近づいてきているはずだ……）

そして、その世界には市姫がいてくれなければ困るのである。

直経の目からしても、長政と市姫は——政略結婚にあって珍しい程の「仲睦まじき夫婦《めおと》」だった。

「初恋の相手」である長政の幸せを誰よりも望む直経にとって、市姫には絶対に生きてもらわなければ困るのである。

「そして……お館様は、奥方様を我が城に移せと申された……！」

その事実が、直経を深い感動へ誘《いざな》っていた。

市姫が長政にとって、何にも代え難き存在であることを——直経は知っている。

その市姫を須川城に、臣下の城へ移せという指示は——

「——この直経を深く信頼して下さらなければ、罷《まか》り間違っても申されぬこと……！」

直経は馬を駆りながら、高揚する気持ちを抑えられずにいた。

今まで長政に仕えるなかで経てきた、数々の苦労の全てが——一気に報われたのだ。

「ならば、この直経が為すべきは——お館様の命を忠実に遂行することのみ！」

全速力で小谷城の山道を駆け抜け、城内へ入る。

馬から飛び降り、地を踏みしめた直経は、ゆっくりと頭を上げ——グッと拳を握り締めた。

歯を強く噛み締めれば、バキリと奥歯が割れた気がしたが——知ったことではない。

——敬愛する主君が危惧していたことが、現実に、起こってしまっていたのだから。

血塗れになって転がっている、門衛の屍骸がそこにある。

◆　◆　◆　◆

小谷城は、怒声と剣戟《けんげき》の音に包まれていた。

直経の視界に飛び込んできたのは、浅井家の守兵たちが互いに争っている姿である。

しかしよく目を凝らせば、それが事実誤認であることに気付くだろう。

というのも、片方の集団は一致団結して刀や槍を振るっているのに対し、もう片方はまるで「寄せ集めの兵」のように、統一性のない攻撃をしかけているのだ。

(後者は、浅井の兵ではないようだな)

それに気付くのに、さほど時間はいらなかった。

門の陰に隠れ、背後から切りかかって来た兵を振り向きざまに一閃《いっせん》する。

断末魔の声と共に地に転がった曲者《くせもの》の顔を眺め――真顔で顔面を踏み抜き粉砕しながら、直経は確信した。

(――このような者の顔、知らぬな)

ともすれば、誰かが賊を城内へ引き入れたということになるだろう。

そう認識した瞬間、直経のなかに二つの選択肢が現れた。

ひとつめはすぐに守兵を指揮し、賊を討ち果たすこと。

ふたつめは長政の指示通り、市姫の安全を確保することである。

そして、直経は躊躇なく――ふたつめの選択肢を選ぶ。

（城の兵を指揮し安全を確保することが、必ずしも奥方様の安全を確保することにはつながらん）

兵の指揮を執っている間に市姫に害を加えられてしまえば、元も子もない。

直経のなすべきは、長政の指示を忠実に遂行することにあった。

「お、お養父《とう》さんっ！」

飛び散った脳漿《のうしょう》を踏みにじり、駆けようとしたその瞬間——馬繋場の物陰から、少女の声が響く。

その方向にサッと目を向ければ、つい最近、養女として迎えた久の姿がある。

「久か！　言え、何があった！」

「わ、分かんない！」

武家の養女にあるまじき粗野な言葉遣いだが、今はそんなことを気にしている暇はない。

「お館様とお養父さんが出て行ってしばらくしたら、なんかいきなり男の人たちが大勢押し入ってきたの！」

「門衛の連中は、何をしていたッ！」

「知らないよぉっ！　普通に門が開いて、いきなり皆に襲い掛かって来たんだからっ！」

直経は背後を振り向き、門衛の屍骸を確認する。その数はたったひとつだけ。

（なるほど、門衛は彼を除いて皆が抱き込まれていたか——）

全ては周到に準備されていたのだろう。

此度の若狭武田家と六閣家の同時侵攻、そしてこの小谷城襲撃事件は——きっと、連動しているはずだ。

そして門衛を抱き込むことなど、浅井家の関係者でなければできないことである。

（――急がねば）

直経は愛刀である「打刀《うちがたな》遠藤《えんどう》拵《こしらえ》」を鞘から引き抜き、腰に帯びていた短刀を鞘ごと久に投げ与える。

「付いて来い！　この遠藤直経の養女であれば、この程度の諍《いさか》いで死ぬことはなかろう！」

「え、ええっ!?」

久は愕然としている様子だった。

ともすれば、農民出身とはいえ女子であることには変わりなく、刃物など包丁しか握ったことがない。

しかし久は、この養父が何か大切な――おそらく長政絡みの任務を受けていることを直感的に悟っていた。

久にとって、長政は恩人以外の何物でもない。

ならばこの養父と共に働けば、幾分か彼の恩に報いることができるのではないか――幼心《おさなごころ》にそう思ったようだ。

久がこくりと頷いたのを確認すると、直経は地を蹴り、市姫の部屋がある方向へと走り出す。

「――押し通るッ！」

前方にいた賊の一団へ突撃し、袈裟《けさ》切りでまずは一人目を切断し、返す刀で二人目を切り上げ、三人目と四人目をまとめて横一文字に切り倒す。

鮮血が噴き上がり、切り裂かれた断面から内臓がずるりとずり落ちる。

「――来いッ！」

「は、はいっ！」

べしゃりと落ちた臓器を踏みつけながら賊の一人を刀の切っ先で突き殺し、その胸を蹴り飛ばして血刀《ちがたな》を引き抜きながら直経が叫ぶ。

浅井家の誇る鬼神の如き猛将の声に、久は弾かれるように走り出そうとして――引き返し、直経が乗って来た馬に急いで飛び乗った。

「やあやあ我こそは！」

「黙れッ！」

直経の刀が煌《きら》めき、その度に賊や内応者たちの首が飛び、血が噴き上がり、熟れた果実のように内臓が零れ落ちていく。

血飛沫《しぶき》を浴び続ける直経の全身は血に濡れそぼり、もはや全身がドス黒く染まり上がっていた。

それが息を荒らげ怒りに燃えながら進んでいくのだから、賊たちからしてみれば悪魔を相手にしている気分だったろう。

襲い掛かる内応者の顔面を殴りつけ、人差し指と中指を相手の眼孔に深々と突き刺してから――激痛に悶えるそれを引き倒し、強靭《きょうじん》な足でスタンピングをしてぐちゃりと踏み殺す。

「な、なんだあいつは……！」

「直経だ……！　備前守が狗《いぬ》よ！　討ち果たせぃ！」

「あ、あああぁぁぁあぁぁぁ!!」

「無理に決まってるだろッ、あんな奴!!」

もう、直経ひとりでどれだけの賊を殺しているのだろうか。

目を爛々《らんらん》と光らせながら進む彼の後ろには、敵対者の惨殺死体がゴロゴロと転がっている。

その死体を久の乗った馬が踏み潰し、人肉の海が広がっていった。

直経が曲輪を抜けると、守兵たちが必死になって、襲い来る賊から領主館を防衛しているのが見える。

その館こそ――直経の目指す場所だった。

「皆の者、御苦労ッ！」

歓喜に満ちた顔で、ドス黒く血に濡れた顔で、直経は彼らに駆け寄ると……

唐竹《からたけ》割りに刀を振り下ろし、守兵を襲っていた賊のひとりを真っ二つに切り落とした。

「え、遠藤様!?」

守兵たちの顔がぱあっと明るくなる。

「奥方様はどこか！」

「中におられます！」

「良しッ、通るぞ！」

直経は引き戸を蹴倒し、館の内部へ突入する。久も慌てて馬から降り、その後ろを追いかけた。

回廊を渡り、直経は迷いなく市姫の部屋へと押し入っていく。

「な、何奴ッ!?」

市姫の侍女三名が短刀を構え、主人を守るように立ち塞がった。

ただ、彼女たちの反応は仕方のないものだったと言えよう。

全身を血で濡らし、鎧には明らかに人の肉片がこびりついている男がやってきたのだから。

しかし、直経は彼女たちの疑念を晴らさなくてはならなかった。

彼はすぐさま膝を折り、血で真っ黒になっている顔を上げ——カッと目を見開きながら、轟雷のような声で叫ぶ。

「遠藤直経にございまする！　我が主、浅井備前守長政様の命により、奥方様をお迎えに参上仕りましたッ！」

「な、長政様が……ですか!?」

その声に気付いたのだろう。部屋の奥から市姫が駆け寄り、直経に問い掛けた。

「ひっ、姫様!?　この者の素性も分かりませんのに、そのような言い分を信じられては——」

「いえ……いえ！　大丈夫です、わたしはこの方のことを存じ上げております。ですよね、遠藤様」

「——お久しぶりにございます、奥方様。お館様との面会以来でございますなぁ！」

直経が破顔して頭を上げる。

市姫も直経も、長政が行っていた個別面談を——ここまで感謝したことはなかった。

市姫は、かつて夫に言われたことを思い出している。

『何かあった時、お前を助けてくれるのは彼らなのかもしれないのだからな』

端的に言えばまさしくその通りになった訳で——市姫は、夫の心配りと配慮が間違いではなかったことに、改めて感じ入る。

それと共に、市姫は自らの狭い了見は一度捨て——夫に深い忠義を示す直経の指示に従うべきだと決意した。

共に浅井長政という人間に惚れている人間であり――同類なのだ。

その結果としてこの身が果てるのであれば、もはや凶星のもとに生まれてしまっただけのことと
して、腹をくくる他にない。

「御頼み申す！　奥方様、この直経と共に我が城にまでご足労下され！」

「それが長政様のご指示であるならば……」

市姫が直経の肩に触れると、侍女の椿が慌てて主人の行動を制する。

「お待ち下さい姫様！　確かにこの者を見知っておられるかもしれません。ですが夫でもない殿方
に従うなど――」

「安心めされいッ！」

直経は凄まじい声を叩き付けた。

「他の男衆はいざ知らず、我が主の奥方に手を出すほど落ちぶれてはおらぬ！　この直経が愛し
奉《たてまつ》るは只一人――浅井備前守長政様のみであるッ!!」

「あ……愛……」

市姫だけではなく、侍女たちの目もまん丸になった。

当然と言えば当然だろう。血塗れの男が大声で、市姫の夫である長政への愛を叫んだのだ。普通
であればドン引きものでしかない。

「左様！　この直経、赤子であったお館様に一四歳の頃よりお仕えして以来――片時もそのお顔や
声を忘れたことはございませぬ！」

「じゅ……純愛でございます……ね？」

市姫がぎこちなく笑うと、直経はグッと拳を握り締めて言った。

「それでは奥方様、ご準備をお願い致しますぞ！　取り返しのつかなくなる前に――我が新九郎様の命《めい》を違《たが》えぬためにも！」

「――分かりました」

市姫が立ち上がり、直経に頭を下げる。

「どうぞ、よろしくお願い致します」

「お任せ下され！」

直経が立ち上がり、部屋の外へ出る。市姫と侍女たちもそれに続いた。

血で濡れた抜身の刀を持って先導する直経に、市姫が訊く。

「これから、どうされるのですか」

「奥方様とこの娘――久には拙者と共に騎馬で移って頂きまする。申し訳ござらぬが、侍女の方々については……守兵たちと共に徒歩で来て頂くことになりましょう」

直経がそう言うと、侍女たちはこくりと頷いた。

彼女たちの使命は、究極的には主人である市姫を守ることである。

その為には危険に身を曝し、犠牲になることも覚悟しなければならないのだが――そのことは侍女として仕えた時点で、納得しているのだろう。

館の外に出ると、守兵たちが頭を下げた。

周囲には敵の姿が見えず、脱出するにはいまが好機と見える。

「お前たち、よく聞け」

直経は十数人の守兵たちに命じた。

「この三名は我らが主、浅井備前守長政公の奥方様に仕える侍女である。お前たちは彼女らを守り、何があっても我が須川城へ護送するのだ」

「で、ですがお城は――」

「これは、お館様直々のご命令である。城は捨て置け、後で奪還すれば良い」

直経がそう言うと、守兵たちは顔を見合わせてから、ゆっくりと首肯した。

「良し、ならばこの場をさっさと離れることに――」

直経が馬に乗る為に馬具に手を掛けようとしたその時、

「――そこまでだ、直経」

曲輪の陰から、長身の筋肉質の男が声を浴びせかけた。

「……何奴」

直経は馬具に手を掛けたまま、首だけを動かして声の発せられた方向を見やる。

井口経親《いのくちつねちか》――久政の義兄弟であり、長政の伯父《おじ》にあたる浅井家の重鎮だった。

市姫の輿入れの際《こしい》に開かれた「一門評定」で、朝倉家への友誼を重んじることを鮮明にした――所謂「朝倉派」ないし「久政派」の男である。

「何奴とは、随分と偉くなったものだな……直経」

彼は二枚胴具足《にまいどうぐそく》で身を固め、満月を象った装飾をあしらった兜を身に着けており、左肩から右腰にかけて九〇㎝をゆうに超える大太刀《おおたち》を背負っている。

大太刀は、本来ならば馬上で用いられる武具だ。

だが鎌倉時代以降、武士の誉《ほまれ》として「力自慢」の要素が加わったことで――力がなければ振るうことすらできない大太刀を好んで使う男たちも多かったのだという。

そして、経親もそのひとりである。

よく日に焼けた、ごつい四角形の顔に嘲笑を浮かべながら、経親は言った。

「織田の姫は置いていって頂こう。我らの計画の邪魔立てをするな……。もし逆らうのであれば、譜代《ふだい》の忠臣ではあるとはいえ――貴様を切って捨てねばならなくなる」

直経は馬具から手を離し、身体ごと経親へ向き合う。

ちらりと市姫を見やると、彼女は凛《りん》とした雰囲気を漂わせ、経親を冷ややかな目で眺めていた。

「何を言っておられる経親殿。ここにおられる市姫様は、我らがお館様の奥方であらせられるぞ」

「黙れ、備前守の狗が」

ペッと咥内の唾を吐き出してから、経親は苦々しそうな表情を浮かべる。

「我ら浅井家がこの戦国の世で生き残るためには、絶対的に朝倉家の庇護がなければならん。それは明白な事実だというのに……あの愚君はそれを忘れ、飯事《ままごと》にばかりかまけている。知っているか？　あの男、近江に湯治場なぞ作りおって……」

「経親殿は、お館様がどのような意図であれをお作りになっているか……理解なさっているのですかな？」

「知らぬ！　興味もない!!　下らぬことだ、身体を清めるには水を使えば良い。温い水など使えば、人としての精神が堕落する一方であろうが！　貴様もそうは思わんのか!?」

「思わぬ」

直経はバッサリと切り捨てると、経親を睨《にら》んだ。

「何故、経親殿はお館様のお心を理解しようとする姿勢をお見せにならないのですかな？　それでは言葉も解せぬ稚児《ややこ》が、気に喰わぬことで夜泣きをするのと一緒でありましょう」

「黙れッ！」

経親は激昂《げきこう》し、大太刀を引き抜いた。

「愚君の狗の分際で、生意気なことを言いおって！　その首、この俺が直々に久政様に献じてくれるわ！」

「……やはり、久政様が噛んでいるか」

直経は今日だけで数十人の生き血を吸った愛刀を握り直し、構える。

連戦に継ぐ連戦のせいで、打刀遠藤拵はかなり切れ味が悪くなっていた。

「で、奥方様を置いていった場合――その処遇はどうなると？」

「知らぬ。だが、久政様や朝倉義景《よしかげ》様がご賞味するのであろう」

――その前に、俺が味見をしてもよかろうて。

経親が好色そうに、歪んだ笑みを浮かべた。

「――良いだろう」

直経は刀を構え、ぶわりと膨れ上がる怒気を叩き付ける。

「拙者のお館様や奥方様を侮辱したこと――後悔させてくれようぞォッ！」

「させてみるがいい！」

直経が地を踏み締め、一息に駆ける。

経親が大太刀を振り上げ、逆袈裟に切り下ろす。

ガキィンという、鋼と鋼の奏でる剣戟の音が響いた。

本来であれば、刀と刀で打ち合うのは刃毀《はこぼ》れを激しく進行させる為、御法度とされているが——

実戦ではそんな悠長なことを言ってなどいられない。理想と現実は違うのだ。

「どうした直経……貴様、その程度か？」

激しく鍔迫《つばぜ》り合いながら、経親が嘲笑する。

「『浅井家に遠藤あり』と言われた貴様がこの程度とは……フン、やはり風聞など当てにならんな」

「……久、やれッ！」

「——何？」

一瞬訝しげな顔付きになった経親だったが、突如として飛来した抜身の短刀に思わずのけぞった。

久が、先程直経から渡されていた短刀を経親へ投げつけたのだ。

そして、その隙を直経は逃さない。

身体を沈め、篭手《こて》に覆われた右拳を握り締め、力を込めて、その頑強な拳を突き出したのだ。

「ぶごっ——⁉」

直経の拳が経親の顔面にめり込み、突き刺さる。

戦場で鳴らした剛の者、その拳を顔面に受けて——まともに立ち上がれるはずがない。

直経が足を振り上げ、経親の胸部を思いっきり踏みつける。

具足で覆われている相手に対しては、斬撃よりもむしろ打撃の方が効果的なのだ。

心臓のあたりを踏みつけられ、倒れ伏した経親の巨体が激しく悶える。

「童《わらわ》を使うとは、なんと卑怯な——」

経親が久を睨み付けて糾弾しようとすると、直経はまたもや彼を踏みつける。

「それ以上情けない姿を見せるでないぞ……久政の狗が」

「ぐぉっ……！」

身悶えをしながらも、経親の腕や手は大太刀の柄を探して地を這いまわる。

直経はそれに気付くと、左右の両肩をそれぞれ共に踏み抜いた。

ごじゅり、と嫌な音が響き——経親が絶叫する。

これで経親は、腕を動かせなくなるだろう。

「で、経親殿？　先程久政様や義景殿の名を出されたと思いますがな。この一件、まさか朝倉家も介入しているとでも……」

「……し、知らぬ！」

直経は般若《はんにゃ》のような表情で愛刀を手に取ると、経親の首皮に優しく刃を付け、鋸《のこぎり》の要領で左右に揺すりはじめた。

「分かった、やめろッ！」

経親は恐怖で蒼白となり、汗をだらだらと垂れ流しながら叫んだ。

「この件は……久政様が御当主の座に返り咲くために、ずっと以前から朝倉家との間で計画されていたものなのだッ！」

◆　◆　◆　◆

市姫と久を馬に乗せ、直経は小谷城を飛び出した。

それに続き、市姫の侍女たちを背負った守兵たちが山道を駆け下りる。

（小谷城は、もはやどうにもならぬ……）

忸怩《じくじ》たる思いを抱きながら、直経は背後の山城を振り返った。

市姫を確保した以上、「謀叛《むほん》」を企てた久政やその取り巻きを、一挙に討ち倒すことは可能だったのかもしれない。

だが――経親が吐いた言葉のせいで、すぐにでも市姫を連れて逃げなければどうしようもない状況に追い込まれてしまったのだ。

『見ておれ……じきに朝倉家の援軍がやって来る！　備前守やそれに味方し、久政様を追いやった愚臣共は漏れなく皆、討ち果たされるであろうッ！』

その言葉が本当であるなら、城に留まり続ければ死しかない。

久政やその取り巻きを排除したところで、朝倉軍によって市姫が攫《さら》われたり殺されたりしてしまったら、全く意味がないのだ。

「お、お養父さんっ！　あれ！」

直経の胸元にくっついていた久が悲鳴にも似た声を上げる。

――嗚呼、なんということだ。

流石の直経も、愕然とする他になかった。

越前国から進軍してきたのだろう――無数の「三ツ盛木瓜《もっこう》」の家紋を象った軍旗が、賤ケ岳に翻っている。

目算にしても、その動員されている兵力は二万ほど。

朝倉家が本気で北近江を支配下に置こうとしていることが、容易に見て取れた。

(しかし久政めなんと愚かな……！　浅井家の家長に返り咲いたところで、その封土や家臣はどうするつもりなのだ……!!)

いくら長年の友誼を結んできた朝倉家とはいえ、弱体化した浅井家を復興させるほどのお人好《よ》しではあるまい。

おそらく、かつて六閣家に強いられたように――浅井家はその一家臣という立場に落とし込まれてしまうだろう。

(それが分からぬのか、あの男は……！)

賤ケ岳を覆い尽くさんばかりの朝倉家の旗が、山を下りはじめる。

そして至極当然のように小谷城に入っていった。

「あぁ……お城が……っ。長政様ぁ……」

市姫が悲痛な声を上げる。

小谷山に拠る浅井の城塞には、いまや朝倉家の軍旗が犇《ひし》め《め》き合っていた。

彼女が夫と愛し合っていた幸せな空間が、朝倉の者たちによって踏みにじられているのである。

しかし直経は、市姫の声によってハッと我に返った。

そうだ――まだ希望は残っている。

「奥方様、お気を確かに！　まだ浅井は終わってはおりませぬ！　小谷城が落ちても、長政様がご健在な限り、浅井は！」

「長政様は、長政様は……何処《いずこ》に？」

「湖西《こせい》にございまする！　じきに武田を討ち、我らが許へ戻って来ましょうぞ！」

「長政様……っ！」

祈るような市姫の声を背中に聞きながら、直経は前方で六閣家と対陣する浅井家の軍勢を視認した。

おそらく彼らはまだ、朝倉家がやってきたことに気付いていない。

あるいは、久政が裏切って朝倉家と結託し、小谷城へ朝倉軍を招き入れたことにも気付いてはいないのだろう。

直経はギリッと歯を食いしばった。

しかしどのような状況であれ、彼にとって長政の命令は——常に最優先でなければならなかった。

「奥方様、これより我が須川城へ向かいますぞ！　そこで長政様のご帰還と、我ら浅井の勝利をお待ち下され！」

仲間たちの構える陣とは反対方向に手綱を取り、直経は美濃方面にある居城へと向かう。

状況次第では長政の帰還と同時に、市姫とふたりで関ヶ原を通って尾張へ脱出してもらうのも一手だと、そう直経は考える。

そのようなことを考えてしまうレベルで、もはや状況は絶望的だったのだ。

「奥方様、あれが須川城にございますぞ」

小高い丘の上に建てられたこぢんまりとした城。あるいは大規模な砦《とりで》と言っても良いのかもしれない。

それが直経の城であり、対西藤家の最前線に位置する軍事拠点だった。

「お養父さん、あそこ！　人が倒れてる！」

「ぬっ？」

観察能力が高いのか、久が指さす方向を見ると——そこには一匹の馬が佇《たたず》み、その足下には背中に幾本もの矢が突き刺さった巨漢が倒れていた。

しかし、腕に力を入れて立ち上がろうとしている辺りから判断するに——死人ではないことは確かだ。

ザワッ、と直経の心の奥に不吉な漣《さざなみ》が立つ。

「お助けしなければ……！」

「……分かり申した」

市姫の言葉に促され、直経は男の方へ馬を走らせる。

しかし、近付けば近づく程、不吉な予感が強まってくるのだ。

「だっ、大丈夫⁉」

久が真っ先に馬から降り、男に駆け寄っていく。

男は久から直経へ震える視線を移すと——手を伸ばし、掠れる声で言った。

「……守《かみ》……に……ねば……」

「どうした、何があったのだ」

男は必死の形相で、何かを伝えようとしていた。直経は彼の口元に耳を寄せる。

「……浅井、の……備前……守……様に……」

「お館様に？」

男は直経が浅井家の者だと分かったのだろう。

声を引きつらせながら、必死に声を出して言った。

「西……藤が……、近江……に……！」

ガクンと首が落ち、男の身体から急速に力が抜ける。

市姫と久が悲鳴を上げるが、直経は彼女たちに冷静に告げた。

「ご安心下され。心臓は動いておりますぞ。意識を失っただけのようですな」

市姫がほっと胸を撫で下ろしているが、直経は胸を撫で下ろすどころの騒ぎではない。

全身から冷や汗と脂汗《あぶらあせ》の混合液が噴き出し、心臓が強く圧迫されるような――強烈な恐怖とプレッシャーに苛まれていた。

（まさか西藤家も一枚嚙んでいたと言うのか……！）

西藤家の当主である西藤龍興は、先々代の浅井家当主たる亮政の娘を母としており、久政にとっては年の離れた従弟《いとこ》にあたる。

久政が計画に万全を期すため、声を掛けてもおかしくない相手ではあった。しかし――

（馬鹿な……。いま西藤家は、織田家との戦が佳境を迎えているところぞ……。近江に派兵するなど、そのような余裕がある訳が……）

――そこまで思ったところで、直経は愕然とする。

関ヶ原の遠方に、「桔《き》梗《きょう》紋」の軍旗がちらりと見えたのだ。

見間違いなどではない。山陰に隠れてはいるが、確かに西藤家の家紋を象る旗が見えたのである。

「――いかん！」

直経は筋肉質の男を馬の上にうつ伏せの状態で乗せると、市姫と久を促して須川城へと入った。

そしてすぐさま部下を呼びつけ、六閣軍と対陣中の仲間たちに向けて伝令を飛ばす。

『北より朝倉、東より西藤が襲来の由《よし》、十分留意されたし！』

愛知川方面へ走りゆく伝令の背中を見送る暇もない。

直経は市姫を城の安全なところへと移し、倒れていた男を治療班へ回し、自らは防衛の準備を指揮して須川城を走り回る。

西藤家の兵がどれほどの規模かは分からないが、須川城に拠る六〇〇の守兵よりは確実に多いだろう。

『長政様……っ！』

慌ただしく城の防備を固めるなかで、何度も何度も、先ほどの市姫の祈りの声が直経の脳裏に甦っていた。

「お館様……！」

直経は須川城の櫓の上に登って関ヶ原を望みながら、思わず――縋るように主を呼んだのだった。

第二五話　暁鐘《ぎょうしょう》の兆し

朝倉義景は、伝統ある越前朝倉家の第一一代当主である。

極めて紳士的な容貌をしているが、しかし表情には優しさというものがない。その眼差しは常に冷徹さを兼ね備えており、相対する者に強い緊張感を強いることになる。

彼の肉体は日々の鍛錬を通じてよく鍛え上げられており、精強だ。

それも合わさって、義景の周りには他者を圧倒するオーラが渦巻いている。彼の纏《まと》う覇者の雰囲気に抗うことは、一般人には容易ではないだろう。

そんな彼が、いまや二万の軍勢を率いて近江へ親臨し、浅井家の本拠地であった小谷城に入っている。

そして本丸に床几を置くと、その上にどしりと腰かけながら——義景は、自らを近江へ呼び寄せた張本人である久政と面会していた。

「左衛門督《さえもんのかみ》様、この度はご足労いただき誠にありがとうございます」

「……うむ」

媚《こ》びるような笑みを浮かべている久政に頷くと……

義景は自らの顎を親指と人差し指でつねりながら、城内の様子を眺めた。

浅井の旗は殆どなく、もはや朝倉の家紋を象った軍旗が満ち満ちている。

(もはやこれでは、我が城と変わらんな)

義景はそんなことを思いながら、久政に尋ねる。

「宮内少輔《くないしょうゆう》殿。して、貴殿の備前守討伐の呼び掛けに応じたは良いが……肝心の彼はどこにおるのだ？」

「それにつきましては、現在朽木谷で若狭武田家の軍と対峙しているとのことで……。いえ、若狭武田家が此度の件に応じて下さったのには左衛門督様の御力添えが大きいのですが……」

ちなみに、若狭武田家は義景にとって母親の実家にあたる。

事実問題として、久政が言うように——若狭武田家を北近江にけしかけたのは、義景に他ならなかった。

政治力のない久政では、若狭武田は微塵も動くことはなかっただろう。

瞳を閉じて息を吐きながら、義景はことの経緯を思い出す。

久政から「我が息、備前守は近隣の秩序を乱そうとしておりますので、これを未然に防ぐ為にご協力頂きたい」という連絡を受けたのは年始の頃だっただろうか。

彼が自らを隠居へ追いやった長男と家臣団を恨んでおり、その復讐心から、長政たちを打ち滅ぼすことを願っているのを——義景はすぐに見抜いていた。

そして同時に、長男たちを討った後の展望をまるで考えていないこともまた、よく理解している。

久政は私怨に目が曇り、視野狭窄に陥っているというのが義景の評だ。

長政を討ち、その後に自らが浅井家の当主に返り咲くことのみを考えているのであろうが……家臣団を失って「浅井家」がどうなるのか、その影響を久政が考えているようには思えないのだった。

故に義景にとって久政は、

（——極めて与しやすい相手）

なのである。

現在義景は、室町幕府の越前国守護と共に、管領代《かんれいだい》の職に就いている。

管領とは、幕府という権力体系において、将軍に次ぐ第二位の役職のことを指す。

管領代とは管領の代行職であるが——つまり義景は、幕府における実質的な第二位の地位にあるのである。

永禄八年（一五六五年）五月一九日のこと。征夷大将軍《せいいたいしょうぐん》であった足利義輝《あしかがよしてる》が、三好家によって暗殺された。

その余波を受け、足利義昭《よしあき》は京都に近い若狭国へと脱出し、若狭武田家を頼ることになる。

しかし若狭武田家は家中の上から下まで全てが荒れており、とてもではないが「室町幕府の復権」を実現できるような状態ではなかったのだ。

そのため義昭は腰を上げ、朝倉領内の越前敦賀《つるが》へと移動している。

義景ならば、幕府の再興を実現してくれるに違いない——そのように義昭は考えたのだ。

だが正直なところ、義景にとって義昭は——内心では鬱陶しくて仕方がない存在である。

しかしそこは建前の世界であり、将軍である彼を立てなければならないからどうしようもない。

更に悪いことに、出しゃばりな義昭は——朝倉家と長きに渡る戦いを繰り広げていた加賀の一揆《いっき》衆《しゅう》と接触を行い、一年間の停戦を勝手に取りつけてしまったのである。

義景にとって、それは嬉しさ半分面倒臭さ半分というのが正直なところだった。

たしかに加賀への出兵を取りやめることで、朝倉家の負担は大いに減る。

しかし義昭に「義理」ができてしまった以上、彼の幕府復興という望みに対し、一定程度の協力姿勢を見せねばならない。

とはいえ、

（――京都を押さえてみろ、たちどころに周辺勢力から袋叩きに遭《あ》うのが目に見えておるわ）

というのが義景の分析だった。

京都は日本最大の市場であり、消費地である。

この地を押さえれば、圧倒的な経済力を有することができると言っても過言ではない。

しかしそれは誰もが知っている事実であり、故に京都は争奪の対象となった。

そんな場所を朝倉家が押さえても、越前国に勢力基盤を置いている義景からすれば、「維持が面倒臭い」のである。

義昭による上洛《じょうらく》戦の要望に苦慮していた義景だったが、そんな折に、タイミング良くもたらされたのが久政からの誘いであったという訳だ。

浅井備前守長政の名声について、隣国にいる義景が知らぬはずもない。

そしてその彼を排除すれば、近江国は混乱の極致へ叩き込まれることも、容易に想像できた。

（なにしろ、この愚かな男に――近江を押さえることはできまい）

姿勢を低くしてこちらを持ち上げるようなことばかりを言っている久政をみやりながら、義景は思う。

（味方とするのであれば、こやつよりかははるかに備前守の方が良いが――）

とはいえ、

（義昭殿に近江を献上するということになれば、備前守には生きていてもらっては困る――）

のである。

久政が長男たる長政を屠《ほふ》ろうと暗躍していることは、義景もよく承知している。

というのも彼は、義景の歓心を買おうとして――自らの行ったことを全て報告してくるのだ。

かつての主君である六閣義賢《よしかた》に通じて佐和山城を攻めさせたり、あるいは若狭武田家に朽木谷への出兵を要請し、はたまた縁戚である西藤家に東からの侵攻を要請したりと、それだけを見れば縦横無尽の外交戦を展開しているように見える。

だが問題なのは、戦後の処理だ。

六閣家や若狭武田家、そして西藤家には領土割譲を認めているのだろうが、そうなった場合に浅井家の所領がどれほど減退するのかを、おそらく久政は真面目に考えていない。

義景の率いる朝倉家が、浅井家を追放して北近江を義昭に与えようなどと考えているとはまるで想定していないだろうし、追放まで至らなくても――一介の武将としての地位にまで転落するということについてさえ、思い至らないのだろう。

「で、宮内少輔殿？　仮に備前守を討ったとして、その後はどうするおつもりか」

「はい。まずは私が浅井の当主として家中を立て直しますが、その際……政之《まさゆき》に朝倉家から姫を頂き、御縁を深められればと思っております――政之、こちらへ」

「はっ」

久政が手招きをすると、まだ若い男が義景の前に進み出る。

「浅井政之でございます。朝倉左衛門督義景様、どうぞお見知りおきを」

「うむ」

久政はその青年の姿を爪先《つまさき》から頭のてっぺんに至るまで眺める。

(――平凡)

端的に言って、義景の政之評はそのようなものだった。

顔に面白みも無ければ、目の輝きも薄い。身体も決して大きくなければ屈強という訳でもない。

おおよそ、どこにでもいそうな男だ。

(――つまらぬ)

内心でそう思いながら、義景は声を掛ける。

「わかった。ことが片付き次第、我が姫を与えよう。朝倉の縁者として、大いに働くがいい」

「あ、有り難き幸せ!」

政之が平伏する。

おおよそ、大名として他者を率いるような気概は持ち合わせていないようだ。

本来であれば「なにくそ!」と反発するものだが、政之は純粋に喜んでいるように見える。

そして久政も、感激して義景に平伏している始末。

(これは――備前守や家臣共も大変であろうな)

義景は微かに長政へ同情を寄せながら、久政に訊いた。

「して、宮内少輔殿。貴殿の息子は備前守にこの政之だけであったか」

「いえ、次男の政元がおりますが……現在は捕縛《ほばく》し、この城の牢に繋いでおります」

「ほう」

義景は目を鋭くしながら問う。

「――何故？」

「政元は、備前守と癒着《ゆちゃく》しております故」

「……ふむ」

ともすれば、次男もそれなりにできる奴なのだろう。義景はそう判断した。

人間とは面白いもので、優秀な者は優秀な者同士で固まり、愚か者は愚か者同士で群れる傾向がある。

そして大抵の場合――優秀な者は愚か者をあまり意識しないが、愚か者は優秀な者にたいしてやっかみ、攻撃を加えようとするものだった。

（おそらく、政之は備前守や政元と触れ合うなかで、自然と離れていったのだろう）

自分に無いものを持っていることに対する嫉妬が、人と人とを決別させる。

政之もかつては兄たちに接近しようとしていたのであろうが、彼我《ひが》の能力差に愕然とし、自ら離れていったのではなかろうか。義景はそのように推測をする。

「――まぁ、良い」

義景はそう呟いて床几から立ち上がると、櫓に登りはじめた。

彼の後ろを、まるで従者のように久政と政之が続く。

その様子を、朝倉家の家臣団は憐れむような目で眺めていた。

「宮内少輔殿、見よ。あの東からやって来る旗指物を」

「おお……！」

関ヶ原より近江に入った一団が翻すは「桔梗紋」。

その数、およそ三〇〇〇。

ちなみに西藤家の家紋は、道三時代には「二頭波《にとうなみ》」であったが、彼を討った息子・義龍の頃より「桔梗紋」が用いられるようになっている。

「左衛門督様、これは勝ちましたぞ」

久政が満面の笑みを浮かべながら言う。

「六閣軍は八〇〇〇、そして背後から迫る西藤軍は三〇〇〇、さらに左衛門督様は二万の兵を擁しておられる。朽木谷には若狭武田の五〇〇〇があり……対して浅井軍は六五〇〇――もはや勝敗は明確でありましょうな」

――本気で言っているのか。

義景は愕然とした。

あれは、自らの領内に生きる民であり、大切な家臣ではないのだろうか。

何故そこまで他人事のように語れるのだろうか。

――どうかしている。

義景は狂喜に悶える久政を見ながら思う。

長男や家臣から裏切られたことで人格が歪んでしまったのか、あるいはそれ以前からそうだったのか――義景には分からない。

だがひとつだけ分かったのは、久政が本気で浅井家を破滅に向かわせようとしていることだ。

（ならば……我が朝倉家が近江を切り取っても、何も文句はあるまい）

朝倉の兵をもって、浅井軍だけではなく疲弊している六閣軍を討ち滅ぼし、一挙に近江国を手中に収める。

義景の脳内にはその計画が常にあったし、現状においても実現可能なプランであった。

（その近江には、宮内少輔や政之など要らぬ。必要なのは――足利義昭を傀儡《かいらい》とした、朝倉の属国だけだ）

義景が軍配団扇《うちわ》を持った腕を振り上げ、櫓から総攻撃の下知を下そうとしたその瞬間――

「ぬ？」

――義景の視界に、太陽光を反射しながら疾走する、金色の角を有した白い馬が見えた。

通常の馬の倍以上の早さで疾走《しっそう》し、凄まじい土煙を巻き上げている。

明らかに普通の馬ではない。それを保有する者が、並の将であるはずもない。

そして問題なのは、その馬が飛び出してきたルートだった。

すなわち湖西へ至る道、賤ヶ岳と琵琶湖の境界にある塩津街道である。

「な、何故だ……何故、長政が……!?」

久政が驚愕のあまり目を見開き、櫓から身を乗り出して――仇敵《きゅうてき》である長男の姿を追っている。

みるみるうちに白い馬は六閣軍と西藤軍に挟まれた浅井軍に接近し、やがて合流を果たしていた。

遠く離れた小谷城にも、浅井軍の気勢が一気に盛り返す――そんな雰囲気が強く伝わってくる。

「……つまり」

義景は振り上げた腕をゆっくりと下ろしながら呟いた。

「若狭武田は備前守に敗れたと、そういうことであろう」

「ば、馬鹿な……！」

久政は頭をがりがりと掻き毟《むし》りながら呻《うめ》く。

「湖西の浅井軍の兵力で、五〇〇〇の大軍に勝てるはずが……！」

「だが、勝ったのであろう」

義景は腕を組みながら唸った。

若狭武田家には朝倉の兵を相当数貸し出していたが、そのいずれもが打ち破られたということか。

それは――計算外の、相当に痛い損失だった。

(浅井備前守が率いる兵は、それ程までに強いのか……)

確かに――六閣家から浅井家を独立させた野良田合戦においても、浅井家は劣勢ではあったが長政が率いる一軍によって逆転に成功したと義景は聞いていた。

(なるほど、面白いではないか)

思わず頬を崩した義景に、久政が縋り付く。

「さ、左衛門督様！　いますぐ、いますぐに攻撃の指示を！　早く備前守を討ち取って下さいませ！」

「まぁ、落ち着くのだ宮内少輔殿」

久政を押し退《の》けながら、義景は櫓から身を乗り出し、目を凝らして浅井軍の動きを注視する。

「で、ですが長政が！　備前守が！」

「――黙れ」

義景は振り向くことなく、ばっさりと言い放った。

「朝倉家第一一代当主は、この私だ。朝倉軍の指揮は私が下す。他の誰でもない、この私がだ。貴殿の指示に従う云われはない。改めて言う――黙れ」

浅井家の現当主は長政であり、背後にいる老人など、所詮は隠居という決定権のない存在でしかない。

浅井家ですらそうだというのに、朝倉家において発言力が存在し得るはずもなかった。

すっかりと押し黙ってしまった久政を政之が支えている。

しかしそんなことはお構いなしに、義景は心底楽しそうな瞳で、動きはじめた浅井軍を見つめていた。

（さあ、見せてみろ――この状況下での、お前たちの可能性を！）

空を埋め尽くしていた厚い雲に切れ目が現れはじめ、僅かに青い空が覗いている。

第二六話　降臨する第六天魔王

愛知川を挟み込み、浅井軍と六閣軍の睨み合いが続いていた。

時折六閣軍から鉄砲が撃ち込まれるなどの挑発行為があったが——しかし浅井軍の総大将に任じられた海北綱親は、絶対に兵士たちの突出を許さなかった。

「耐えよ、ひたすらに耐えよ」

その指示は、全ての幕僚から兵士へ至るまで徹底している。

不満を漏らす者は誰もいなかった。六五〇〇の兵たちの誰もが、である。

だがそれは、綱親の言葉が次のように続くのを、兵士たちが知っていたからでもあった。

「我らはひたすら耐えるのだ——長政様が、我らの総大将がお戻りになられるまでは！」

またもや六閣軍の鉄砲隊が愛知川の対岸に迫《せ》り出し、浅井軍の陣に向かって発砲する。

海北綱親の構える本陣にも一筋の銃弾が飛び込み、幕に焦げ穴を開けた。

しかしながら、浅井の兵士たちは各自の得物である槍を掲げたまま、ジッと鉄砲隊を睨み付けたままだ。

六閣軍は愛知川の対岸で平然と、火縄銃の弾《たま》込めさえしはじめている。

火縄銃は、一回の射撃ごとに手間暇をかけなければならない。

一回の射撃を終えた六閣家の鉄砲隊は、銃口を空に向け、グリップを地面に着けて立たせている。

すると腰に着けていた火薬入れから火薬を取り出し、匙《さじ》でサラサラと銃口のなかに掬い入れるのだった。

そして弾丸を銃口のなかへ投じ、棒を使って弾と火薬を銃身の奥へ奥へと固く押し込める。

すると鉄砲隊の面々は、火縄銃を一度持ち直して銃身の側面についている火皿に火薬を掬い入れ、火皿の上に付いている蓋を落としていく。

ここに至ってようやく「火縄銃」を象徴する、縄に火をつけたものを装着し、射撃が可能となるのだった。

「舐め腐りおってからに……」

そんな鉄砲隊の致命的な隙を敢えて見せ、六閣軍は誘いをかけている。

しかし浅井の兵たちは挑発に乗ろうとしない。

それは綱親の下知が徹底されているという事実に加え、誘いに乗ればたちどころに――六閣軍の騎兵が飛び出してくることが明白だからだ。

馬は戦場において、最大最強の戦力である。

この生き物は家畜化された「魔物」でありながら、繁殖能力自体は決して高くはない為、運用には慎重にならざるを得ない。

とはいえ、生身の人では傷を付けることすら叶わず、同じ「魔物」か玉蛍石でしか有効打を与えることができない馬は強大な戦力だ。

では、平地において騎兵にどのように立ち向かえば良いかと言えば、方法はおおよそ四つある。

まず一つ目は、騎兵同士による騎馬戦だ。

馬は同族同士では決して争うことはしないので、純粋に兵士の戦闘能力の比べ合いになりやすい。

そして二つ目は、鉄砲による騎兵の狙撃である。

すなわち馬は殺すことができないものの、その上に乗っている兵士については撃ち殺すことができるので、これをピンポイントで狙う方法だ。

とはいえ高速で動く馬を狙い撃つのは非常に困難である。

そのため、騎兵同士の戦いになった際に――馬が相手の馬を角で傷つけることを躊躇して足を止めた隙を狙う他、射撃のタイミングはなかった。

故に、騎兵殺しは鉄砲隊と連携を取って行われることが多い。

三つ目は、玉蛍石による直接的な馬殺しである。

例えば馬殺しに関して当代一とされる徳川家康旗下《きか》の本多平八郎忠勝《ほんだへいはちろうただかつ》は、蜻蛉切《とんぼきり》と呼ばれる玉蛍石の槍を用い、馬の胴体ごと敵兵を貫いたり、あるいは馬の脚を切断して再起不能にさせるなどの多様な戦術を用いているらしい。

最後に、死兵を前提とした槍衾《やりぶすま》がある。

すなわち高速で突撃を掛けてくる騎兵に対して槍を突き出し、自らの死と引き換えにして怪我を負わせることを期待する博打《ばくち》だ。

つまり馬は高速で動いているので、兵が槍を突き出しておくだけで、身体に「勝手に」突き刺さったり切り裂いたりすることがあるのである。

先月の戦いにおいて浅井側の騎兵が戦死した理由の多くはこの四点目であったから、存外に馬鹿にできない戦い方ではある。

騎兵への対処は大体このような方法があるが、馬たちは主が死ぬと「これ幸い」とばかりに人の手を離れて野生に返ってしまう。

故に、騎兵は最強の兵種であると認識されていながらも、各大名はその運用に慎重を期しているのであった。

(だが、それについて——我らが浅井家は例外と言っていい)

馬の背中から敵の歩兵を睨みつつ、磯野員昌は愛する主君の愛馬を思い出した。

帝釈月毛——浅井長政の愛馬であり、かつては先々代当主であった浅井亮政の愛馬である。

この馬は極めて特殊で、まずは体格面でも普通の馬を圧倒していることに加え、角が金色であるという特徴を持っている。

そして、これは亮政時代には有り得なかったことだが——牡馬を「囲い込む」ことが明らかになってきた。

つまりは牡馬たちを侍らせるだけでなく、戦場で主を失った牡馬を誘惑して引き連れてくるのである。

牡馬たちには、野生に返ることよりも帝釈月毛の逆ハーレムに加わることが魅力的なこととして映っているのだろうか……

馬の言葉を知らぬ人間には、もはや想像するしかない領域である。

ともかく、帝釈月毛が連れてくる牡馬によって、浅井家の騎馬戦力は着実に数を増やしていた。

馬の増やし方といえば、牡馬と牝馬を交配させ、一ペアで五年に一頭生まれるか生まれないか——という確率に期待をしなければならないのが通常である。

それを考えれば、先月の六閣家との戦いにおいて、数多くの牡馬を誘惑してきた帝釈月毛の功績は甚大《じんだい》であった。

浅井家は中規模程度の戦国大名ではあったが、いまや馬の保有数は一〇〇に迫り、その点のみで見れば大大名《だいだいみょう》に匹敵する程になっている。

だからこそ、兵士たちは挑発に乗ってはならないのだ。

彼らが悪戯に騎兵と戦い、命を落とす必要など皆無である。

なにしろ――今の浅井家には六閣家の騎馬軍団と対等にやり合えるだけの頭数が揃っているのだから。

そして、総大将の綱親から浅井騎馬軍団の指揮を任されたのは――浅井家中にあって遠藤直経と並ぶ猛将、員昌である。

(六閣家の騎兵が出てきたその時は、この員昌が鬼となって地獄への引導を渡してくれよう)

員昌が率いていた佐和山城の守兵たちは綱親の指揮下に再編され、既に本陣の守備を担当している。

綱親ならば彼らを預けても大丈夫であろうと員昌は信頼していたし、佐和山勢もまた、「員昌様が信頼している指揮官の下ならば不足なし」として、不満の声を上げることはない。

むしろ「員昌様が騎馬隊を率いることでお館様の御為になるならば」と喜んで送り出す始末だった。

(長政様の為にも、佐和山勢の為にも――この員昌、絶対に失態は許されん)

そのような事情もあって、員昌は奮激が凄まじい。

それを見る騎馬隊の兵士たちも、否応なしに士気が高まるというものだ。

熱気が立ち込める、そんな男だらけの空間に、赤尾清綱が馬に乗ってやってきた。

彼は三枚胴の鎧の上に真紅の陣羽織《じんばおり》を羽織っており、赤漆《あかうるし》の兜を被っている。

「員昌殿、員昌殿はいらっしゃるか」

「おお、清綱殿か」

馬を寄せ、並んで愛知川の対岸にある六閣軍の陣を眺め——ふたりはしばらくの間、無言だった。

「のう、員昌殿」

「なんだ、清綱殿」

「長政様であったら、いまの状況をどう打破するかのう」

「それはな、もう突撃よ。わき目もふらずに突撃あるのみよ。長政様は豪胆であられるからなぁ……」

「ならば、我らも長政様のようにやってみるか」

「綱親殿の許可が出るのであればな」

員昌と清綱は顔を見合わせる。

「出るまいて」

「そうであろうな」

そして、互いに苦笑した。

長政が到着するまで兵力を温存すること、そして小谷城への侵攻を防ぐことが彼らの目的である。

第一、小谷城であれだけ長政に檄を受けた兵士たちだ。長政のいないところで戦うよりも、長政親臨の下で戦った方がよく働いてくれるだろう。

だがそんな折、綱親より派遣された使番《つかいばん》が、血相を変えてふたりのもとへ駆けこんでくる。

彼の蒼白な顔色を認めると、員昌と清綱は表情を改めた。

「す、須川城の遠藤直経様よりご注進が……！」

「聞こう」

清綱が毅然《きぜん》とした態度で問うと、使番は身体を震わせながら言った。

「ま……までございますが……お、小谷城が……小谷城が占拠されましたようでございまする……！」

「なっ、何ッ!?」

血相を変えた員昌が馬を降り、使番に詰め寄りながら問う。

「どういうことだ、それは！」

「久政様が……久政様が……越前の朝倉家を招き入れたとの報が！　さらに小谷城に入った二万の朝倉軍が、こちらの動向を窺っているとのこと！」

「――なんと！」

憤怒《ふんぬ》の形相で清綱が小谷城を睨む。

先代の当主が長男と家臣を他家に売り渡す――

「――そのような人道に外れし我執《がしゅう》、いくら戦国の世とはいえ――あって良いはずがなかろうがッ！」

清綱が咆え、その横で員昌が必死の形相で使番を問い詰める。

「奥方様は……長政様の奥方様はご無事か⁉　ご無事なのか⁉」

「は、はい！　奥方様は現在、須川城へ移られておりまする！」

「直経殿のところか……！　良し……良しッ！」

員昌はしきりに頷いた。

直経であればきっと彼女を守り抜いてくれる——そんな信頼感が、彼にはあった。

「ですが、須川城には目下、西藤家が押し寄せてきておりまする！　そのうちの半数……およそ一五〇〇が、まもなくここ、愛知川にも——」

「なんと、なんということだ……！」

清綱や員昌、そして騎馬隊の面々だけではない。

もはや浅井軍六五〇〇全体に動揺が走っている。

前方には六閣家の八〇〇〇があり、背後には二万の朝倉家と一五〇〇の西藤家が迫る——そのような状況下で、動揺しないはずがなかった。

背後を振り向けば、確かに西藤家の軍旗が見える。

おそらく、山陰に身を隠しながら進軍していたのだろう。

兵の数は、確かに一五〇〇ほどしかいないのかもしれない。大した数ではないかもしれない。

だがこの包囲された状況下で、浅井勢の退路を断たれたのは致命的だった。

「綱親殿は⁉　綱親殿はなんと仰っている⁉」

「騎馬隊を半分に分け、いつでも繰り出せる準備をしておくようにと！　ですが——」

使番は叫ぶように言った。

「――あくまでも準備にございます！　長政様の仰った通り、いなしましょう！　耐えねばなりませぬ！　我らは長政様がお戻りになるまで、耐えねばなりませぬ！　生きて、生き延びて、我らは明日の近江に生きるのでございまする！」

◆　◆　◆　◆

視界の先に、浅井家の家紋を象った「三ツ盛亀甲」の軍旗が翻っている。

西藤軍の分隊を率いる西藤道興の旗下に、竹中半兵衛はいた。

しかしその目からは光が失われ、もはや馬上の人形といった様相。

その装いもまさしく「人形」と形容するにふさわしく、打掛を羽織った女人《にょにん》の姿だ。

「……」

西藤家の家中の者は、そんな彼女のことを侮蔑の眼差しで眺めている。

半兵衛が女人であるということは、もはや西藤家中では常識だった。

それに加え、当主である龍興や一門衆の道興、はたまた西藤家の男たちの「便所」であることもまた、常識である。

すなわち半兵衛がそこにいるということは、直ちに「性」の気配を兵士たちに感じさせた。

そもそもの問題として、戦場に女がいてはならないというのが、美濃の男たちの共通見解である。

なぜならば、女の色香は男たちの獣欲を解消させてしまい、兵士としての強さを失わせると考えられていたからだ。

にもかかわらず――兵士たちの多くは、真っ昼間から龍興の本陣へ強引に引きずり込まれていた彼女の姿を目撃している。

本陣の幕内で何が行われているのかは知る由もないが、戦場で女体を味わえぬ兵士たちのフラストレーションはもはや暴発寸前だった。

半兵衛の近くにいる足軽でさえ、馬に跨っている彼女の股座や尻に好色そうな視線を浴びせながら、股間を熱り立たせている。

しかし半兵衛には、もはやそのような視線を感じる余裕も――あるいは生きるための活力でさえ、失われてしまっているようだ。

（……重矩）

その名を、その顔を思い出す度に――半兵衛は己の胸と腹が押し潰され、臓物が全て口から押し出されてしまうような感覚に襲われる。

重矩の姿は、もう西藤家中にはない。

何故ならば――彼はあろうことか龍興を害そうとした挙句、それに失敗して逃げ失せてしまったからである。

（ごめんなさい……ごめんなさい……ごめんなさい……！）

一部の者しか知り得ないとはいえ、「逆賊」――それが、いまの重矩への評価である。

そしてそれは同時に、半兵衛が「逆賊の姉」となったことを意味していた。

（私が……私が……っ、もっとしっかりと、しっかりと心を強く持って……いれば……）

今回の近江出兵において、竹中家は西藤家からの圧力に屈し、七〇〇の兵を供出《きょうしゅつ》している。総軍の四分の一ほどの規模にあたるといえよう。

しかし西藤家当主である龍興が、半兵衛に対して期待していたのは「それだけ」ではなかった。

己の「慰み者」として傍に置き、「催せば」すぐに手を出せるようにしておきたかったのである。

だからこそ龍興は、半兵衛に武装を許さず、女人としての格好をしてくるように強制したのだった。彼にとって半兵衛とは、所詮、「都合の良い女」でしかないのである。

しかし、今回は普段とは事情が違っていたこともまた確かな事実だった。

あろうことか、久方ぶりに半兵衛が龍興の誘いに抵抗をみせたのである。

だがそのような行動は、西藤家の主にとって性的な興奮を煽るスパイスでしかない。

龍興は半兵衛を激しく打擲《ちょうちゃく》し、その抵抗の意思を無理矢理に刈り取ると、ずるずると本陣に引き摺って行ってしまったのだった。

それも——竹中家の家臣たちの前で。

はたして、いつもであればジッと耐えていた重矩が、とうとう我慢の限界を迎えたのは必然だったのかもしれない。

本陣に引き摺り込まれ、輪《まわ》されかけていた姉を助けるために、彼は現場へ押し入ると——すぐさま龍興に切りかかったのだった。

だがそのような事前準備のない襲撃は、たちどころに潰されてしまう。

なにしろ龍興たちのおこぼれに与るために、性欲を丸出しにした大勢の武官たちが本陣に詰めていたのだから。

いくら重矩が武芸に長《た》けていたとしても——多勢に無勢という言葉がある通り、個人は数の暴力には敵《かな》わない。

文字通り肉の壁に阻まれた彼は反撃に遭って逃げ出さざるを得ず、その上追撃部隊によって無数の矢を射ち込まれたという。

しかも、龍興から重矩への追撃命令を下されたのは竹中家の兵士であった。

彼らは当主の弟であり、当主である姉を救おうとした重矩を討たねばならなかったのである。

竹中家の兵士たちは、龍興からの命令に逆らうことはできなかった。

逆らえば、彼らの領地が西藤家に蹂躙されるどころか——たちどころに半兵衛は、文字通り「死ぬまで犯される」であろう。

重矩も兵士たちも、主である半兵衛に生きていて欲しかったのである。

重矩を討つことを渋り、逆に半兵衛が殺されてしまうようなことがあれば——まさしく本末転倒の事態になってしまいかねないのだ。

「これ、半兵衛、半兵衛……」

「……」

「この……ッ！　聞いておるのか、半兵衛ッ！」

激昂した道興が軍扇《ぐんせん》で半兵衛を殴りつけ、彼女は姿勢を崩して落馬する。

どさっと草むらに転がり、痛みに呻く半兵衛を心配する兵は——誰ひとりとしていない。

というのも、道興が——

『半兵衛の近くに竹中家の兵を置いていては、何を仕出かすか分かったものではありませぬ……重矩殿のように』

――と龍興に告げて以降、竹中の家臣は全て龍興の預かりとなっていたからだった。

家臣たちはいわば、半兵衛を人質に取られているも同然で、どのような命令にも従わなければならない状態に置かれている。

半兵衛の周りには味方が誰もおらず、その苦悩を吐露できる相手もおらず、たったひとりで全てを抱え込む他になかったのだ。

「起きよ！」

馬から降りた道興が、半兵衛のふわふわとした髪の毛を摑み、無理矢理に立ち上がらせる。

その顔は青あざだらけで、とても痛々しい。

「この……厠女の分際で……！」

「う……ぁ……」

「……馬鹿が、これより浅井との戦ぞ！　いつまで腑抜けておるつもりかッ！　使えぬ女だッ！　やはり女は穴以外、まるで使えぬわ！」

激しく打擲されながら、半兵衛は朦朧《もうろう》とする意識のなかで――かつて出会った浅井家の総大将、長政と過ごしたひとときを思い出していた。

『俺と共に来い、俺と共に明日に生きろッ！』

力強くも優しく温かい、あの声が甦る。

性欲処理の道具としてしか用いられず、人生の泥沼のなかで溺死《できし》しかけていた半兵衛に差し伸べられた優しい光――

（あの人は、どうしようもない程に汚れている私を抱きしめてくれた。こんなにも愚かな私に口付けをしてくれた……）

――半兵衛は改めて、長政を懐かしく、恋しく思う。

あるいは、過酷な今の状況であるからこそ、尚更にそう思えるのかもしれない。

壊れかけている精神が、微かな幸福の記憶を必死に掬い上げ、自己防衛をしようとしているのだ。

（私、どうして……こんなところにまで……きてしまったのかしら……）

もう、痛みも感じない。

いつの間にか草むらの中に沈み、湿った土にまみれながら――半兵衛は無意識のうちにぽろぽろと涙を零していた。

半兵衛を散々に殴りつけ、流石に落ち着いたのだろうか。

あるいは軍の行進をこれ以上遅らせてはならないと悟ったのだろうか――道興は兵士に命じると、半兵衛の身体を無理矢理に馬上へ押しやった。

しかし半兵衛には馬にしがみつく体力も残っておらず、落馬してしまう。にもかかわらず、また強制的に馬上へ押し上げられてしまうのだ。

（備前守様……備前守様……）

だが、救いであるはずの長政の姿を思い出せば思い出すほど――半兵衛の胸は罪悪感や脅迫感で強く締め付けられた。

（だめ……私には、あの方を想う資格なんて、まるでないのに……）

女性としての尊厳をすべて奪われている半兵衛には、長政に捧げられるものなど何も残されてはいない。

そして何よりも――浅井家侵略に加わっている自分が、協力ではなく敵対することを選んだ自分が……

彼に、受け入れてもらえるはずもないのだ。

（でも……どうか、もう一度だけ……）

私を討ち取りに来るのでもいい、私を罵倒しに来るのでもいい、何だっていいから――

（もう一度だけ……お会い、したい……）

――周囲が途端に騒々しさを増すなか、半兵衛は掠れる視界のなかで、ただそれだけを望み続けていた。

◆　◆　◆　◆

俺の目にはとんでもない状況ばかりが立て続けに映っていた。

もはや全てが信じ難い光景だ。

塩津街道を飛び出した瞬間、まず目に入って来たのは関ヶ原から押し寄せる西藤軍の姿である。

数自体は決して多くはないし、進軍速度自体も決して速くはないが――その一派が愛知川へと向かい、浅井軍を「挟み撃ち」にしようとしていることは明白だった。

そして小谷城の守兵の一部を動員できないかと思って背後を振り返れば、小谷城には燦然《さんぜん》と朝倉家の軍旗が翻っているではないか。

（市――!?）

俺は余りの焦燥感に気が触れそうになる。

市は大丈夫なのだろうか。

朝倉家の手に落ちてはいないだろうか。

無法者たちに乱暴されてはいないだろうか。

辱めを受けるくらいならと、自害してはいないだろうか。

ぐるぐるぐるぐると、俺の頭のなかで最悪の状況が繰り返し浮かんでは消えていく。

馬上で頭を抱え、思わず呻き声が漏れる。胃液が食道を逆流し、口腔内の粘膜を爛《ただ》れさせた。

『キュオオオン』

そんな俺を叱咤《しった》するように、帝釈月毛は鋭い嘶き声を上げると——首を曲げて俺を睨み付ける。

俺がハッと我に返って彼女を見れば、そのライトグリーンの瞳は完全に俺への非難の色で満ちていた。

そして首を大きく振ると、進行方向の左斜め先を、その黄金の角で指し示す。

そこには小さな城と——それを取り囲む西藤家の軍勢がある。

「あれは……須川城……」

『キュオオオン』

「直経……！　そうだ、直経！　あいつは、あいつは大丈夫なのか⁉　無事に市を——」

『キュオオオン！』

帝釈月毛に分かるはずもない。

なにしろ彼女はずっと、俺と共に朽木谷で若狭武田家と対峙し続けていたのだから。

そんな帝釈月毛は――

『落ち着きなさい！　あなたが直経を送り出したのでしょう！　そのあなたが直経を信じないで一体誰が信じると言うのですか!!』

――とても怒っているのだろう。

帝釈月毛との仲も、それなりに長くなってきた。

そのお陰もあって、彼女が何を考えているのか――だいたい分かるようになってきたのである。

「……そうだな」

俺は疾走する帝釈月毛の首を撫でながら呟く。

「俺が信じなきゃ、どうしようもないよな」

『……』

帝釈月毛はもう何も言わない。

彼女はただひたすら、須川城ではなく西藤軍と六閣軍に挟まれた浅井軍へと猛進していく。

「俺一人じゃなにもできやしない。湯治場や養蚕工場の建設を言い出したのは俺かもしれないが、実際に物を作るのは俺じゃなくて土木労働者たちだ。その為に必要な会計上の処理だって、政元や財務官たちがやってくれている。合戦だって、帝釈月毛……お前がいなければ、俺はただのお荷物でしかない」

『……』

帝釈月毛はゆっくりと振り向き、また綺麗な瞳で俺のことを見つめてくる。

「俺は万能じゃない。万能であるはずがない。常に誰かを頼って、誰かに頼られてる。そんな基本的な関係をもうちょっとで、忘れるところだった」

『……』

俺は彼女に対しグッと拳を握り締め、突き出した。

「俺は信じる、直経が市を須川城に移していると。俺は信じる、綱親たちが俺のことを待ち続けてくれてると――そして確信してる。みんなが、俺が来るのを心待ちにしてるってな！」

『キュオオオオオオオオオオオオオン』

帝釈月毛が一際高い声で嘶いた。

そのよく通る嘶き声に気付き、浅井の兵士たちがこちらを見やる。俺と目が合う。そして――兵士たちは爆発的な歓声を上げた。

「あっ、お館様ァァ!!」

「お館様が戻られたぞォッ!!」

「うおおおおおォォ!!」

兵士たちの歓声に気付いたのだろう。

本陣から綱親や清貞たちが飛び出し、清綱や員昌が馬に乗って走り寄ってくる。

「長政様ッ！」

「うむ、よくぞここまで我慢してくれた！」

俺は諸将たちの肩を叩きながら、その労をねぎらう。

前方に六閣家、後方に西藤家や朝倉家を睨み、相当なプレッシャーのなかで、誰一人として失うことなく――ずっと俺の帰りを待っててくれていたのだ。

「皆の者！　よく聞けッ！」

俺は全ての兵に声が届くことを願いながら、声を張り上げる。

「まずは安心せよ！　北より這い出てきた若狭武田は既に追い返した！　残るは身の程も弁《わきま》えず、この北近江を侵しにきた愚か者共の討伐のみだ！」

兵士たちの「おおお！」という歓声が響き渡る。

周囲を敵に囲まれた中で、たったひとつでも脅威が消え失せたという事実は、彼らに強い希望を与えたのだ。

「だが時間が無い！」

俺の声が戦場に響き渡り、兵士たちはそれを必死に聞こうと喰い付いている。

「我らが背後からは西藤家が迫り、我らが小谷城には裏切り者の手によって朝倉家が入城している。もはや一刻を争う事態であると言っていい」

兵士たちはごくりと唾を呑み込んだ。

「故に我らが採り得る手段は只ひとつ――逃げるのだ！」

兵士たちの間にどよめきが沸き起こった。

しかし俺はそれを押し潰すように叫ぶ。

「だがな、後ろに逃げるのではない――前に逃げよ！　まず我らは、六閣家の脅威から逃げねばならん――員昌ッ！」

「はッ！」

「騎馬隊の準備はどうか！」

「すぐにでも動かせます！」

「良しッ！」

俺は愛知川の対岸、六閣家の本陣を指して叫んだ。

「生臭坊主の弱兵共に、我らが遁逃術《とんちょう》、みせてくれようぞ！」

「おおぉおおぉおォッ!!」

六五〇〇の兵や諸将たちが、槍や火縄銃を掲げ、雄叫びを上げて俺の意思に同《どう》じてくれている。

俺たちの士気の変化に気付いたのだろう、六閣家の鉄砲隊が慌てて銃弾を撃ち込んできた。

だが、鉛玉《なまりだま》を恐れていては戦はできない。

およそ一〇〇〇騎の浅井騎馬隊が俺を中心として横一列に並ぶ。

明らかに六閣家の兵士たちは、こちらの威容に圧せられていた。それぐらいに圧巻なのだ、我らが騎馬隊は。

「皆の者、気勢を上げよ！」

「えい、えい！」

「応ォッ！」

「えい、えい!!」

「応ォッ!!」

「騎馬隊――――突撃ッ!!」

鬨の声を上げて水飛沫と共に愛知川を渡り、大地を蹴って六閣軍へ殺到していく騎馬隊一〇〇〇騎。

六閣家から飛来する弾丸は馬に当たって弾け、徒歩で突撃を行う兵士たちへは一発たりとも通さない。

騎兵の数名が鉛玉の直撃を受けて落馬するも、その乗っていた馬自体は急に止まれるはずもなく、しばしの間、後方の弾除《たまよ》けとして機能する。

敵の兵士たちを蹴散らしながら前進すれば、やがて六閣家の騎馬隊が出動し、俺たちの前に立ち塞がった。

その数、ほぼ同等——正念場だ。

「各自、目前の敵のみを屠れ！　駆け抜けよ！」

俺は石割兼光を引き抜き、敵馬を直接切り倒そうとする。

しかし簡単に事が運ぶことはなく、俺の刀は敵馬の角に弾かれてしまった。

そして、そのままの勢いで、馬の角が俺の心臓目掛けて突き出され——

『キュオオオン』

——間一髪。

帝釈月毛が敵馬に体当たりをかまし、馬の鋭い角で胸を穿たれて落命するという最悪の事態は回避されたのだった。

「た、帝釈月毛！」

『キュオオオン』

そして——おそらくこの世界の日本史上、はじめての事態が発生する。

「な、なんだとッ!?」

敵兵の驚きの声が鼓膜に響く。

帝釈月毛の黄金の角が一閃すると、直ちに真っ青な血が噴き上がり、敵の馬の胴体が真っ二つに切断されたのだ。

同族殺しをしないとされる馬が、同族を——意図的に殺《あや》めたのである。

「お、お前……！」

俺の掠れるような声に、帝釈月毛の覚悟を決めたライトグリーンの瞳が——同族の青い血に塗れるなかでギンと光る。

その光景を見ていた敵の騎兵たちに動揺が走った。

当然と言えば当然なのかもしれない。

今まで騎兵同士の戦いの際に気を付けるべきは、馬上の兵士の動き程度だった。

というのも、馬同士は傷つけあうことを避けるので、滅多なことでは角を振らないからである。

しかし、今は違う。

浅井長政の乗る白馬は、主君が危うければ躊躇なく同族すら屠ることが分かったのだ。

その事実に六閣軍の騎馬隊は怖気付く。こちらは馬上の兵を倒すしか手段がないのに、浅井の総大将は兵どころか——魔物たる馬すら屠る手段を持ち得ているのだから。

「どうする……あんなの、どうすればいいんだよぉ……ッ！」

そして、その騎兵たちの動揺は——彼らだけに留まらなかった。

当然、馬の青い血が噴き上がるところを見た一般の兵士たちは多い。

あるいは、「魔物である馬が死ぬ」ということ自体、はじめて見る者が多かったのだろう。

——馬は、手段さえあれば殺せる。

その事実の再確認は、馬を打ち倒した側である浅井勢を大いに高揚させ——反対に、その手段を持ち得ない六閣勢を大いに動揺させた。

帝釈月毛の純白のキャンバスは、青と赤のふたつの血痕に彩られ、壮絶な様相を呈している。

そしてその姿は、味方の戦意を強く鼓舞し、敵方の戦意を著しく削ぎ落とすものでもあった。

「進め、進めェッ！」

六閣家の騎兵たちの気勢が殺がれた今こそが好機だった。

俺は馬上で仲間の騎兵たちに声を掛け、六閣家の本陣に殺到する。

騎兵に対して対抗しようという気概がないのか、あるいは帝釈月毛の壮絶な姿に恐れをなしたのか——六閣軍の兵士たちは立ち向かうことなく、散り散りになって逃げ去っていってしまう。

帝釈月毛の角が幕を破り、敵本陣のなかに突き進めば——そこはもはや、蛻《もぬけ》の殻だった。

敵の総大将が誰であったかまでは知らないが——兵士たちを残して、自分だけさっさと逃げ帰ってしまったようだ。

おそらく、「馬が馬を殺した」という伝令が入ったことも、理由の一端であるに違いない。

馬を殺せる馬に、人間が敵うはずがないのだと、そう考えたのだろう。

帝釈月毛が嘶き、上半身を持ち上げる。

「引き返すぞ！」

総大将のいない本陣から飛び出せば、視界の先には敵兵の背中と、槍を掲げてこちらへ迫りくる浅井勢が見える。

先程までの状況とは異なり、「挟み撃ち」されているのは六閣軍となったのだ。

寒風吹き荒《すさ》ぶなか、男たちの身体が発熱し、凄まじい蒸気が戦場にもくもくと立ち上っている。

その汗臭さのなかで、両軍の兵士たちは血を流し、怒声と悲鳴を相互に交えていた。

六閣軍の兵士たちは、総大将が既に遁走《とんそう》していることを知らない。そして目の前から押し寄せてくる浅井勢の攻勢を凌《しの》ぐことで手一杯となっていた。

そこに背後から、騎馬隊が襲来したのである。

しかもその先頭に立っているのは――「馬殺し」の証でもある、青い血に塗れた帝釈月毛に跨った俺に他ならない。

六閣軍からすれば、もはやたまったものではないだろう。

たちどころに六閣勢は、恐怖によって内と外の両面から打ち崩され――その多くが露と消えた。

あるいは得物を投げ出し、四方八方へと逃げ出していく。

俺は今回、そんな敵兵を追ったり掃討したりすることはなかった。

あるいは、そんなことをする時間すら惜しいのだ。

すぐさま陣容を立て直し、愛知川を渡っていく。

それにしても気になるのは――戦局がここまで動いているというのに、朝倉軍が小谷城から動く気配がないということだろう
(――一体どういうつもりだ)

二万の軍勢が沈黙している様《さま》は不気味で仕方がなかったが、しかし俺にはまず、やらねばならないことがある。

「市……今行くぞ……！　全軍ッ！　途中の西藤軍を蹴散らし、須川城を解放するのだッ！」

俺の下知が下ると、員昌が馬上で改めて鬨の声を上げさせた。

「えい、えい！」

「応オッ！」

「えい、えい!!」

「応オッ!!」

「良しッ！　総員、突っ込め――」

そう叫び、俺が帝釈月毛を走らせようとしたその刹那……

ズダダダーン、と凄まじい豪音が前方から轟いた。

あまりの爆音に、浅井勢の足が止まる。

「な、何だ――!?」

「鉄砲の音――だが、大きすぎまする！」

「一体どこから――」

――もしや、敵の伏兵か。

俺の首筋に、冷たい汗が流れた。

「お、お館様！　山の上です、山の上でございまする！」

傍にいた騎兵が叫び、俺は弾かれたように目線を上げた。

遠目に見える須川城。その反対側に位置する小高い山に立ち並ぶ、特徴的な無数の軍旗。

木瓜紋と呼ばれるそれは、家紋とする一族の名を取って「織田木瓜」と呼ばれている。

「――まさか」

俺は思わず息を呑んだ。

「まさか……!!」

彼らが一体どちらの味方なのか――それは遠目から見てもよく分かる。

直経が必死に防衛している須川城に取り付いていた西藤勢が――あっという間にその数を激減させていたのだから。

◆　◆　◆　◆

西藤軍が鬨の声を上げ、須川城への攻撃を開始していた。

以来、その城門は彼らの猛攻を受け続け、壮絶な音を立てて軋み続けている。

そこを突破されれば城内の曲輪で西藤軍を迎え撃つことになるが――それは市姫を危険に曝す可能性を、著しく上昇させることを意味した。

――なんとしてでも、城門は突破させせぬ！

直経は軋み歪む城門の内側で、矢継ぎ早に守兵たちへ指示を下している。

須川城の城門を割り開こうとする西藤軍の攻撃――なかでも丸太による突撃を食い止めることが喫緊《きっきん》の課題だった。

丸太とは、言うまでもなく皮を剥いだだけの木材である。

しかしこれが、とりわけ近代以前の日本における攻城戦略において、極めて重要な役割を果たしたことは意外にも知られていない。

攻城兵器が未発達であった日本では——丸太は城門を破壊して兵士を突入させるための唯一無二の「兵器」であったのだ。

いま、直経指揮下の須川城の城門には、三つの巨大な丸太が打ち付けられている。

丸太を抱えた数十人の西藤軍の兵士たちが、城門に向かって突進を繰り返しているのだ。

そのたびに須川城の城門は大きく軋み、ミシミシと音を立てて歪む、歪む。

須川城の城門の上に陣取った兵士たちも無抵抗ではない。

長槍で彼らの攻撃を必死に妨害しようと試みているのだが、しかし攻城部隊の背後に控えている鉄砲隊の狙撃を受けてしまい、バタバタと撃ち落とされていた。

櫓からは弓兵が無数の矢を地上に向けて飛ばしてはいるものの、敵の攻撃速度を遅らせることには繋がっていない。

(冗談ではない!)

直経は自ら城門の上に駆け登ると、長槍を振りかざし、一気に突き下ろす。

その切っ先が丸太を抱える兵士を捉え、背中から尻にかけてを貫き通した。

そして直経はそのまま雄叫びを上げ、突き刺した長槍を振り上げる。

貫かれた西藤兵の身体が宙へ持ち上がり——バキッと音を立てて、長槍が真ん中から圧《へ》し折れた。

その屍体の落ちる先は——生前の彼が、先程まで抱えていた丸太の上。

尻の先から突き出している槍の刃先が、丸太を抱える別の兵士の手先を切り裂き、突撃してくる三本の丸太のうちの一本を食い止めたのだ。

だが、即座に直経を西藤軍の狙撃が襲う。

「――うぬゥ！」

兜の飾りが撃ち抜かれ、その衝撃で激しく直経の頭が揺さぶられる。

しかも足元の城門には二本の丸太がぶち当たっているのだ。

頭部への直接的な衝撃と足元の振動を受け、流石の直経も転倒してしまう。

「な、直経様！」

城内へ転げ落ちた直経に守兵たちが駆け寄ろうとするが、その姿をみた直経は轟雷を思わせる声で一喝した。

「持ち場を離れるなァッ！　我らが背後には奥方様がおられるのだぞ！　なんとしてもここで敵方を食い止めよッ！」

兜を脱ぎ捨て、激しく頭を振ると――直経はまたもや長槍を手に取って、城門の上へと駆け登る。

目下には西藤家の軍勢が押し寄せ、その後方には彼らの本陣が見えた。

そして、その幕舎の外には周辺を警護させている、よく肥えた男の姿がある。

腹が出過ぎているために鎧を着られないのか、その男は一切の武具を身に纏っていない。

(――あれは、まさか、西藤龍興か！)

顔を険しくして、直経は思わず唸る。

織田家と抗争の真っ最中であるはずの彼が、どうして近江にまで出兵する余力があるというのだろうか。

それに驚くべきは――須川城のような一介の拠点に、龍興がかかりきりになっているという事実である。

何故、龍興は浅井家の本隊を叩く部隊を率いずに、須川城の前に留まり続けているのだろう。

（久政と結び、本気で浅井家を潰しにかかっているのであれば、こんな須川城《ところ》にこだわる必要はないはずだが……）

そこまで思い至ったところで、直経はハッと気が付いた。

この城に龍興が執着するものがあるとしたら、それは一体何か——答えはもはや明確である。

（——奥方様か!?）

龍興の放蕩癖は、もはや近隣諸国に鳴り響いていた。

その好色振りは「異常」とも言えるほどで、農村に出向いてまで農民の妻を犯し抜いたり、あるいは自らの生ませた子供にも手を出して孫を孕ませているのだと、まことしやかに語られている。

（もしや奥方様が、我が須川城へ入られたところを見られていたか——！）

直経たちは須川城へ入る直前、傷だらけの男を救助していた。

彼は西藤領内から逃げてきたものだと思われる。

ならば当然、その周囲に彼の追手がいたのであろう。あるいは最初から、男は撒餌《まきえ》だったのかもしれない。

（ならば、尚更——負けられぬ！）

直経は素早く思考を回転させた。

いまの須川城は西藤軍に対して防戦一方の状態にあり、打って出るだけの力がない。

そして天下に名の知れた放蕩家の龍興だ、なんとしてでも須川城を落とし、市姫の身体を我が物としようとするだろう。

西藤勢の矢弾を避けるため、城門の上で舞い踊るようなステップを踏みながら――直経は一突きごとに、敵兵を最低ひとりは討ち取っていく。

直経にできることは戦うことだけだった。

押し寄せてくる敵を、ひとりひとり着実に地獄へ送る――それがいまの直経に最も果たし得る役割でもある。

しかし敵の数が多い――多すぎた。

その上、直経や櫓の弓兵たちの攻撃を掻い潜って衝突してくる丸太兵の猛攻が凄まじい。

先程からもう十数回の突撃を許し、城門は崩壊寸前である。城門が崩れれば、後は城内で敵との決戦に及ぶ他にない。

直経は選択を迫られる。

このままでは須川城は西藤家の手に落ち、市姫も彼らの手に落ちてしまうであろう。

ならば直経の単騎駆けによって西藤勢の本陣に突撃し、相打ち覚悟で総大将である龍興の首級《しるし》を挙げ、敵の士気を押し潰すべきであろうか。

そうなれば、自らの死と引き換えに――須川城と市姫の安全を、当面の間は確保できるだろう。

また丸太を抱えた男たちが城門に接近する。

おそらくこの攻撃で、城門は突破されてしまうに違いない。

直経は決断しなければならなかった。

意を決し、城に留めてある馬の姿を見、飛び降りようとしたその刹那……

ズダダダーンと、凄まじい程の火縄銃の炸裂音が響き渡り――須川城の城門前にいた西藤勢の過半を一掃した。

しかも、最大の難敵であった丸太兵も全滅しており、直経たちが対処に苦慮していた懸念材料は――一瞬で消え失せたのである。

直経は銃弾の飛来した方向を睨み、戦場へ介入した勢力を凝視する。

須川城の反対側にある小高い山。そこに翻る無数の「織田木瓜」の軍旗。

そしてその先頭に、一際背の高い男が立ち、須川城をはじめとした「下界」をつぶさに観察している姿を――直経の鷹《たか》の目は捉えていた。

その男は織田木瓜を模した派手な兜を被り、紅の目立つ豪華な陣羽織を着込んでいる。

片手には麗美な軍扇を持ち、死屍累々《ししるいるい》となった西藤家の軍勢を真顔で見下ろしていた。

その姿に、直経は見覚えがある。忘れるはずもない、何しろ彼は――

（――織田上総介殿！）

長政の婚姻の際、織田家に市姫を迎えに行った直経は、信長の顔や姿、そして立ち振る舞いを目の当たりにしている。

よもや、見間違うことはあるまい。

直経は途端に愉快な気持ちになり、大声で笑うと――

「安心するな……！　お館様が到着なさるまで、誰一人として城内に立ち入らせるではないぞ！」

――転じて表情を引き締め、城門の上から守兵たちに命じたのだった。

近江と美濃の国境線上で、新たな法螺貝の音と鬨の声が木霊している。時代が、局面が――いま、大きく動き出そうとしていた。

閑話
農村から来た少女（書き下ろし）

信長の妹が俺の嫁
戦国時代に架ける心と明日

閑話　農村から来た少女（書き下ろし）

部屋のなかは静寂で満たされ、わたしの目の前には――良人《おっと》である長政様が連れてきたという、痩せた少女が緊張の面持ちで座っている。

わたしは目の前でカチコチになっている彼女を見ながら、良人の女性嗜好について考える。正しくは――肉付きの薄い、年端《としは》もいかない少女を好むのかどうかについてを。

（まさか、長政様がこのような女童を手籠めにするようなことがあるはず――

――ない、と言いきれるだろうか。わたしはほんの少し、不安になる。

そんな心の揺らぎは、「長政様に飽きられて捨てられてしまうのではないか」という仄かな危機感に起因していた。

遠藤久。愛する良人が農村で見出《みいだ》し、小谷城に連れてきて、遠藤家の養女とさせた少女。

わたしは彼女が「罪人」である彦兵衛の妹だと知っているし、少女もまた――わたしがその出自を長政様から知らされていることを、しっかりと把握している。

久の身体つきはとても貧相で、わたしとはまるで対照的だ。まだまだ幼く、子供を産むには早すぎる年齢と推察される。

しかしわたしは、殿方が平気で女童とも関係を持つことを知っていた。

たとえば、兄上様の小姓であり愛人であった「槍の又左《またざ》」こと前田利家。彼はなかなかの鬼畜人として、織田家中に広くその名を知られていた。

永禄元年（一五五八年）。利家は、「おにいさま」と彼を慕う、僅か一二歳の従妹《いとこ》・松《まつ》を妻に迎えたかと思うと、なんと年内には彼女を孕ませて翌年に出産させていたのである。

その例を思い起こせば、長政様が女童に食指を動かそうとする可能性は否定できなかった。

「あの、久さん……？」

「はっ、はい」

わたしが声を掛けると、少女は背筋をピンと伸ばして応じる。

ちなみに、わたしがこうして彼女とふたりだけで対面するのは――はじめてのことだ。

普段の久は、午前中に養父から剣術やら柔術やら読み書きやらを習い……午後には長政様の実弟である政元様と、算術と馬の飼育法を学んで一日を過ごしている。

その為、会おうと思ってもなかなか会えないというのが実情だったのだ。

「どうぞ、折角淹《い》れたお茶が冷めてしまいますから」

わたしはお茶を勧めながら、にっこりと微笑む。

久とふたりっきりになった理由――それは、彼女と長政様の関係を糺《ただ》す為に他ならない。

あるいは、事前に釘を刺すつもりでもあった。長政様はわたしの良人なのです、と。

「あっ、ありがとうございます」

だがしかし、そんなわたしの狙いにまるで気付いていないのだろう。

久はこくこくと頷くと、盆の上に置かれているお茶の入った容器を手に取った。

ふんわりとした湯気の立つ、京都から取り寄せた煎茶である。

「美味しい……」

「ふふっ、それは良かったです」

「お茶を飲んだのは、これで二度目です……」

「二度目？」

「は、はい……いままではお水ばかりでしたけど、その……お館様にお城に連れてきて頂いた時、飲ませて頂いたのがはじめてでした！」

「はじめてが、長政様……」

わたしは真顔のまま煎茶を飲んだ。

久は緊張からなのか、言葉を時折詰まらせている。

しかし、全身を使って一生懸命に伝えようとしているのは――どうにも微笑ましかった。

（武家の者はこのようなことを致しませんが……）

もしかすると、長政様はこういった庶民臭い女子がお好みなのかもしれない。

わたしがもやもやとしたものを抱えているのを察したのか、久が居住まいを正す。

「あのっ……！　奥方様、お腹が痛いのですか？」

そして、そんなことを率先して訊いてくる久。

これはもう、素直に尋ねた方が良いのかもしれない。

そう判断したわたしは、農村から来た少女をグッと見据え、尋ねた。

「ありがとうございます、お腹は大丈夫です。その上でつかぬことをお伺い致しますが……久さんは長政様とどのような御関係に？」

「……お館様と？　関係？」

「肉体関係があるか、と聞いているのです」

「肉体関係……？」

久は本気で言葉の意味が分からない様子で、首をかしげている。

その仕草は演技ではなく、本物としか思えなかった。

途端にわたしは、自分の質問した内容が恥ずかしくなって――じたばたと悶えたくなるあの感覚に苛まれる。

「あのっ、奥方様……。肉体関係って、なんですか？」

武家の娘らしからぬ素朴な言葉遣いが、わたしを更なる羞恥の沼に突き落とした。

なんだろう、この女童《こ》は。わたしに変なことを言わせて辱めようと企んでいるのだろうか。

いや、もしかすると本当に意味が分かっていないのかもしれないし……

そのようなぐるぐるとした思考を抑えつけ、わたしは「こほん」とやや間を置いて咳をする。

「質問を変えます。久さんは、長政様の御寵愛を受けたことはございますか？」

「ごちょーあい？」

わたしは思わず頭を抱えた。

だめだ、この少女の心は余りにも綺麗過ぎる。見た目もそうだが、中身も純朴そのものなのだ。

半面、わたしにもこんな時期があったことを思うと――むず痒《がゆ》さが全身を走ってしまう。

「……久さんは、長政様の妻になりたいと思いますか？」

「えっ、えええぇぇぇえええぇ!?」

ここに至って、ようやくわたしの意図が伝わったらしい。

久の顔には驚きこそあるものの、しかし羞恥などの感情を読むことはできなかった。

ただただ純粋に驚愕しているのだ、彼女は。

「そ、そんなこと……！　だって、だってお館様はお館様ですし……！　お館様は私にとっての恩人で、えっと、恩人で……それ以上のことは考えたことがないし、畏《おそ》れ多いし、だってそんなことを考えでもしたらお義父さんが怖いし……」

「遠藤様が……？」

「『お前がお館様を想うなど、四半世紀早いわッ!!』って怒鳴られそう……」

まるで似ていない直経の声真似をした後、彼にそれを聞かれるのを恐れるように――久は周囲をきょろきょろと見回す。

ここはわたしの自室なので、長政様以外の殿方を迎え入れることはないのだが――

(それにしても……久さんは、随分と遠藤様を畏怖《いふ》していらっしゃる様子)

――一度気になってしまうと、それを深く聞いてみたいと思ってしまうのが人間の性《さが》。

ここまでの純朴さを有している少女であれば、まず長政様と色恋沙汰に耽るはずはないだろう。

そう判断したわたしは、色々と尋ねてみることにした。

「遠藤様との教練は、大変ですか？」

「ううん」

久は首を横に振る。

「とっても楽しいです。文字を教わったら、色々なことを直接会えない人に伝えられますし！　それに剣術や柔術も面白くて……！」

「面白い……のですか？　剣術に柔術が？」

「はい！」

久は満面の笑みを浮かべた。

「色んなことが分かるんです！　どこをどうやったら人が死ぬのか、とか。時々、戦場に転がっている屍体とかを使って解剖して、どこが人間の急所になるか研究したりしているんですけれど……」

「えっ？」

今度はわたしが、少女の言うことが分からなくなる番だった。

「人の殺し方が分かると、生かし方も分かるんです。どこを刺して切れば血が沢山流れて、どこを縛れば血が止まるかとか……いろいろと」

久は、純粋無垢な笑みを見せながら言う。

「それで、何かあったら私とお養父さんでお館様をお助けするんです！　それが、私のできる恩返しなんだろうなって！」

「そ、そうですか……」

わたしの脳裏に、死体の山を築きながら無邪気に笑う少女の姿が去来し――怖くなったので、そのまま受け流すことにする。

「長政様をお助けしようという心意気は、誠にご立派だと思いますが……」

「ありがとうございますっ」

そう言って、久は素直にぺこりと頭を下げた。

そしてそのままの状態で、ぽつりと漏らす。

「お館様を助ければ、あにさまも喜ぶと思いますから」

「あにさまが……喜ぶ？」

「はい」

久はニコニコと笑いつつ、さらりと言った。

「お館様はすごく偉い人なのに、それなのに泣いて下さったんです。あにさまのためだけに――本当なら、あにさまのことなんかで悩まないでいいお立場なのに」

「……」

「そんなお館様は……本当に素敵だなって。だから、付いて行こうって思ったんです。この方なら大丈夫かなって。まさかそれが、『お館様』だったなんて……あの時は思わなかったですけど」

少女は苦笑しながらお茶を飲む。

わたしは彼女と長政様の馴れ初めについては色々と聞かされていたが――やはりそれでも、当事者に聞かなければ分からないことがあるものだと痛感した。

長政様は彦兵衛の義に報いる為に久を連れてきたと言っていたが、しかしその行動に際しては――義理だけではなく人情的な側面が占める割合も大きかったのだろう。

久が言うように、良人は彦兵衛やその家族の処遇について、必ずしも悩まないで良い立場なのだ。武士ではない彼ら彼女らを、些事として切り捨ててしまって構わなかったのである。

（ですが、それをしないのが長政様……なのでしょうね）

私はゆっくりと息を吐きながら、とても穏やかな気持ちになるのを自覚した。

夫婦は信頼し合い助け合う存在だと言った良人は、他者に対しても人情的な態度で接する人間だった——それが確認できただけで、嬉しかったのである。

（そう……もし長政様に飽きられても、捨てられるだなんてことはないはずなのですから……）

だから、わたしは堂々としていれば良いのだろう。

それに、飽きられないように——わたしが努力すれば良いだけの話なのだ。

（長政様との関係を問い質《ただ》すよりも……むしろわたしが、普段、長政様にどのような態度で接しているかを見つめ直すことの方が大切なのでしょうね……）

他の女が現れても、わたしが長政様との関係をしっかりと保ち続けていれば恐れる必要はない。

何しろ彼は、義理人情を大切にする優しいお人なのだから……

そんな、思いもしなかった夫婦生活の知見。

わたしはこれから、自分の立ち振る舞いと、それに対する良人の反応を事細かに日記に残し、研究することによって更なる円満な関係を構築しようと決意しつつ……

農村から来た少女であり、長政様を慕う同類である久に——あれこれと茶菓子を勧めるのだった。

キャラクターデザイン

久

（遠藤 久）

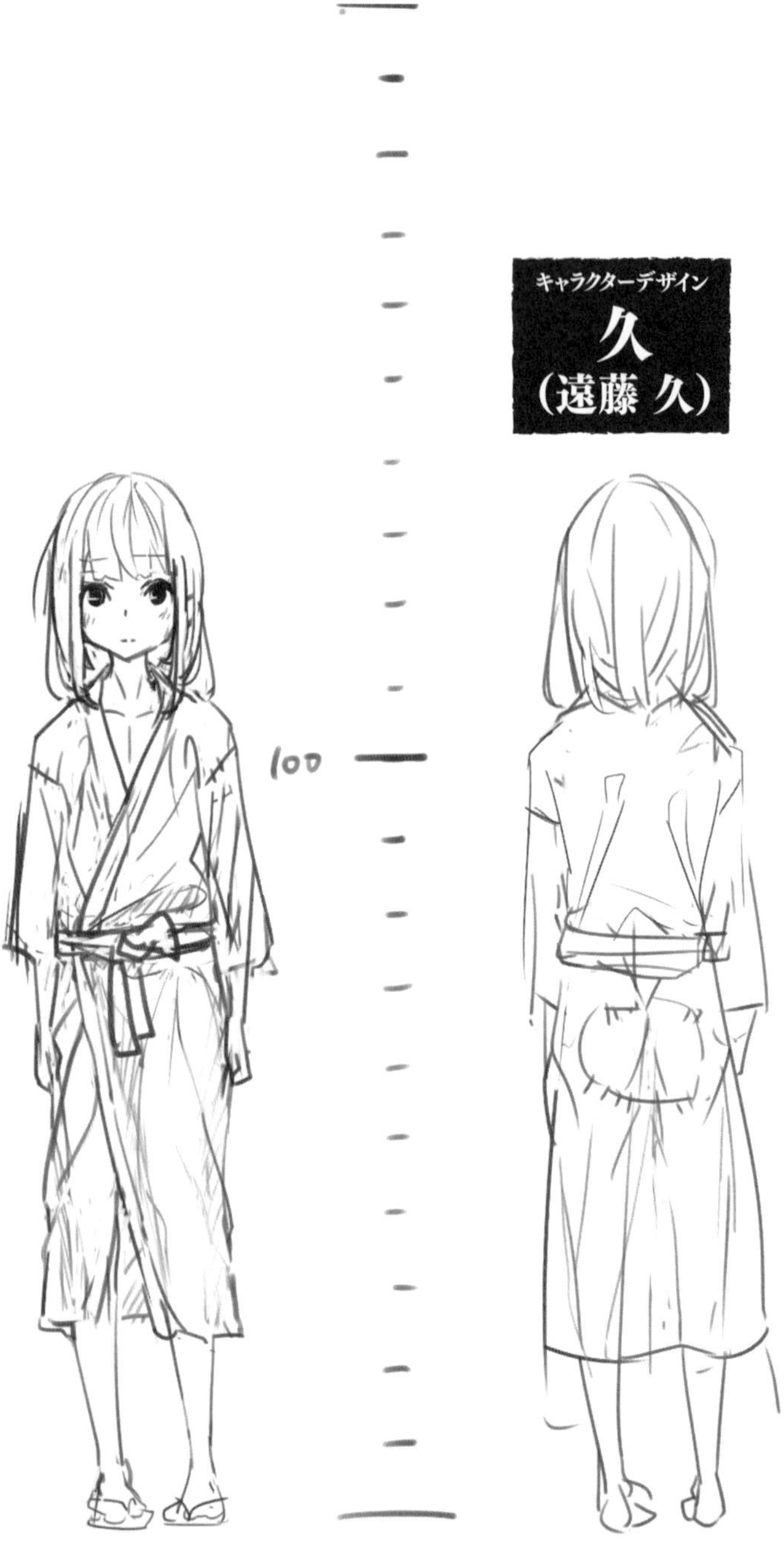

キャラクターデザイン

竹中 半兵衛
（竹中 重治）

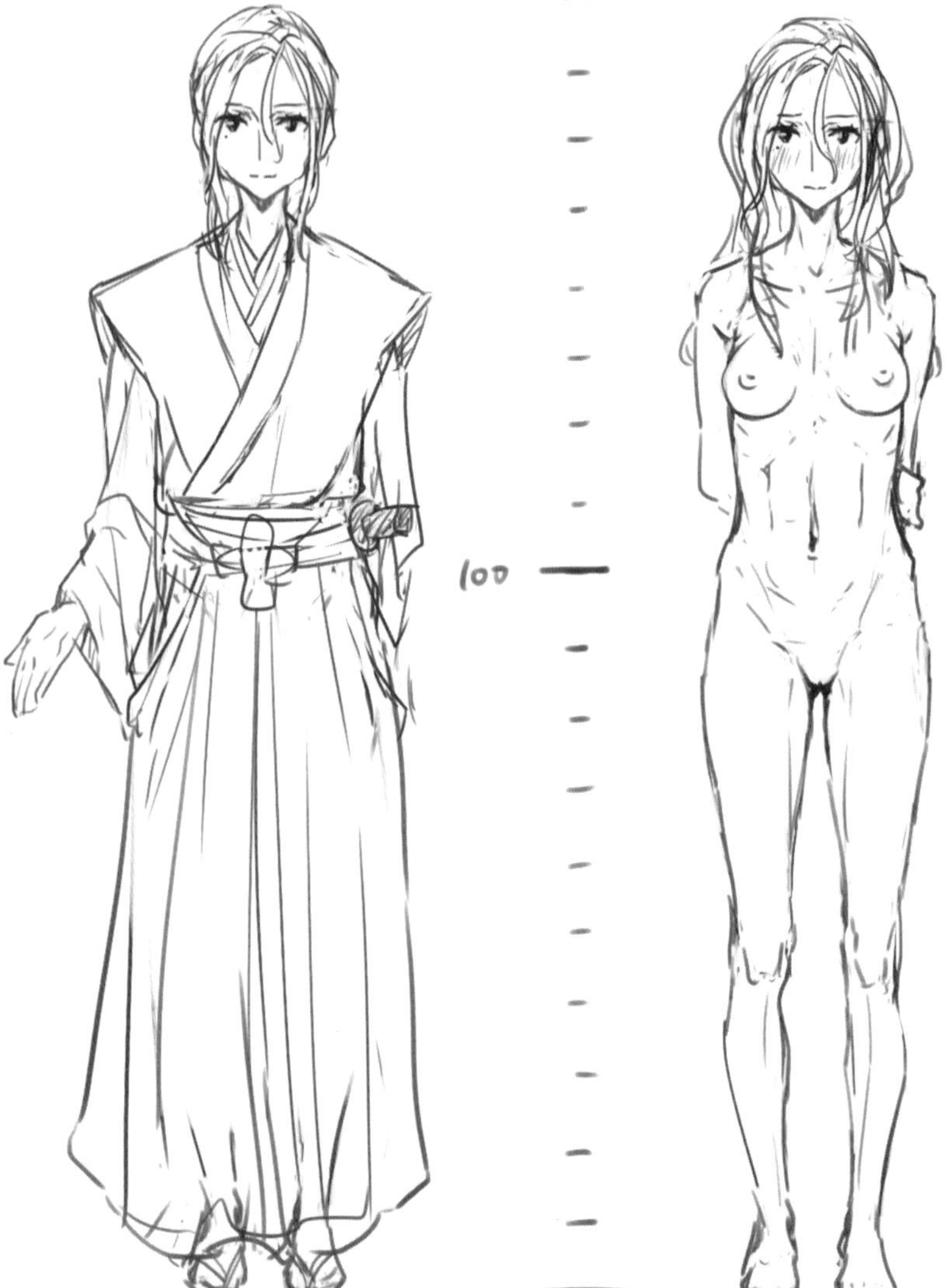

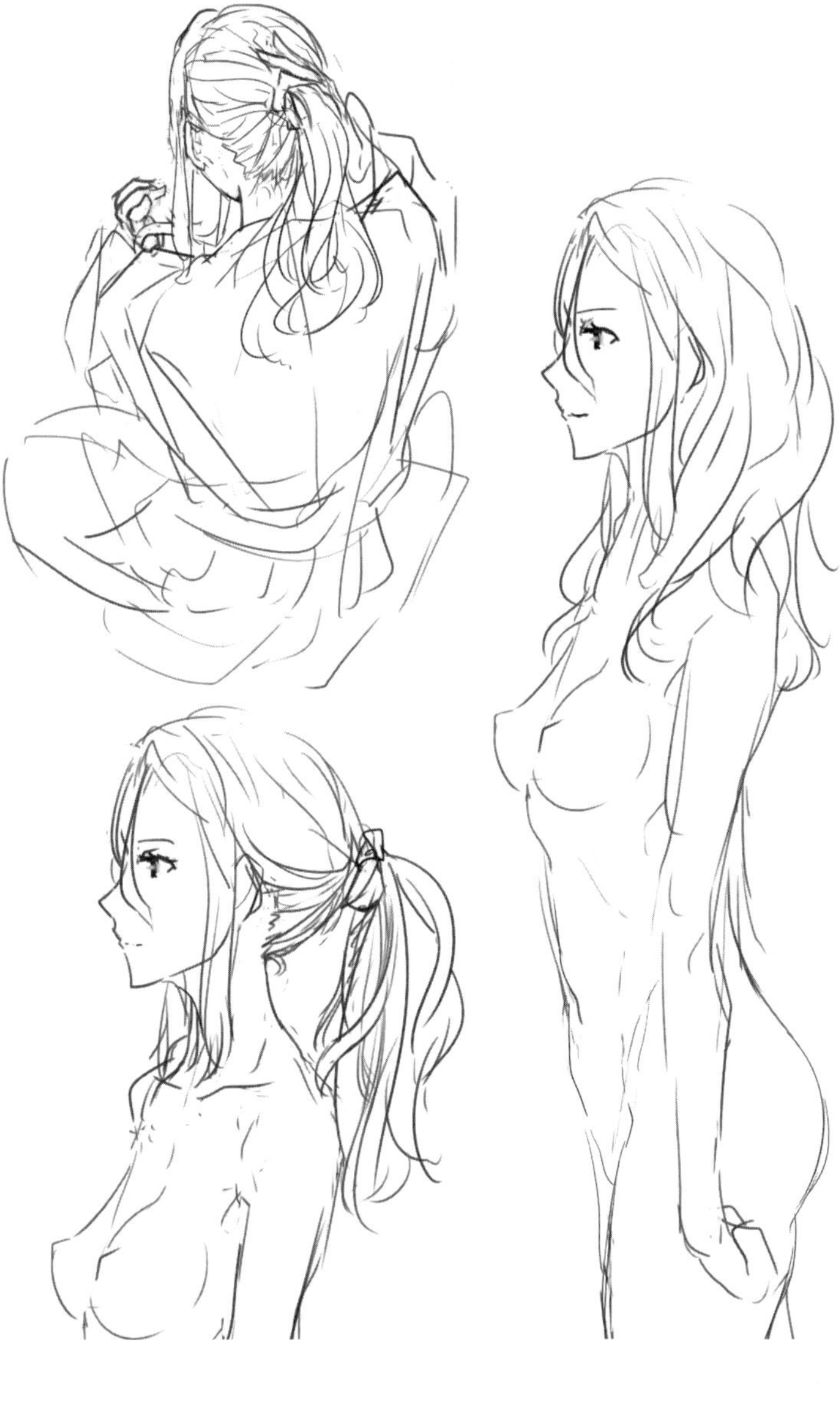

ノクスノベルス 既刊シリーズ 大ヒット発売中!!
ゾンビのあふれた世界で俺だけが襲われない①～②
[著] 裏地ろくろ [イラスト] サブロー
隠したチート能力で、危険ゼロ!
気が付くと頼りにされている
崩壊世界探索ライフ!!
NPCと暮らそう!①
[著] 惰眠 [イラスト] ぐすたふ
チートファイル《改造》を
駆使し、ボッチ男が
目指す異世界
ハーレムライフ!
緋天のアスカ①～②
～異世界の少女に最強宝具与えた結果～
[著] 天那光汰 [イラスト] 218
異世界転生で
宝具創造!
見習い剣士を最強の女勇者に!!

ノクスノベルス 既刊シリーズ 大ヒット発売中!!
クラス転移で俺だけハブられたので、同級生ハーレム作ることにした①
[著] 新双ロリス [イラスト] 夏彦（株式会社ネクストン）
「このクラスから出て行ってくれないか」
異世界転移後すぐに追放された主人公。
女を自分のものにできる特殊スキルの使い道とは……
草原の掟①〜②
〜強い奴がモテる、いい部族に生まれ変わったぞ〜
[著] 名はない [イラスト] AOS
奪え!!
富も女も名声も。
——それが草原の掟。
遊牧民《ノマド》成り上がりファンタジー開幕!!
俺が淫魔術で奴隷ハーレムを作る話①〜②
[著] 黒水蛇 [イラスト] 誉
新時代を告げるダーク・ファンタジー開幕!
天使
人間
魔族
が三つ巴で入り乱れる
ハードな異世界でハーレムを手に入れろ!

Nノクスノベルス 今後のラインナップ
LINEUP
俺が淫魔術で奴隷ハーレムを作る話
著 黒水蛇 Kuromizuhebi
イラスト 誉 homare
「……なんというか、本格的にどうしろって言う感じだな。フィーネ」
「ほう、いつの間に私を呼び捨てにできるほど偉くなったのだ？ 統夜」
「切り捨てたのはそちらだろう？
上司じゃなくなったからには気を遣う必要も無いだろ」
「ならば、死ね」
天使を撃退した統夜は、エルフと魔天族を味方につけ、異世界で国造りを目指す。
天使・人間・魔族が三つ巴で入り乱れるダーク・ファンタジー！
その圧倒的な力に戦慄せよ、人間。魔竜姫・フィーネ、強襲!!
第3巻
2017年2月12日発売予定

ノクスノベルス 今後のラインナップ

LINEUP

信長の妹が俺の嫁

【著】井の中の井守

【イラスト】山田の性活が第一

信長は「三ツ盛亀甲に花菱」の軍旗を眺め、黄金の角を持つ白馬と、それを乗りこなす男を見つめる。

（あれが、市の……。ふむ、相対的にではあるが、寡兵を率いて自ら大軍へ挑むか――度胸だけはあるようだな）

信長の脳裏に、かつて今川義元へ挑んだ己の姿が重なった。思わず口元が緩む。

「義弟殿に伝えよ。この信長、此度の戦に協力致す……とな」

第3巻

2017年初夏発売予定

ノクスノベルス

信長の妹が俺の嫁 2
～戦国時代に架ける心と明日～

2017年1月20日　第一版発行

【著者】
井の中の井守

【イラスト】
山田の性活が第一

【発行者】
辻政英

【編集】
上田昌一郎

【装丁デザイン】
下元亮司

【フォーマットデザイン】
ウエダデザイン室

【印刷所】
図書印刷株式会社

【発行所】
株式会社フロンティアワークス
〒170-0013 東京都豊島区東池袋3-22-17 東池袋セントラルプレイス5F
営業 TEL 03-5957-1030　FAX 03-5957-1533

ノクスノベルス公式サイト
http://nox-novels.jp/

※本作は、「ノクターンノベルズ」（http://noc.syosetu.com/）に掲載されていた作品を、大幅に加筆修正したものとなります。